KB116813

제목이
있는
젊음에게

제목이 있는 젊음에게

1판 1쇄 발행 2016. 10. 24.
1판 2쇄 발행 2017. 1. 27.

지은이 서재경

발행인 김강유
편집 강지혜 | 디자인 조명이
발행처 김영사
등록 1979년 5월 17일(제406-2003-036호)
주소 경기도 파주시 문발로 197(문발동) 우편번호 10881
전화 마케팅부 031)955-3100, 편집부 031)955-3250 | 팩스 031)955-3111

저작권자 ⓒ 서재경, 2016
이 책의 저작권은 위와 같습니다. 저작권자와 출판사의 허락없이
내용의 일부를 인용하거나 발췌하는 것을 금합니다.

값은 뒤표지에 있습니다.   ISBN 978-89-349-7626-4 03810

독자 의견 전화 031)955-3200
홈페이지 www.gimmyoung.com   카페 cafe.naver.com/gimmyoung
페이스북 facebook.com/gybooks   이메일 bestbook@gimmyoung.com

좋은 독자가 좋은 책을 만듭니다.
김영사는 독자 여러분의 의견에 항상 귀 기울이고 있습니다.

이 도서의 국립중앙도서관 출판시도서목록(CIP)은 서지정보유통지원시스템 홈페이지
(http://seoji.nl.go.kr)와 국가자료공동목록시스템(http://www.nl.go.kr/kolisnet)에서
이용하실 수 있습니다.(CIP제어번호 : CIP2016024697)

제목이
있는
젊음에게

제목이 있는 젊음에게   서재경 지음

김영사

길을 묻는 청년들에게

지난 1989년 여름, 나는 《세계는 넓고 할 일은 많다》라는 책을 만들었습니다. 그 작업은 책이 만들어지기 2년 전에 전개된 정치적 상황과 관련이 있습니다.

1987년 봄, 전두환 대통령은 체육관에서 대통령을 뽑는 기존 헌법을 수호하겠다고 발표했고, 그러자 전국이 들끓기 시작했습니다. 사람들은 제 손으로 대통령을 뽑고 싶어 했습니다. 6월이 되자 저항은 극에 달했고 곧 계엄령이 내려질 것이라는 소문이 퍼져나갔습니다. 정국의 스트레스는 최고점에 이르렀습니다.

이때 집권당의 노태우 대표가 '6·29선언'을 발표합니다. 직선제를 받아들이고 정치인 김대중의 정치 참여를 허용하겠다는 내용이었습니다. 6·29선언이 '전두환 측의 위기탈출 전략이냐, 아니면 노태우 측의 대통령 선거 전략이냐'를 놓고 아직도 설왕설래가 많습니다. 어쨌든 6·29선언은 우리나라가 자유민주주의 국가로 전환하는 계기가 되었습니다.

6·29선언으로 활성화된 정치민주화는 경제에도 변화를 가져와 산업현장의 노사분규를 촉발시켰습니다. 그동안 산업화 과정에서 희생되고 소외된 노동자들에게 제몫을 돌려줘야 한다는 주장이 조야朝野에 가득했습니다. 신문은 노사분규 기사로 도배되었고, 날마다 여기저기서 새로운 노사분규가 터졌습니다.

사람은 혼자 조용히 자신을 성찰하면[愼獨] 좀처럼 분수를 벗어나지 않습니다. 그러나 무리를 지어 단체행동에 나서면 감정에 휘둘리게 됩니다. 당시 노사분규가 그랬습니다. 임금인상과 근로조건 개선 요구가 한꺼번에 터져 나와 과도한 목소리를 냈습니다. 기업주들은 정신이 아득해졌고 기업은 비틀거렸습니다. 기업주는 죄인이 되었고, 경영자들은 악덕 기업가로 매도되었습니다. 당시 상황은 아노미였습니다. 노동자들의 과격한 주장에 누군가 제동을 걸어야 하는데 아무도 그 역할을 하지 않았습니다. 노태우 대통령의 리더십도 전혀 작동하지 않았습니다.

이런 상태가 1년도 넘게 지속되자 사람들이 염려하기 시작했습니다. 이러다가 선진국의 문턱에서 넘어지는 게 아닌가? 그동안의 노력이 일거에 물거품이 되는 것은 아닌가?

반전이 필요했습니다. 노동자들이 주장하는 것처럼, 대한민국이 현저히 불공정한 세상은 아니라는 점을 말할 필요가 있었고, 악덕 자본가인 양 여론의 뭇매를 맞고 있는 기업인들이 나름대로 열심히 노력해왔다는 사실을 알려줄 필요가 있었습니다. 부자와 기업인이 어떻게 다른지를 대중에게 인식시킬 필요도 있었습니다.

대우그룹의 김우중 회장은 자신이 부자로 기억되기보다는 기업가로 평가받기를 원하는 사람이었습니다. 당시 대우그룹은 창립 20주년을 맞고 있었는데, 그 20년 내내 대우는 비약적으로 성장했습니다. 대우그룹의 김우중 회장은 한강의 기적을 만든 산업화 세대의 중심 인물이자 성공신화의 아이콘이었습니다. 이런 인물이라면 어지러운 세상에 한마디를 던져도 되지 않을까, 생각했습니다. 아무도 나서지 않던 시국이니까요!

《세계는 넓고 할 일은 많다》는 이런 배경에서 태어났고 책은 큰 성공을 거두었습니다. 6개월이 못 되어 1백만 부가 넘게 팔렸습니다. 기네스북에 오른 이 기록은 아직도 깨지지 않았습니다. 독자층을 청소년으로 잡았으나 청소년이 이 책을 사는 일은 거의 없었고 대부분 집안의 어른이 사서 자녀에게 읽어보도록 권하였습니다. 어른의 입장에 있던 사람, 관리자의 입장에서 위축되어 있던 사람들이 김우중 회장의 이야기를 통해 용기를 얻었기 때문입니다.

꼭 이 책 덕분이라고 말하기는 어렵지만, 책이 나오면서 시끄러웠던 노사분규도 잦아들었습니다. 숨죽이고 뒤로 후퇴했던 기업인들, 지난날 노사문제에 소홀하다 악덕 기업주로 몰렸던 사람들이 심기

일전해서 다시 열심히 일하기 시작한 것만은 사실입니다. 기업주들이 힘을 내어 열심히 뛰면 당연히 노사분규도 줄어듭니다.

그로부터 27년이 흘렀습니다. 그사이 나는 대우를 떠났고 대우그룹은 해체되는 비운을 맞았습니다. 회사를 그만두면서 남은 인생은 나 자신을 위해서가 아니라 타인에게 도움이 되는 무언가를 하고 싶다고 생각했습니다. 인생의 전반부는 비즈니스를 통해 경제 발전에 힘쓰며 가족의 생활 토대를 쌓았다면, 후반부는 사회를 더 가치 있게 만드는 일에 일조하고 싶다는 생각이었습니다.

그래서 몇 가지를 구상하여 실천에 옮겼습니다. 그중 하나가 사단법인 다산연구소 설립입니다. 한국은 아직도 투명한 사회와 거리가 있습니다. 국제투명성기구가 매년 발표하는 투명성지수 순위에서 겨우 중간 정도 위치입니다. 정치와 공직 분야의 부정이 이런 불명예를 가져옵니다. 사회 전반을 더 깨끗하게 만들자는 의지로 시작한 게 다산연구소입니다. 1년 동안 상임이사를 맡아 사업계획과 전략적 방향 등 틀을 만들었습니다.

또 다른 사업은 자유칼럼을 설립한 일입니다. 젊어서 한때 기자생활을 했기에 언론의 생리를 조금 알고 있습니다. 언론사들이 지속 가능한 경영을 모색하다 보면 어느새 자본에 휘둘리는 일이 많아집니다. 글을 쓰는 기자들은 종종 권력과 자본 양쪽의 눈치를 봐야 하는 애로도 생깁니다. 자유칼럼은 은퇴한 언론인들이 더 이상 권력이나 자본의 눈치를 보지 않고 자유롭게 하고 싶은 말을 하자고 만든 인터넷 미디어입니다. 아직도 한국의 언론자유는 세계 평균치에 훨씬 못 미치므로 자유칼럼이 언론계의 답답한 현상을 타파해주기를 기대하고 있습니다.

자유칼럼을 만들기에 앞서 아름다운서당을 시작했습니다. 사회 진출을 앞둔 대학생들을 교육시키는 프로그램입니다. 아름다운서당은 부록에서 조금 더 자세히 소개하겠습니다.

올해 나는 고희를 맞았습니다. 작년 연말경부터 내 삶을 반추해보았습니다. 나이 일흔이 되어 이만큼 누리고 산다는 것은 내 재주, 내 노력만으로 된 것이 아닙니다. 조상님 덕분에 타고난 재주도 있었고 남 못지않게 노력을 한 것도 사실이지만, 그것만으로 오늘의 내가 된 것은 아니지요. 알게 모르게 세상으로부터, 다 기억하지 못하나 수많은 사람들로부터 받은 은혜 덕분에, 여기까지 올 수 있었습니다. 세상에 은혜 입고 신세진 것은 어떤 형태로든 보답해야겠다고 생각합니다. 이 생각은 회사를 그만둘 때부터 품어온 것이었으나 고희를 앞두고 더욱 또렷해짐을 느낍니다. 어쩌면 생의 마감일이 가까워온다는 무의식의 발로 때문인지도 모르겠습니다.

고희를 맞아 한국사회에 무언가 도움이 될 일이 없을까? 골똘히 생각하다가 요즈음 힘든 시기를 보내고 있는 청년들에게 주는 이야기를 책으로 엮기로 했습니다. 지금은 기성세대와 청년세대가 단절되어 있고, 나이 든 사람이 무슨 이야기를 하면 꼰대로 폄하되기 쉽상입니다. 힐링이라는 이름으로 젊은이들을 살살 달래거나, 소통이라는 명분으로 젊은이들 편을 들어주어야 감각이 있다는 평을 듣는 시대이기도 합니다. 그래서 청년들에게 말을 하려면 상당한 용기가 필요합니다. 용기를 내어 이야기해도 청년들이 들어줄지는 알 수 없는 일이지만요.

우선 청년들의 관심사를 알기 위해 아름다운서당 제자들에게 요즘 가장 고민하는 일이나 관심사가 무엇인지 물어보았습니다. 아름다운서당도 이제 10년이 지나 초반의 제자들은 새로 들어오는 제자들과 생각에 많은 차이가 있었습니다. 재학생은 재학생대로, 새내기 사회인은 사회인대로 그 나름의 어려움과 관심사가 달랐습니다. 이미 사회에 진출한 초기 제자들의 고민은 지역에 따라 차이가 있기도 했습니다.

제자들의 생각을 정확하게 알기 위해 여섯 개항의 항목별 질문지를 만들어 전체 졸업생들에게 보냈습니다. 질문 내용은 첫째 현재 가장 큰 관심사, 둘째 5~10년 뒤 자신의 미래에 대한 꿈, 셋째 예측되는 사회적 위험이나 개인적 위험, 넷째 위 문제의 해결을 위한 청년과 선배의 역할, 다섯째 듣고 싶은 조언 등이었습니다.

제자들은 정성을 다해 질문지를 적어 보내주었고, 예상보다 더 깊이 있고 진지하며 솔직한 의견들을 들려주었습니다. 본인의 경우뿐 아니라 주변의 사례까지 소개하는 폭넓은 내용들이 들어 있었습니다.

오늘날 젊은이들이 무엇을 고민하는지, 또 우리 사회에 기대하거나 바라는 것이 무엇인지에 대해 어른으로서 성찰하게 되었고, 뿐만 아니라 정책을 수립하거나 실현하는 기관에 소개하여 이 시대의 젊은이들이 가지고 있는 고민과 희망사항을 알려보고 싶다는 생각까지도 하게 되었습니다. 책을 써야 할 이유와 무엇을 적어야 하는지에 대한 방향이 분명해졌습니다. 제자들을 포함한 청년들의 고민이 무엇인지 알았고, 내가 가지고 있는 작은 경험과 지식이 젊은이들에게 필요할 수 있겠다는 생각이 보다 분명해졌습니다.

제자들이 보내준 자신과 사회에 대한 고민과 관심을 유형별로 정리해보았습니다. 첫째 자신의 정체성이나 인간의 본성에 대한 고민, 둘째 진로설정이나 일 등 자신의 미래에 대한 관심, 셋째 가족과 결혼에 대한 고민, 넷째 현대사회가 가지고 있는 문제와 사회현상에 대한 고민들로 나눌 수 있었습니다.

이 책이 젊은이들의 다양한 고민에 대해 모든 답을 제시해줄 수는 없겠지만, 제자들이 보내준 고민과 듣고 싶은 조언을 최대한 담아낼 수 있도록 질문의 형태로 만들었고, 이에 대한 나의 생각이나 경험, 지식과 자료 들을 대답의 형태로 엮었습니다.

듣기 달콤한 말이나 힐링을 목표로 하지 않았습니다. 오히려 청년들의 미래와 가능성에 초점을 두어 더욱 분발하기를 요구합니다. 청년들의 미래는 길고 해야 할 일은 많습니다. 어렵고 힘들수록 현재 상황에 매몰되어서는 안 되기 때문입니다.

이 책을 만들며《세계는 넓고 할 일은 많다》를 만들던 그때를 다시 떠올려봅니다. 27년 전 노사분규의 아노미에서 아무도 말하려들지 않고 수수방관하던 시국이 생각납니다. 어쩌면 이 책에 담긴 이야기는 청년들에게 쓴소리일지도 모릅니다. 청년문제는 시간이 갈수록 어려워지고 있는데, 말을 잘못 꺼내면 꼰대 소리나 들을 지경이니, 이런 쓴소리인들 누가 달게 하려 들겠습니까? 27년 전과 많은 것이 닮아 있음을 느낍니다.

2016년 10월
70번째 생일을 앞두고
서재경

차례

1장

나는 누구인가요

- 인생과 가치

—

인생에서 절대 놓쳐선
안 되는 것

인생에서 가장 중요한 것은 인생의 가치입니다. 인생의 가치를 어디에 둘 것이냐, 하는 것이 가장 큰 문제입니다. 세상에는 가치를 잊고 사는 사람이 많습니다. 인류 역사로 보면 산업혁명 이후에 황금만능 시대가 도래합니다. 농사가 주업일 때나 종교가 세상을 지배할 때에는 돈이 그다지 큰 의미를 갖지 못했습니다. 근대 계몽기와 산업혁명을 거치며 물질문명이 번창하였고, 그것이 오늘날 더욱 심화된 양상입니다. 이런 시대에는 돈을 최고의 가치로 여기기 쉽습니다. 그러나 인생에서 돈보다 더 중요한 것은 가치입니다.

현재 인류의 93퍼센트가 영혼의 존재를 믿는다고 합니다. 반면 7퍼센트는 영혼의 존재를 믿지 않습니다. 이 7퍼센트는 마음이나 정신이 뇌의 전기작용이거나 두뇌회로를 구성하는 시냅스의 작용이라고 믿습니다. 그들은 시각, 청각, 미각, 촉감 등 우리 몸을 통해 지각된 모든 정보가 뇌에 저장되며 이것이 바로 마음을 만드는 기본 재료라고 생각합니다. 다른 말로 하자면, 이들에게 마음은 전기적 자극의 총합체인 셈입니다. 영혼을 믿는 93퍼센트와 믿지 않는 7퍼센트 중 어느 쪽이 옳은지는 아직 밝혀지지 않았습니다. 어쩌면 이 비율이 역전되어, 인류의 93퍼센트가 영혼의 존재를 믿지 않고 오직 7퍼센트만 믿는 시기가 올 수도 있겠죠.《나는 천국을 보았다》의 저자 이븐 알렉산더 박사처럼 냉철한 뇌과학자에서 전향하여 영혼의 존재를 신봉하는 열렬한 종교인이 된 경우도 있으니까, 앞으로 이 비율이 어떻게 변할지 예측하기는 쉽지 않습니다. 하지만 인류가 생물학적인 전기작용에 의해 사유하는 존재라고 밝혀지는 날에도, 그래서 우리가 영적인 존재가 아니라고 밝혀질지라도, 인간에게 가치의 중요성은 없어지지 않을 것입니다.

우리가 기억하는 역사상 훌륭한 업적을 남긴 사람들, 그래서 흔히 성인이나 영웅으로 추앙받는 인물들은 모두 가치를 추구하는 생을 살았습니다. 가치를 추구하는 삶을 살면 그 인생의 가치가 올라갑니다. 반면에 가치가 아닌 다른 것들—돈이나 권력이나 명예 따위—를 추구하는 사람은 인생의 가치가 떨어집니다. 가치가 무엇보다 중요하다는 사실 역시 과학의 법칙처럼, 인류가 쌓아온 역사 속에서 의심받아서는 안 되는 확고한 인문의 법칙입니다.

브라질의 혁명가 올가 베나리오 프레스테스는 그녀의 마지막 날을 감옥에서 맞으면서 다음과 같은 편지를 남겼습니다. 마지막 순간까지 생의 가치를 놓치지 않고 살아야 함을 보여주었습니다.

"나는 선과 올바름을 위해 그리고 무엇보다 더 나은 세상을 위해 싸
웠다."

나는 젊어서 우연한 기회에 한 유명인사의 죽음을 애도하는 조
사弔辭를 쓴 적이 있습니다. 비록 내 이름으로 쓴 것이 아니라 남의
이름으로 대필한 글이었지만, 그 글이 많은 사람들의 심금을 울렸고,
그 뒤 내게는 '조사를 잘 쓰는 사람'이라는 꼬리표가 붙어 다녔습니
다. 직장을 옮겨서도 그 꼬리표는 유효했기에 기네스북에 올라도 좋
을 만큼 수많은 조사를 쓰게 되었습니다. 내가 쓴 조사는 예외 없이
유명 신문에 실렸는데, 그것은 돌아가신 분들이 사회적 명사였기 때
문입니다.

조사를 쓰면서 일찍이 깨우친 사실 한 가지가 있습니다. 어떤 분의
조사는 아주 쉽게 쓰이고, 쉽게 쓰인 조사일수록 명문이라는 칭찬이
뒤따랐습니다. 반면 어떤 이의 조사는 펜이 나가지 않아서 썼다 지우
기를 수없이 반복하게 만듭니다. 그런 글은 읽는 이들에게 감동을 주
지 못하더군요.

그렇다면 어떤 조사가 쉽게 쓰이고 어떤 조사가 잘 안 쓰일까요?
그것은 죽은 이가 살아생전 세상에 얼마나 많은 기여를 했느냐가 결
정합니다. 이웃에, 사회에, 국가에 무언가 기여를 많이 한 분들은 그

행적만 엮어도 장엄한 조사가 됩니다. 반대로 명문가에서 자라 좋은 학교를 나오고 고관대작을 지냈으며, 혹은 거대한 부를 이루었더라도 세상에 베푼 것이 빈약하면 조사에 쓸 말이 거의 없더군요. 무엇인가 세상에 기여한다는 것은 지향하는 가치가 있을 때라야 가능합니다.

이 무렵 터득한 또 다른 사실 하나는, 생일상과 제사상에 관한 것이었습니다. 대부분의 사람들은 죽은 뒤에 제사상을 받습니다. 그런데 아주 드물게 어떤 분들은 사후에 생일상을 받습니다. 공자나 석가나 예수는 생일상을 받는 대표적 인물입니다. 이들의 생일은 부처님 오신 날, 크리스마스 등으로 명명되는 인류의 축제일이기도 합니다. 세종대왕이나 충무공 등 우리 역사에 큰 공적을 쌓은 인물들도 대부분 탄신일을 기념합니다. 왜 그런지 뚜렷한 이유는 없습니다. 이유는 모르나 위대한 인물에게는 생일상을 올리고 있습니다. 생일상을 받지 못하는 보통사람은 죽은 날에 맞춰 후손에게서 제사상을 받습니다. 제사상과 생일상도 살아생전 세상에 어떤 공덕을 끼쳤고 어떤 기여를 했느냐가 결정합니다. 여기서도 가치의 문제가 절대적인 역할을 하는 것을 알 수 있습니다.

기왕이면 젊은 시절에 가치관을 확립하는 것이 좋습니다. 젊은 사람도 언젠가는 세상을 떠날 것이고, 사후에 제사상을 받을 것인지 혹은 생일상을 받을 것인지 목표를 분명히 세우면 좋겠습니다. 조사도 마찬가지입니다. 만약 여러분의 장례식에서 조사가 낭독된다면 과연 어떤 내용이 될까요? 그 조사를 쓸 사람이 쉽게 쓸 것인지의 여부도 사는 동안 여러분이 어떤 가치에 집중했느냐가 결정하게 될 것입니다.

갈등의 좋은
해결책은 무엇일까요

갈등은 개인 대 개인, 개인 대 조직, 조직 대 조직 등 어떤 관계에서도 피할 수 없는 현상입니다. 모든 갈등은 가치관의 충돌입니다. 자기 생각은 다 옳은가요? 그럴 수 없습니다. 나는 내 가치에 근거해서 판단하고, 상대방은 그의 가치에 따라 판단하며, 세상은 세상의 가치에 의해 판단합니다. 그래서 충돌이 늘 생깁니다. 그래서 갈등이 터지면 '나는 내 가치에 의해 판단했고 저 사람은 저 사람의 가치에 의해 판단했구나' 하고 객관화해보는 태도가 중요합니다.

가령 회사에서 상사와 부하 사이에 문제가 생겨도, 그들의 가치관이 서로 다르다고 이해하면 문제를 풀기 쉬워집니다. 문제를 꼬이게 하는 것은 상호간의 의견 차이 그 자체가 아니라 사람들의 감정적 대응입니다. 저 사람은 틀렸고 나는 옳다고 생각하는 대목에서 대부분 싸움이 시작되고 갈등이 급속히 커지기 시작합니다. 급기야 '저 사람은 날 싫어해, 나도 저 사람이 싫어'라고 생각하기에 이르지요.

갈등의 대표선수격인 노사분규를 볼까요? 노사분규가 발생할 때 사측에서 보면 회사가 다 옳은 말을 합니다. 문제는 반대로 노동자도 그들의 입장에서 다 옳은 말을 한다는 것입니다. 양쪽이 모두 옳아서 싸움이 붙으면 격렬하고 오래갑니다. 노사분규가 심한 우리나라 몇 몇 기업의 케이스를 분석해보면, 한 해는 노조가 이기고 다음 해는 사용자가 이깁니다. 이런 엎치락뒤치락을 반복합니다. 노조가 패하면 분하니까 더 강성 집행부가 들어섭니다. 새 집행부는 투쟁을 통해 사용자를 이깁니다. 패배한 사측도 곧장 새로운 준비에 착수하는데, 목표는 내년 싸움에서 이기는 것입니다. 이런 패턴이 반복되는 한 노사분규는 결코 끝나지 않습니다.

정말 어려운 대목입니다. 왜냐하면 이런 현상은 문화의 문제이기도 하고, 우리에게 민주적 학습이 부족한 영향도 크기 때문입니다. 한국의 문화에는 아직도 전체주의적이며 가부장적인 DNA가 많이 남아 있습니다. 어른의 의견은 일단 존중해야 하며, 부인은 남편을 따라야 한다는 식이지요. 자녀들은 부모에게 복종해야 하고, 선생에게 말대답을 하면 나쁜 학생 취급을 받기 일쑤입니다. 이는 잘못된 권위주의의 잔재이며, 이는 가정에서부터 민주적인 학습이 안 된 탓이 큽니다. 어려서부터 민주적인 학습을 시키면 이런 것들이 머지않아 해소될 것입니다. 지금은 과도기이고 그래서 갈등이 더 큰 시기이기도 합니다.

인류가 쌓아온 경험법칙에 따르면 싸움과 갈등을 치유하기 위해서는 먼저 상대를 인정하고 존중하는 태도가 필요합니다. 그러면 상대도 나를 존중하게 되며 이것이 갈등해소로 이어집니다. '당신은 틀렸어' 하는 극단적인 혐오감이나 판단은 좋지 않습니다. 그렇다고 해서 상대방의 말을 들어주는 척하고 이해해주는 척하는 것은 문제를 더 나쁘게 만들 수 있지요. '당신 입장에서 그렇게 생각할 수 있겠네요.' '당신은 그렇게 생각하셨군요'라며 진심으로 이해하는 것이 필요합니다. 상대방을 이해하고 정중하게 대하는 태도는 상대방을 변화시킵니다. 이것이 민주시민의 소양입니다. 이 일은 어렵지 않습니다. 단지 우리가 어렵게 느끼고 있을 뿐입니다. 우리에게 학습의 기회가 없었고 성공해본 경험이 적어서 어렵게 느끼는 것입니다. 여기에는 역대 국가 지도자들의 권위적 스타일도 국민들에게 나쁜 영향을 남겼습니다.

아놀드 토인비의 미메시스 이론에 따르면 대중이란 어느 시대에나 지도자 그룹을 닮아가는 경향이 있습니다. 미메시스는 '모방하다'라는 뜻의 그리스어에서 파생된 말로, 그리스 철학에서는 예술가들이 자연을 모방하려는 경향이나, 인간이 신을 닮아가려는 경향을 그렇게 불렀습니다. 그의 말을 요약하면, 사회가 문제에 부딪쳤을 때 지도자들이 이를 창의적 방법으로 풀어나가면, 대중들에게 지도자의 장점을 모방하는 미메시스가 일어나기 때문에 문명이 발전한다는 것입니다. 그런데 대중은 지도자의 장점만을 모방하는 것이 아니라 지도자들의 단점도 닮는 경향이 있습니다. 역대 대통령들이 그동안 권위주의적인 모습을 보여왔기 때문에 우리 국민들도 부지불식간에 권위주의적 행태에 물들어 있습니다. 지도층들이 부정부패에 자주 연루되기도 하는데 그런 것들이 사회의 정직성을 떨어지게 만드는 역할을 하는 것도 미메시스의 일종입니다.

—

건강한 삶을 위한
태도와 습관은

원료범袁了凡의 이야기부터 할까요. 원료범은 4백여 년 전 중국 명나라 때 사람입니다. 그는 젊어서 집이 너무 가난하여 공부를 제대로 할 수가 없었습니다. 그의 어머니는 돈이 없어도 의술을 공부할수 있으니, 그 방면으로 나아가라고 권했습니다. 의술을 배우던 어느날, 관상을 잘 보는 공씨 성을 가진 노인을 만납니다. 노인은 몇 가지 예언을 일러줍니다. 지금 하고 있는 의술 공부와는 상관없이 어느 해에 공무원이 될 것이며, 결혼은 언제 하게 될 것이고, 관직은 어디까지 오를 것이며, 평생 동안 자식이 없이 지내다가 몇 살에 죽을 것이라는 이야기였습니다.

　신기하게도 예언의 첫 부분이 적중하여 노인이 말한 해에 원료범은 관직에 나아가게 되고 이어서 예언대로 장가를 듭니다. 이쯤 되자그는 노인의 예언을 철저히 신봉하게 되었습니다. 죽을 날을 미리 알게 된 원료범은 젊어서부터 남다른 처세를 하게 됩니다. 남과 다투는 일도 없고 크게 욕심을 부리는 법도 없었으며 차분히 인생을 관조하듯 살아갑니다.

그러다가 원료범이 사신으로 일본에 건너갔습니다. 사신 일행을 대접하던 관리들이 살펴보니 그의 인품이 범상하지 않습니다. 그래서 명나라에서 큰 인물이 왔다는 소문이 일본 전역에 퍼지게 되었지요. 소문을 듣고 고승 한 분이 찾아왔습니다. 스님은 이 젊은 관리가 초탈한 자세를 보이는 모습에 관심을 보이면서 그 내력을 묻습니다. 원료범은 자초지종을 이야기합니다. 그러자 이 스님이 "겉보기에는 훌륭한 군자 같더니 알고 보니 당신은 형편없는 소인이군. 고작 운명론에 매달려 산다는 거냐!"고 나무랍니다.

원료범은 이 일을 계기로 크게 각성하였습니다. 그날부터 삶의 방식을 바꿉니다. 예언에다 자신의 모든 것을 맡기던 자세를 털어버리고, 스스로 운명을 개척하겠다는 마음을 새롭게 하였습니다. 그러자 지금까지 태기가 없던 부인이 아들을 잉태하는 기적이 일어났습니다. 예언 하나가 빗나가자 나머지 예언들도 차례차례 빗나가기 시작해, 벼슬은 예언보다 더 높아졌고 수명은 예언보다 길어졌습니다.

이 이야기는 실화입니다. 원료범은 처음에 남의 예언을 따르는 삶을 살았습니다. 그러다가 승려의 죽비 소리에 깨어났습니다. 패러다임의 전환이 일어난 것이지요. 이후로는 자신의 의지가 이끄는 삶을 살았습니다.

평균 수명이 벌써 80대 중반에 도달했습니다. 이대로 가면 지금 20대의 평균수명은 필경 120년이 될 것입니다. 그러니 젊어서부터 건강에 관심을 갖는 것은 너무도 당연합니다. 그래서인지 건강에 관한 정보가 홍수를 이룹니다. 오히려 의료정보의 홍수가 혼란을 불러올 지경입니다. 먹는 음식만 해도, 된장을 많이 먹으라는 건지 먹지 말라는 건지, 김치가 항암효과가 있다는 건지 암을 유발한다는 건지 혼란스러울 때마저 있습니다. 아마 의사도 아니고 보건전문가도 아닌 내게 건강한 삶에 관한 의견을 구한 것도, 정보의 홍수로 인해 혼란스러움을 느낀 탓이 아닐까 생각해봅니다. 많은 미디어가 앞다투어 건강정보를 실어 나르고, 텔레비전을 켜면 수많은 채널이 건강요법과 건강식품을 홍보합니다. 하지만 수만 페이지 정보를 읽어도 결론은 간단합니다.

가리지 않고 잘 먹기, 적정한 수면, 주기적 운동, 이 세 가지면 충분하니까요. 가장 중요한 것은 건강에 대한 자신의 확신입니다. 이런저런 정보에 휘둘리지 않고 자신만의 방법으로 자신의 건강을 지켜나가는 생활방식이 중요하다는 뜻입니다. 원료범이 그랬듯이 세상사 생각할 나름인 경우가 많습니다.

—

자기혐오와 무력감을
이겨내는 방법

많은 젊은이들이 긴 불황과 낮은 취업률 속에서 좌절감을 느낍니다. 어렵사리 취직을 해도 막상 월급쟁이가 되어보니 직장이 파라다이스가 아니라는 것을 알게 되면서 기가 죽기도 합니다. 설령 대기업에 취업을 해도 평균 재직기간이 12년에 불과하다는 통계도 있으니 온통 우울합니다. 해도 되지 않을 것 같은 무기력함과 이로 인해 자기혐오를 느끼기도 합니다. 이를 이겨낼 방법은 결국 '생각의 힘'에 달려 있습니다. 생각은 강한 힘을 가지고 있습니다. 생각의 힘이 강하므로 세상 모든 일이 마음먹기에 달렸습니다. 달마선사는 이것을 '일체유심조一切唯心造'라고 했습니다.

문명의 이기는 대부분 창조적 재능을 가진 소수의 사람들이 만들어냅니다. 그러나 이 창조가 있기 전에 많은 사람들의 '생각'이 선행되었습니다. 가령 새처럼 하늘을 날고 싶다는 생각이 비행기의 발명을 가져오고, 먼 길을 오가는 불편을 겪는 사람들의 '편히 그리고 빨리 가고 싶다'는 생각이 쌓여 자동차를 탄생시켰습니다. 때로는 작가들이 다소 엉뚱해 보이는 생각을 소재로 작품을 만들고, 그 생각이 세상에 퍼져나가 현실이 되기도 합니다. 달나라에 가는 꿈, 바닷속을 여행하는 꿈, 빅브라더의 출현 등은 문학작품에서 먼저 예고되었고 나중에 우주선, 잠수함 그리고 감시장치 등이 세상에 나왔습니다.

이 밖에도 생각이 얼마나 강력한지를 말해주는 예는 무수히 많습니다. 9·11 같은 비행기 테러도 이미 소설을 통해 그 생각이 세상에 나와 있었고, 탄저균 같은 생화학무기에 의한 테러도 영화의 소재로 심심치 않게 다뤄져왔습니다. 그런 생각들이 끔찍한 현실로 나타나 지금 세계는 제2차 세계대전 이후 가장 불안한 국면을 맞고 있습니다. 사람들이 생각할 때 뇌파가 생기고 모든 파장은 일종의 에너지를 갖는다는 사실은 이미 알려진 과학적 상식입니다. 다만 생각의 에너지가 구체적으로 작용을 일으키는 메커니즘이 아직 밝혀지지 않았을 뿐이지요.

우리 속담에 '말이 씨가 된다'고 했습니다. 말은 생각을 전달하는 수단이기 때문에 이 속담을 다른 말로 바꾼다면 '생각이 씨가 된다'가 될 것입니다. 결국 모든 생각이 일의 근원이 되고 이 세상의 모습을 결정하게 됩니다. 오늘날 심리학에서는 자성적 예언self-fulfilling prophecy이라는 개념을 주목하고 있는데, 이것도 바로 생각하고 꿈꾸는 대로 일이 이루어진다는 내용입니다. 성공을 생각하는 사람이 성공하고, 반대로 실패를 두려워하는 사람이 실패하기 쉽다는 이야기이기도 합니다. 아름다운 세상을 꿈꾸는 사람들이 많아지면 세상이 밝고 아름다워지며 우울하고 어두운 사조가 퍼지면 마침내 살기 힘든 세상이 찾아온다는 것이지요. 그래서 많은 경영컨설턴트들은 CEO들에게 회사를 긍정적이고 낙관적인 직원으로 채우라고 충고하는지도 모릅니다.

생각의 힘을 보여준 인물의 예를 하나 들어볼까요. 죽음의 수용소에서 삶의 진정한 의미를 깨우친 빅터 프랭클입니다. 프랭클은 프로이트 심리학을 배운 정신과 의사였습니다. 그는 어릴 때의 사건들이 인간의 성격과 성품을 결정지어 나머지 일생을 지배한다는 생각에 고착되어 있었습니다. 제2차 세계대전이 터지자 유대인인 프랭클은 수용소에 갇혔고, 그의 부모와 형제 그리고 아내는 수용소에서 죽거나 가스실에 보내졌습니다. 프랭클 자신도 언제 가스실로 보내질지, 혹은 죽은 사람들의 시체와 재를 치우는 '구원된 사람' 중에 끼게 될지 모른 채 고문과 모욕으로 고통받았습니다.

어느 날 작은 감방에 홀로 발가벗겨진 채로 있으면서 그는 '인간이 가진 최후의 자유'를 자각하게 되었습니다. 이 자유는 나치들도 빼앗아갈 수 없는 것이었고, 나치들은 그의 주변 모든 환경을 완벽하게 통제하고 그들이 원하는 대로 프랭클의 육체를 다루었으나 그는 이미 자신의 상태를 '관찰자의 입장'에서 바라볼 수 있는 자유인이 되어 있었습니다. 수용소의 비참한 환경에 영향을 받을지를 스스로 결정하는 사람이 되어 있었던 것이지요. 이 경험을 하면서 프랭클은 자신이 수용소에서 풀려난 뒤 강단에서 제자들을 가르치는 모습을 상상으로 투사해보았습니다. 그는 마음의 눈을 통해 강의실에 서 있는 자신을 보았습니다. 그리고 자신이 수용소에서 고문을 통해 배운 교훈을 제자들에게 가르치는 모습을 그려보곤 했습니다. 그가 가르치려는 진실은 인간은 누구나 '자극'과 '반응' 사이에서 선택할 수 있는 '자유'를 가지고 있다는 사실이었습니다. 전쟁이 끝나고 살아남은 프랭클은 그가 죽음의 수용소에서 꿈꾸었던 것보다 더 많은 것을 현실에서 이루었습니다.

프랭클의 사례에서 얻을 수 있는 교훈은, 어떤 사람은 주어진 환경의 지배를 받지만 어떤 사람은 환경의 영향에서 자유롭다는 사실입니다. 환경의 영향에서 자유로운 사람은 어떤 역경이 닥치더라도 낙담하거나 좌절하지 않습니다. 낙담과 좌절도 본인의 선택에 달려 있기 때문이니까요. 반대로 환경의 지배를 받는 사람은 날씨가 화창하면 기분이 좋아지고 비라도 내리면 우울해져 업무수행에까지 영향을 받습니다.

요즈음 한국사회를 보면 무력감에 빠진 사람도 있고 세상 돌아가는 모습을 보고 괴로움에 시달리는 사람도 많습니다. 힘들다, 어렵다는 말을 듣기가 민망해서 안부 묻기도 부담스러울 지경입니다. 청년실업자나 신용불량자가 양산되면서 암울한 기운이 퍼져나가 사회

날씨가 어둑어둑합니다. '헬조선'이니 '7포세대'니 하는 신조어가 힘을 얻고 있습니다. 힘들지 않다고 말하는 사람이 오히려 이상해 보일 지경입니다. 이런 한국에 빅터 프랭클이 온다면, 그리고 축 처진 어깨를 한 사람들과 대화를 나누게 된다면 틀림없이 "선택은 여러분의 자유입니다"라는 충고를 던져줄 것입니다.

인간의 심리를 연구한 학자들이 공통으로 동의하는 사실 중 하나는, 비관적인 사고는 의욕을 꺾어버리기 때문에 비관적 결과를 낳는다는 것입니다. 비관주의자들은 성공이 눈앞에 보이는데도 작은 역경이 닥치면 쉽게 포기해버립니다. 그들은 대체로 머피의 법칙을 믿는 경향이 있어서 승리를 눈앞에 놓고도 실패의 문을 열곤 합니다. 그러나 낙관주의자들은 직장에서, 학교에서 그리고 스포츠에서 보다 나은 성과를 거둡니다. 또한 감기나 질병에 대해서도 탁월한 저항능력을 보이며 병에 걸리더라도 회복이 빠릅니다.

마쓰시타 고노스케 이야기로 이 질문의 답을 마치려 합니다. 그는 마쓰시타 전기의 창업자로 아흔넷에 세상을 떠날 때까지 산하 570개 기업에 종업원 13만 명을 거느린 대기업의 총수였습니다. 그는 자신이 세 가지 하늘의 은혜를 입고 태어났다고 했습니다. 세 가지 은혜란 '가난함, 허약함, 못 배움'이었습니다. 이 소리를 듣는 사람들은 세상의 불행을 모두 갖고 태어났는데도 오히려 하늘의 은혜라고 하니 이해할 수 없다는 표정을 짓게 마련이었죠.

그러면 마쓰시타 회장은 다음과 같이 설명했다고 합니다. "나는 가난 속에서 태어났기 때문에 부지런히 일하지 않고서는 잘살 수 없다는 진리를 깨달았어요. 또 약하게 태어난 덕분에 건강의 소중함을 일찍이 깨달아 몸을 아끼고 건강에 힘써 겨울에도 냉수마찰을 한답니다. 또 초등학교도 졸업하지 못했기에 이 세상 모든 사람을 스승 삼아 배움으로써 많은 지식을 얻었어요."

마쓰시타 회장은 자신에게 주어진 불행과 시련을 오히려 하늘이 준 은혜로 생각하고 열심히 노력하여 값진 성공을 거두었습니다.

긍정적인 생각의 힘을 기릅시다. 과연 마쓰시타 코노스케보다 더 어려운 사람이 대한민국 청년 중에 몇이나 있을까요. 낙관론자가 되면 주변에 도움을 청할 사람도 많습니다. 결과적으로 운명까지도 지배할 수 있습니다. 열악한 환경을 딛고 일어난 사람이나 성공한 사람을 연구하고 배우는 이유는 무엇일까요. 우리는 난장이일 수 있습니다. 그런데 우리가 성공한 사람을 배우면 그 사람의 어깨에 올라갈 수 있습니다. 그래서 인문학을 공부하는지도 모릅니다. 인문학을 배우면 수많은 인간 군상을 만나는데, 그중에 거인들이 있습니다. 그 거인의 어깨에 올라타면 우리도 거인의 시각으로 세상을 볼 수 있습니다.

만약 무력감에 시달리는 한 젊은이가 있다면 정식품의 창업자 정재원 박사님 이야기에 귀 기울여보기를 권합니다. 사회에 만연한 '흙수저' 타령에 대해 올해 1백 세인 정 박사님은 "세상에 흙수저는커녕 '무수저' 인생도 있다"라고 반론을 펴십니다. 얼마 전 한 일간지에 실린 그의 인터뷰 기사를 요약해보면 이렇습니다.

정재원 회장은 올해 나이 1백 세의 기업인입니다. 베지밀이라는 브랜드로 유명한 정식품의 설립자인 그의 인생은 한 편의 드라마입니다. 황해도 은율 산골에서 태어난 그는 두 살 때 부친을 여의고 목욕탕 청소부와 모자가게 사환을 전전했습니다.

15세에 평양 기성의학강습소에서 교재를 등사하는 사환 일을 했습니다. 하루 3천 장을 등사기로 밀면 손목이 저리고 어깨가 무거웠습니다. 그러면서 그는 교재를 눈여겨보기 시작했고 내용을 조금씩 공부해나갔습니다. 이렇게 공부한 실력으로 의사고시에 도전했던 것입니다. 그는 새벽 눈보라를 헤치며 달려가 가장 먼저 도서관 책을 빌려 공부했고, 밥 먹는 시간도 아까워 엿으로 허기를 달래가며 마침내 의사검정고시에 합격했습니다. 누가 봐도 기적이었습니다.

의사생활을 하면서 난치병 환자를 고치는 방법을 끊임없이 연구하다가 마침내 콩을 원료로 하는 두유를 발명하기에 이르렀습니다. 이를 계기로 정식품이라는 기업을 설립했습니다. 그러나 모든 사업이 그렇듯이 정 회장의 사업도 초기에는 순탄치 못했습니다. 빚쟁이에 시달리는 날도 많았고 사업이 생각대로 풀리지 않아 괴로운 때도 있었습니다. 그러나 정 회장은 포기를 몰랐고 불퇴전의 의지로 역경을 뚫고 나갔습니다. 고생한 보람이 있어 정식품은 지난해 매출이 1700억 원이 넘는 탄탄한 중견기업으로 성장했습니다.

만약 어떤 젊은이가 정재원 회장의 인생 스토리를 한 페이지만 정

독한다면 요즘 청년들 사이에 퍼지고 있는 흙수저 타령에 결코 동의
하지 않으리라 믿습니다. 만약 어떤 청년이 정 회장에게 흙수저 신세
를 한탄한다면 정 회장 자신은 흙수저는커녕 아무 수저도 없는 무수
저에서 출발했다고 말할 것입니다.

자기를 작게 생각하면 한도 끝도 없습니다. 반대로 자기를 확장시
키고 지평을 넓히면 우주에 닿을 정도로 키울 수 있습니다. 요즈음
젊은이들은 자기를 너무 작게 보고 있습니다. 맹자는 호연지기를 말
합니다. 호연지기란, 하늘과 땅 사이를 가득 채울 만큼 크고 넓어 어
떠한 일에도 굴하지 않고 맞설 수 있는 당당한 기상입니다.

이와 함께 인생에 관한 톨스토이의 언명을 응원의 메시지로 적어
봅니다.

근본적이고도 가장 어려운 일은 삶 그 자체를 사랑하는 것이다.

고통스러울 때조차 삶을 사랑해야 한다. 삶이 모든 것이니까.

생명이 하느님이고 생명을 사랑하는 것이야말로 하느님을 사랑하는
것이다.

—

넓은 시야로 통찰력을
키울 수 있는 방법은 무엇인가요

이 질문을 들으면 헤겔의 '미네르바의 부엉이'가 떠오릅니다. 헤겔은 저서 《법철학》의 서문에서 "미네르바의 부엉이는 황혼녘에야 날아오른다"고 적었습니다. 미네르바는 그리스 신화에 나오는 지혜의 여신입니다. 대낮에는 세상을 보지 못하는 부엉이가 어둑어둑해지는 황혼녘에야 날아오른다는 메타포는, 그러니까 세상사의 복잡한 변동이 가라앉은 시점에서야 그 세계를 냉정히 바라볼 수 있다는 이야기입니다. 여신이 부엉이를 어깨에 앉힌 것은 부엉이를 자신의 귀 가까운 곳에 위치시켰음을 의미하며, 귀 가까이 두었다는 사실은 부엉이로부터 어떤 이야기를 끊임없이 구하려 했다는 의도로 해석할 수 있습니다.

옛날 고명한 인물들 중에는 집안 뒤뜰에 말뚝 하나를 박아놓고 절을 하는 경우가 있었다고 합니다. 고명해져서 더 이상 자기를 가르칠 스승이 없는 사람들이었습니다. 말뚝을 스승 삼아 거기 절함으로써 오만에 흐르기 쉬운 마음을 가다듬었던 것이지요. 그들의 지혜가 빛나게 느껴집니다. 바보란, 자신이 모르는 것이 무엇인지를 모르는 사람에게 붙이는 이름이니까요.

젊은이들이 통찰력에 관심을 가지고 그것을 구하는 태도는 매우 값집니다. 장차 세상에 도움을 주는 리더가 되려면 통찰력이 기본적인 덕목이 될 것이기 때문입니다. 넓은 시야를 가지고 세상의 통찰력을 키우려면 세 가지 단계가 필요하다고 생각합니다.

첫째, 독서
둘째, 사색
셋째, 멘토링

먼저 독서입니다. 좋은 인문서적을 골라 두루 지식을 넓히는 것이 필요합니다. 다음은 사색으로 지득한 내용을 음미하여 저작咀嚼하는 과정입니다. 이때는 가급적 고요한 가운데 자신을 던지는 것이 좋습니다. 마지막 단계로는 좋은 멘토를 만나 독서와 사색에서 얻어진 자신의 생각을 '검증'해야 합니다. 거울에 자신을 비추어 보듯이 자기 생각을 멘토 앞에 내놓아보는 것입니다.

자기가 체득하고 사색한 바가 정말 세상에 도움이 되고 쓰임새가 있겠는지를 멘토와의 대화를 통해 검증해봐야 합니다. 이 과정이 없으면 위험할 수 있습니다. 사회생활을 할 때 항상 조심해야 할 것은 '과유불급過猶不及'입니다. 뭐든지 과한 것은 좋지 않습니다. 생각이 아무리 훌륭해도 과하면 안 됩니다. 한 가지 주의할 것은 이때의 멘토는 세상 경험이 많은 어른으로 정하는 것이 좋다는 것입니다. 같은 또래를 멘토로 삼으면 자칫 소경이 소경을 인도하는 오류에 빠질 수 있으니까요.

이 문제와 관련해서 사숙(私淑, 존경하는 사람에게 직접 가르침을 받지는 않으나, 그 사람의 도나 학문을 본받아 배우는 것)이라는 개념을 이해해 두는 것도 좋을 것 같습니다. 직접 만나서 배우지는 않지만 어떤 분을 스승 삼아 도나 학예를 닦는 것을 뜻합니다. 예를 들자면 간디의 불복종운동은 미국의 헨리 데이비드 소로에게 사숙한 것이었습니다. 소로는 미국의 노예제도와 멕시코전쟁에 반대하여 6년 동안이나 인두세人頭稅 납부를 거부함으로써 투옥되었습니다. 감옥에 갇힌 소로는 부당하게 인간을 탄압하는 정부 아래서는 감옥 또한 의로운 사람이 있어야 할 올바른 장소라고 의연하게 맞섰지요.

이런 사숙의 메아리는 계속 이어졌습니다. 미국의 마틴 루서 킹 목사의 비폭력주의 운동은 간디에게 영향을 받았고, 버트런드 러셀이 영국의 핵군비에 반대하여 농성하다가 체포된 일은 간디의 불복종운동에서 배운 결과였습니다. 한국에서는 다석 유영모와 그를 따르던 함석헌이 소로와 간디를 사숙하였고, 그들의 사상은 1970년대 후반기의 민주화운동에 영향을 끼쳤습니다.

재미있는 일은 간디에게 영향을 끼친 소로 자신은 정작 동양의 사상가들을 사숙했다는 사실입니다. 그의 글에는 공자, 맹자, 노자를 흠모하는 이야기가 자주 등장하고, 힌두교의 경전인 《리그베다》에 심취한 기록이 남아 있습니다. 사상의 메아리가 동양에서 미국으로, 미국에서 다시 인도로, 인도에서 한국으로 퍼져나갔던 셈입니다. 대문호 톨스토이의 노년을 가까이에서 지켜본 막심 고리키는 톨스토이가 동양사상에 깊이 매료된 모습에 다소 놀라워하며 기록을 남겼습니다. 톨스토이는 자신의 문학과 쌍벽을 이룬 도스토옙스키의 작품세계가 어두운 것을 비판하는 대신 "그가 공자와 석가를 읽었어야 했다"는 충고의 말을 남겼습니다.

—

외부 상황에 의해 신념이 꺾이거나
현실에 굴복할 때

조언을 위해 먼저 영화 두 편을 이야기하는 것이 좋을 것 같습니다.

먼저 〈순응자〉라는 영화입니다. 베르나르도 베르톨루치가 감독한 이탈리아 영화로 체제에 순응하는 젊은이들의 이야기를 다루고 있습니다. 주인공 미르첼로는 평범한 삶을 원해 중산층 여자와 결혼하고 파시스트 정권에 순응합니다. 비밀경찰이 된 그는 반파시스트 운동가들을 박해하고 고문합니다. 신혼여행을 떠나는 그에게 상부에서 대학 시절 은사를 살해하라는 명령이 내려옵니다. 은사는 파리에 망명하여 반정부운동을 펼치고 있었는데, 파시스트들은 그를 눈엣가시로 여겼기 때문입니다. 그는 주저 없이 교수를 살해하러 갑니다. 그의 시도는 마르첼로의 정체를 미리 간파한 은사에 의해 좌절되는 것으로 영화는 끝납니다. 이 영화는 많은 인간들이 체제에 순응하며 살아간다는 사실을 보여줍니다. 파시스트 체제가 불합리하고 비민주적이라는 것을 알면서도 마르첼로 같은 인텔리가 비밀경찰의 충실한 조직원으로 활동하니까요. 마르첼로가 보통사람 중 하나일 뿐이며 그가 나쁜 일에 가담하는 것은 나약한 보통사람이기 때문이라는 사실을 이 영화는 부각시킵니다. 이 대목에서 영화는 우리에게 친일파 논란을 연상시킵니다. 일제강점기를 살았던 대부분의 사람들이 순응자의 삶을 택했으니까요.

두 번째 영화는 멜 깁슨이 감독한 〈브레이브 하트〉입니다. 1996년 제68회 아카데미 시상식에서 감독, 촬영, 분장, 효과 및 사운드 편집, 작품 등 다섯 개 부문에서 오스카를 수상한 걸작입니다. 13세기 말 잉글랜드 전제군주의 폭정에 시달리던 스코틀랜드에서 윌리엄 월레스는 저항군의 지도자가 되어 잉글랜드와 전쟁을 시작합니다. 월레스는 자신의 약혼녀를 상대로 초야권을 행사하려는 성주에게 저항하다가 독립전쟁을 이끄는 리더가 되었습니다. 위협을 느낀 영국 왕은 월레스에게 휴전을 제의하고, 화해의 사절로 이사벨 공주를 파견합니다. 이 만남에서 이사벨 공주는 월레스에게 사랑을 느끼게 되고, 잉글랜드의 계략을 알려줍니다. 그러나 월레스는 잉글랜드에 매수당한 저항군의 배신으로 전투에서 지고, 포로가 되어 런던에서 공개처형을 당합니다. 조국의 독립을 위해 목숨을 바친 월레스의 죽음에 고무된 스코틀랜드는 그의 의로운 정신을 받들어 베노번 전투에서 잉글랜드에 승리를 거둡니다. 윌리엄 월레스는 스코틀랜드의 영웅으로 추앙받는 실존인물로, 사후 556년이던 1861년 6월 24일에는 스코틀랜드의 스털링에 그를 기리는 90미터 높이의 기념비가 만들어졌습니다.

두 영화에 나오는 주인공들은 대비됩니다. 영화의 두 인물은 완전히 다른 인생을 살았습니다. 한 사람은 소시민적 안온함을 추구해서 현실에 순응하며 살아갑니다. 다른 한 사람은 현실을 거부하고 자신의 뜻을 좇아 삽니다. 어떤 삶이 옳을까요? 굉장히 어려운 질문입니다. 옳고 그름의 판단은 결국 자기의 가치관이 정할 것입니다. 타인은 옳다 그르다 판단할 자격이 없습니다. 분명한 것은, 순응자로 살 것인가, 독립영웅이 될 것인가를 결정하게 만드는 것은 바로 가치관이라는 사실입니다.

저는 유신시절에 신문기자를 했습니다. 당시 신문사에는 보안사령부나 정보기관 사람들이 상주하면서 무시로 편집국을 드나들었습니다. 신문사에서는 윤전기에 인쇄를 하기 직전의 최종 원고를 '대장臺狀'이라 불렀는데, 이 대장을 편집국장이 마지막에 점검합니다. 당시 편집국장과 기관원이 나란히 서서 대장을 점검하곤 했습니다. 기관원이 제목이 이상하다고 하면 바꿔야 했고, 어떤 기사를 너무 크게 배치했다고 지적하면 단수를 줄여야 했습니다. 이런 장면을 접할 때마다 부끄러운 생각이 들었습니다.

또한 당시에는 정부가 촌지제도를 조장하는 측면이 있었습니다. 촌지는 문자를 해석하면 '작은 마음'이라는 뜻인데 성의를 표하기 위해 건네는 돈을 그렇게 부릅니다. 당시 정부 출입처마다 대변인들이 출입기자들에게 1년에 몇 차례 촌지를 만들어주는 관행이 있었습니다. 당시 신문사는 예외 없이 박봉이었습니다. 은행원 월급의 절반 수준도 되지 않았으니까요. 저의 경우 직장을 대우로 옮기고 받은 첫 월급에 죄의식을 느낄 정도였습니다. 박봉과 촌지제도는 권력에 길들여지는 도구였습니다. 월급으로는 생활이 안 되고, 생활을 하려면 대변인이 음성적으로 만들어주는 촌지에 의존해야만 하는 구조였던 것입니다. 그런데 이 촌지가 내 가치관과 맞지 않더군요. 정직하게 땀 흘려 돈을 벌고, 그것으로 자식을 키우거나 부모를 봉양해야지 남에게 받아먹는 것은 성미에 맞지 않았습니다. 몇 년을 그렇게 갈등하면서 기자생활을 계속해야 하는가, 하는 회의를 했습니다. 그러던 중 1975년 종합무역상사제도가 도입되어 본격적인 수출시대가 열렸고, 유신시대의 무기력한 언론사보다는 활기차게 해외로 뛰어다니는 직업이 더 매력적으로 다가왔습니다. 그래서 직업을 바꾸었습니다.

사명감을 키울 수 있는
방법은 무엇인가요

이제는 성인의 반열에 오른 테레사 수녀님이 자선활동을 갓 시작했을 때의 일입니다. 수녀님은 허기진 고아들을 위해 먹을 것을 얻으러 나섰습니다. 첫 번째 찾아간 집은 빵가게였습니다. "저는 테레사 수녀입니다. 이 길거리 모퉁이에 고아원을 세로 열었습니다. 우리 아이들이 지금 배가 고픕니다. 불쌍한 아이들을 위해 팔다 남은 빵이 있으면 좀 주십시오." 수녀님은 말을 채 마치기도 전에 박대를 당했습니다. 표독한 주인은 욕지거리와 함께 그녀의 얼굴에 침을 뱉었습니다.

힌두교가 지배하는 인도에서 외래 종교인 가톨릭이 어떤 대접을 받았는지는 불을 보듯이 뻔합니다. 힌두교의 교리에 따르면, 사람의 신분과 부귀귀천이 모두 인과의 업보이기 때문에 고아가 된 것도 동정의 여지가 없습니다. 하물며 고아들을 위해 음식을 요구하는 '외국인 여자'에게 좋은 대접이 돌아갈 리 만무합니다.

그러나 수녀님은 여기서 물러서지 않았습니다. 얼굴에 묻은 침을 닦으면서 또다시 주인에게 사정을 합니다. "저를 위해서 침이라도 주셨으니 이제 우리아이들에게도 무언가를 좀 주셔야 하지 않겠습니까? 아이들에게는 빵을 좀 주세요."

이쯤 되면 빵가게 주인은 어떤 생각을 하게 될까요? 미안한 마음이 지나쳐 쥐구멍이라도 찾고 싶었겠지요. 이 미안한 마음 덕분에 수녀님은 빵을 얻게 됩니다. 그날에 이어 다음 날도, 또 다음 날도. 수녀님의 이 작은 성공이 마침내 성인이 되는 큰 성공을 거둡니다. 먼 훗날 수녀님은 그날을 이렇게 회고했습니다. 빵가게에 간 것은 아이들의 허기진 배를 채워주기 위함이었지, 자신의 얼굴이나 자존심을 보호하려는 것이 아니었다고.

테레사 수녀님이 겪은 사례에서 보듯, 인생에서 사명감은 매우 중요합니다. 사명감이 있는 사람과 없는 사람은 인생의 품위에서 큰 차이가 납니다. 사명감을 갖기 위해서는 먼저 명상과 모색을 통해 지금의 시대정신이 무엇인지를 구해야 합니다. '우리의 역사는 어디서 발원하여 여기까지 왔는가? 지금 우리에게 필요한 것은 무엇인가?' 이런 주제에 대해 많은 생각을 해야 합니다. 역사 공부와 역사를 움직여온 인물들에 대한 공부를 계속하면 사명감이 강해집니다.

크게 된 사람들은 한결같이 자기 나름의 사명감 선언이 있었습니다. 굴곡지고 파란만장한 삶을 살았던 근대무용의 창시자 이사도라 던컨은 열두 살 생일에 이런 다짐을 했습니다.

"앞으로 예술과 아름다움에 내 인생을 헌신하면서 절대 결혼하지 않고 독신으로 살겠다. 오직 진실과 아름다움만 추구하며 살겠다. 아름다움이 진실이고 진실이 곧 아름다움이다."

그녀는 일생 동안 자신의 다짐에 충실했습니다. 유럽에 건너가 성공한 무용가가 되었으나 결혼은 하지 않았습니다. 싱거 재봉틀로 유명한 영국의 부호 싱거가 그녀에게 끈질기게 청혼했으나 끝내 뜻을 이루지 못한 일화는 유럽 사교계의 유명한 일화이지요. 그녀는 아름다움에 헌신하겠다는 사명감을 따르며 근대 무용을 창시한 독보적인 인물이 되었습니다.

리츠칼튼 호텔의 성공신화를 이야기할 때마다 사람들이 빠뜨리지 않는 요소가 하나 있습니다. 바로 〈사명선언서mission statement〉입니다. 일찍부터 리츠칼튼은 이 선언에서 자신들을 '신사숙녀를 위해 서비스하는 신사숙녀'로 규정했습니다. 이 선언은 그들에게 직업에 대한 보람과 긍지를 갖게 만들었으며, 자신들이 하고 있는 비즈니스가 무엇인지에 대한 성격을 분명하게 하였습니다. 선언서에는 회사가 지향하는 목표와 그 목표를 이루기 위한 회사와 직원들의 공통된 다짐이 담겨 있습니다. 여기에 그치지 않고 각 부서들도 나름의 목표와

이를 달성하기 위한 〈사명선언서〉를 만들어놓았으며, 회사는 직원한 사람사람마다 개인 차원에서의 〈사명선언서〉를 작성할 것을 장려하고 있습니다.

〈사명선언서〉는 기껏해야 반 페이지에 불과한 짧은 글이지만, 이런 선언서가 있느냐 없느냐에 따라 조직의 모습은 상당히 달라집니다. 잘 정리된 〈사명선언서〉는 나침반과도 같아서 이것을 가까이 두면 개인이나 집단이 길을 잃고 헤맬 염려가 없고, 혹시 순간적으로 길을 잃더라도 곧바로 진로를 수정할 수 있습니다. 실제로 조직의 성공여부는 대부분 조직문화와 깊은 관계를 맺게 되는데, 조직문화가 건강하려면 전체 조직이 하나의 표상으로서 바라다볼 깃발이 나부끼고 있어야 합니다. 승리를 향해 진군하는 부대는 항상 깃발이 앞장을 서지만 패잔병들에게는 깃발이 없습니다. 잘 만들어진 〈사명선언서〉는 전장의 깃발만큼이나 중요합니다.

〈사명선언서〉는 그 이름 때문에 간혹 서양문화의 유산으로 오해를 받기도 합니다. 그러나 우리 조상들도 비록 이름과 형식은 다를지라도 일찍이 이런 〈사명선언서〉의 문화를 가지고 있었습니다. 한 집안의 가훈이나 개인의 좌우명은 바로 한국형 〈사명선언서〉입니다. 예컨대 율곡 선생은 나이 20세 되던 해에 〈자경문自警文〉 11조를 만들었습니다. 공부의 목적과 방법 그리고 공부하는 사람이 지켜야 할 자세 등을 기록한 〈자경문〉을 읽어보면 한 가지 생각이 분명해집니다. 〈자경문〉을 만든 이는 율곡이지만, 율곡을 만든 것은 바로 이 〈자경문〉이라고.

율곡 이이의 〈자경문〉

제1조   성인의 위치에 이르기까지 끊임없이 노력한다.

제2조   마음을 안정하는 데는 먼저 말을 적게 한다.

제3조   생각이 어지러울 때는 정신을 가다듬어 가만가만 다룬다.

제4조   혼자 있을 때도 공손하고 삼가고 조심한다.

제5조   일보다 생각이 앞서야 한다.

제6조   재물과 명예에 마음을 두지 않는다.

제7조   한 가지 옳지 못한 일을 행하여 천하를 얻는다 해도 그를 하
        지 않는다.

제8조   역경이 닥쳐올 때 자신을 돌아보고 깊이 반성한다.

제9조   집안 사람이 감화되지 못한 것은 성의가 부족해서이다.

제10조 때 아닌 잠을 경계한다.

제11조 수양과 공부는 서두르지 않고 꾸준히 계속한다.

—

인생에서 겪은
가장 쓰라린 실패

내가 겪은 인생의 가장 뼈아픈 실패는 청춘을 바쳐 일해온 대우그룹의 해체입니다. 1999년의 일로, 내 나이 52세 때였습니다. 50대 이전까지는 인생에서 실패라고 할 만한 일을 겪어보지 못했으니까, 어떤 의미에서 행운이였는지도 모릅니다. 사실 나는 오래전부터 대우그룹의 위기를 느끼고 있었습니다. 그래서 중남미 법인대표를 맡아 파나마에서 근무할 때 책 한 권을 쓴 적도 있습니다.《시장은 넓고 팔물건은 없다》라는 책입니다.

이 책에서 나는 두 가지 사실을 지적했는데, 하나는 이대로 가면 한국사회가 국제경쟁력을 잃고 큰 위기에 빠질 수 있다는 점이었고, 또 하나는 대우가 이대로 가면 위험할 것이라는 사실이었습니다. 내 생각이 적중하여 책을 쓴 이듬해 한국은 IMF사태를 겪었고, 그 와중에 대우그룹은 해체의 비운을 맞았습니다.

휴가 한 번 제대로 즐겨보지 못하고 애국하는 길이라 생각하며 청춘을 바쳤는데 끝내 회사가 무너졌습니다. 결국 우리를 믿던 선의의 투자자들에게 피해를 끼쳤습니다. 대우 회사채를 가지고 있던 사람이나 주식을 가지고 있던 많은 사람들이 손해를 봤습니다. 공적 자금이라는 이름으로 대우그룹을 정상화시키기 위해서 40조 원이 넘는 세금이 투입되었습니다. 우리는 열심히 일한다고 생각했지만 결과적으로 국가와 투자자에게 손해를 끼쳤고, 많은 직원들이 직장을 잃고 거리로 내몰리는 피해를 입었습니다. 그런 생각들이 가슴을 짓눌렀고 내가 실패자가 된 느낌과 무력감에 한동안 산에 다니며 숨어 살듯이 지냈습니다. 하지만 그렇게 지내면 점점 상황이 나빠지기만 하고 손 쓸 수 없는 상태가 되겠다는 생각이 들었어요. 나는 방향을 바꿔 적극적인 생각을 하기 시작했습니다. 비록 그 힘이 적지만, 내 힘으로 세상에 신세진 것을 갚고, 은혜 입은 것을 되돌리자고 생각했던 것이지요.

이제 와서 생각해보면 대우의 위기가 내게는 전화위복의 계기가 되었습니다. 대우가 승승장구했더라면 나는 지금도 회삿일에 얽매어 있을 것이고, 그렇게 바쁜 일상에 빠져 지낸다면 사회와 이웃의 어려움에 눈뜨지 못했을 것입니다. 아름다운서당을 만들어 젊은이들과 공부한다든지, 어려운 젊은이들에게 손을 내미는 일은 상상도 못 했겠지요. 인생의 실패가 꼭 실패만은 아닙니다. 실패했을 때 어떻게 일어나는지가 더 중요합니다. 실패를 잘 극복하는 것이 인생의 묘미입니다.

실패를 딛고 성공한 사람은 생각보다 훨씬 많습니다. 얼마 전 미국의 〈허핑턴포스트〉에 아레나 홀이 이런 대표적 사례 열아홉 가지를 소개했습니다. 그녀는 이 글에서 "성공과 실패는 한 사람의 인생을 정의하는 절대 기준이 아니다. 변화하는 인생이라는 범위에서 양 끝에 놓인 요소일 뿐이다. 아래 소개하는 열아홉 명의 예는 오늘의 실패가 내일의 성공이 될 수 있다는 걸 입증한다"는 코멘트를 덧붙였습니다. 여기 소개하는 사람들은 모두 크게 성공했기 때문에, 그들의 인생에서 실패 따위는 전혀 없었을 것이라고 생각되는 명사들입니다.

1. 토머스 에디슨

수많은 실패를 거듭한 뒤에야 성공을 거둔 에디슨. 그는 어릴적에 선생님에게 "뭘 배우기에 너무 멍청하다"는 지적을 받았습니다. 그러나 지금은 에디슨의 이름을 모르는 사람은 없습니다. 한 번의 성공을 위해 1,001번의 시도가 필요했지만 말입니다. 발명품에 대한 집념은 그의 긍정적인 면을 보여줍니다. "난 실패를 1만 번 한 것이 아니라 가능하지 않은 것이 무엇인지 1만 번 발견했을 뿐이다."

2. 월트 디즈니

세계적인 만화영화 회사 대표에게도 어려운 시기가 있었습니다. 1919

년 그가 다니던 신문사에서 해고되었을 때, 이 신문사의 편집장은 디즈니에게 "상상력이 부족하고 쓸 만한 아이디어가 없다"고 비판했습니다.

3. 비틀스

1962년 비틀스가 음반사에서 처음 오디션을 볼 때 음반사의 딕 로우는 비틀스 매니저에게 "기타 그룹은 한물갔다"며 거절했습니다. 하지만 비틀스는 세계에서 가장 유명한 밴드가 되었습니다.

4. 허먼 멜빌

그는 《모비딕》을 출간하고도 경제적인 어려움을 겪었습니다. 남은 돈을 다음 책 《피에르》를 발간하는 데 썼지만, 이 책도 인기가 없었습니다. 그는 항구에서 세관 검사관으로 일하다 1891년에 죽었습니다.

5. 혼다 소이치로

자동차 회사 혼다의 CEO인 그는 젊은 시절 도요타에 취직을 하려고 했으나 실패하자 자기 차고에서 홀로 오토바이를 만들기 시작했습니다. 이 실업이 나중에 수조 원짜리 대기업의 밑거름이 될 거라곤 아무도 상상하지 못했습니다.

6. 빈센트 반 고흐

그의 그림은 현재 몇백, 몇천만 달러를 호가합니다. 하지만 그의 생전에는 아무도 그의 그림에 관심이 없었습니다. 10년 동안 그는 약 9백여 점의 작품을 그렸는데 딱 한 점만 팔렸습니다. 그것도 매우 싼 가격으로 친구에게.

7. 테일러 스위프트

열한 살 때이긴 했지만, 그녀가 처음 테네시 주 내슈빌에 와서 음반사를 찾아갔을 때 어려움을 많이 겪었습니다. 그녀는 유명 뮤지션의 노래를 노래방에서 부른 데모 CD를 음반사에 나눠주었습니다. 문제는 똑같은 노래를 하는 사람들은 이미 내슈빌에 너무 많았다는 것이었습니다. 하지만 현재 그녀는 자신의 특징을 제대로 파악하여, 다양한 악기를 연주할 수 있고 컨트리 음악과 팝 음악의 여왕이 되었습니다.

8. 스티븐 킹

미국 공포소설의 거장 스티븐 킹은 세상에 알려지지도 못한 채 죽을 뻔했습니다. 아내의 노력과 응원으로 마침내 더블데이 출판사가 장편소설《캐리》를 출간하기로 결정했고, 이후 그는 전 세계를 통틀어 베스트셀러 작가 순위 19위에 올랐습니다.

9. 할랜드 샌더스

치킨 체인점 KFC의 창업자 샌더스는 자신만의 특별한 레시피를 현실화하느라 많은 어려움을 겪었습니다. 무려 1,009번째 퇴짜를 맞은 뒤에야 그 맛을 인정받았습니다.

10. 찰스 슐츠

〈찰리 브라운〉 만화로 유명한 찰스 슐츠는 초기에 많은 실패를 겪었습니다. 디즈니에 입사지원서를 넣었지만 거절당했습니다. "유머는 행복에서 창조되는 것이 아니다"라는 그의 말이 적중했다고 해야 할까요?

11. 엘비스 프레슬리

로큰롤의 제왕이 되기 전, 컨트리와 웨스턴 음악의 최대 행사인 '그랜드 올 올프리' 관계자는 그에게 트럭 운전이나 계속하라고 조언했습니다. 엘비스가 그랜드 올 올프리에서 공연을 하진 않았지만, 그 말을 한 관계자의 말이 실언이었음을 나중에 성공으로 증명했습니다.

12. J. K. 롤링

〈해리 포터〉 시리즈로 대박을 터트리기 전, 롤링은 나라에서 주는 기초생활비로 생활하는 가난한 이혼녀였습니다. 〈해리 포터〉 시리즈가 폭발적인 인기를 누리며 5년도 안 되어 재산이 조 단위의 부자가 되었습니다.

13. 모리타 아키오

전자회사 소니의 창업자인 모리타가 초창기 내놓은 전기밥솥은 쌀을 너무 많이 태웠습니다. 제품은 팔리지 않았고, 사람들은 그에게 실패했다고 했습니다. 하지만 그는 실패를 딛고 세계 최고의 전자회사를 만들었습니다.

14. 스티븐 스필버그

지금은 누구나 스필버그를 역사상 가장 성공한 감독이라고 하지만, 미국 서던캘리포니아 대학교의 연극영화과는 그의 입학 요청을 거절했습니다. 하지만 마침내 그는 서던캘리포니아 대학교에서 명예학위를 받았습니다.

15. 레이디 가가

팝음악의 디바 레이디 가가는 활동 초기부터 관심받기를 원했습니다. 왜냐하면 뉴욕 대학교에서 중퇴하고 음반사에 영입되었지만 3개월이 채 되지 않아 관계가 깨져 처음부터 다시 경력을 쌓아야 하는 상황에 부딪쳤기 때문입니다.

16. F. 스콧 피츠제럴드

피츠제럴드는 소설 《위대한 개츠비》에 대한 기대로 부풀어 있었습니다. 그는 이 책이 '색다르고 뛰어나며, 아름답고 단순하면서도 복잡하게 얽힌' 책이라고 말했습니다. 책을 출간했을 당시 평판도 그저 그랬지만 매출은 더 좋지 않았습니다. 1940년에 그가 사망한 뒤에야 미국의 심장을 두드린 작품으로 인정받았습니다.

17. 알베르트 아인슈타인

아인슈타인은 대기만성형이었습니다. 네 살이 되어서 입을 떼어 말을 시작했고 일곱 살이 되어서야 글을 읽었습니다. 이럼에도 그는 광전효과와 상대성원리로 노벨물리학상을 받았습니다. 취리히 폴리테크닉 대학교는 아인슈타인이 교수의 조수가 되고 싶다고 했을 때 허락하지 않은 걸 지금도 후회하고 있을 것입니다.

18. 클로드 모네

인상주의 화가 중 가장 유명한 모네도 생전에는 능력을 인정받지 못했습니다. 파리 살롱은 그의 작품을 조롱하고 거부했지만 지금 그는 '인상주의의 왕자'로 평가받습니다.

19. 에밀리 디킨슨

지금은 모두에게 사랑받는 작가 디킨슨의 편지와 시는 처음 출간되었을 때 인기를 얻지 못했습니다. 그녀는 1,800개가 넘는 작품을 남겼지만 생전에는 열 개 정도의 작품만 출간되었습니다.

불현듯 찾아오는 슬럼프나
까닭 없는 무기력을 극복하는 방법

누구에게나 슬럼프가 찾아온다는 것은 이미 국민 상식이 되었습니다. 나도 사회생활을 하면서 이런 증세에 시달린 적이 몇 번 있습니다. 여러 가지 처방을 시행해본 결과 나에게 가장 잘 맞는 방식은 활동성을 강화하는 것이라는 걸 알게 되었습니다. 순전히 여러 번의 시행착오를 통해서 알게 된 것입니다. 슬럼프에 빠지면 매사에 의욕이 없고 사람 만나는 것도 귀찮고 부담스러워집니다. 그러나 이대로 지내면 증세가 더 악화될 수도 있고, 또 슬럼프 기간에 처리해야 할 중요한 문제를 잘못 처리할 수도 있습니다. 그러니 한시바삐 그런 상태에서 빠져나오는 것이 좋습니다.

내 경우에는 새벽에 일찍 일어나 동네를 한 시간쯤 뛰어다닙니다. 그러면 한겨울에도 온몸에 땀이 납니다. 이렇게 일주일 정도만 뛰어다니면 기력이 회복되면서 머리가 상쾌해지기 시작합니다. 또 다른 처방은 슬럼프에 빠졌을 때 사람 만나는 약속을 적극적으로 만드는 것입니다. 일부러 아침식사 약속도 만들고 점심, 저녁 등 일과를 빽빽이 채워 몸이 귀찮음에 굴복하지 않도록 하는 것입니다. 이때 만나는 사람들은 오랫동안 만나지 못했던 지인이거나 혹은 만나야겠다고 생각하면서도 시간을 내지 못했던 사람을 대상으로 합니다. 만나던 사람을 만나면 새로운 기분을 느끼기 어렵기 때문입니다. 만나지 못했던 사람을 만나서, 지금까지 듣지 못했던 이야기를 들으면 시야가 넓어지고 보이지 않던 게 보이게 됩니다. 이런 것들이 슬럼프를 몰아내는 데 좋은 효과를 줍니다. 더불어 슬럼프 덕분에 새로운 지식과 정보도 얻게 되기도 하더군요.

비슷한 생각을 이론으로 펴낸 저명한 경영학자가 있습니다. 프랑스 인시아드INSEAD 경영대학원의 조직행동학 교수 허미니아 아이바라입니다. 그녀는 지난 2013년 '세계 경영사상가 50인'에 선정되기도 하였습니다. 비록 슬럼프 극복의 처방을 제시한 것은 아니지만, 그녀는 리더들이 중요하게 간주해야 할 것이 바로 '행동'이라는 주장을 폅니다. 그녀는 "혼자 골똘히 사색에 잠긴다고 답이 나오는 게 아니다"라고 주장하면서, 좋은 리더가 되려면 생각보다는 행동이 먼저 이뤄져야 하며 거기서 답을 찾아낼 수 있다고 이야기합니다. 전통적인 리더십 강의에서는 '생각할 여유를 가지라'고 말하지만 이런 방식으로 얻을 수 있는 건 많지 않다는 것입니다. 일단 무엇이든지 나서서 행동하라는 겁니다.

조금 다른 예시를 들어볼까요? 수많은 조직에서 빈발하는 오류 중의 하나로, 그때그때 중요한 일의 결론을 내리지 않고 자꾸 뒤로 미루는 경향에 관한 이야기입니다. 가령 조직에 중요한 문제가 발생하면 임원 간부들이 모여 회의를 합니다. 그런데 건강한 조직에서는 시간이 걸리더라도 그날 회의에서 이거냐, 저거야 혹은 어느 방향으로 갈 건가 등에 대해서 확실한 결론을 내립니다. 반대로 슬럼프에 빠져 무기력한 조직은 한두 시간 동안 이 사람 저 사람이 잡다한 이야기를 늘어놓다가 마지막에는 전문가들의 의견을 좀 더 들어보자라든가 혹은 몇몇 부서가 참여하는 테스크포스 팀을 만들어 결론을 내리게 하자라든가, 아니면 외부 전문가에게 용역을 주어 답을 찾아보자는 식으로 회의를 마무리합니다. 자기들이 해야 할 일을 다른 사람에게 떠넘기는 셈입니다. 모든 회의는 그 회의를 주재한 리더에게 책임이 있습니다. 좋은 결론을 내리면 그 리더가 유능한 것이고, 확실한 결론을 내리지 못하면 리더가 무능한 것입니다. 좋은 리더는 비록 오답을 내리는 한이 있더라도 타이밍에 맞게 확실한 결론을 내리는 사람입니다.

—

인생에 정답이 있을까요

오래전 제자 한 사람이 다음과 같은 질문을 한 적이 있습니다.

"공자 이야기를 들으면 공자 말이 맞는 것 같고 노자 이야기를 들으면 노자가 맞는 것 같습니다. 장자나 순자나 묵자를 공부해보면 그분들의 가르침도 어긋남이 없습니다. 학교에서도 같은 사안을 놓고 교수님마다 의견이 다 다릅니다. 그럴 경우 정답은 무엇이며 누구를 따라야 옳습니까? 과연 인생에 정답이 있는 건가요?"

이런 질문과 함께 제자는 글 한 편을 부쳐왔습니다. 나딘 스테어라는 미국 할머니의 〈만일 인생을 다시 산다면〉이라는 글입니다.

만일 인생을 다시 산다면
======================

나는 더 많은 실수를 저지를 거예요.

마음도 몸도 긴장을 풀고 더 바보처럼 살 거예요.

심각한 생각 따윈 하지 않고 더 많은 모험을 할 거예요.

더 많은 산에 오르고 더 많은 강에서 헤엄칠 거예요.

아이스크림은 더 먹고 콩은 덜 먹을 거예요.

고생은 더 하더라도 걱정은 덜 할 거예요.

하루하루 시간시간 분별 있게 살다 보니 '진짜 이거다' 하는 순간이 많
지 않았어요.

다시 살 수 있다면 그런 순간을 늘릴 거예요.

아니 인생 전체를 그런 순간만으로 채울 거예요.

앞날을 당겨 사는 대신 지금 이 순간을 살 거예요.

체온계와 보온병과 레인코트를 챙겨야만 여행을 떠났지만

다시 산다면 예전보다 가볍게 나설 거예요.

인생을 다시 산다면 봄이 오자마자 맨발이 되어 가을까지 그렇게 살
거예요.

춤도 더 많이 추고 회전목마도 더 많이 탈 거예요.

데이지 꽃도 더 많이 꺾을 거예요.

우리는 압니다. 이런 글이 많은 사람에게 감동을 주는 까닭은 역설적이지만 다시 태어나도 우리가 결코 그렇게 살 수 없기 때문이라는 사실을. 할머니처럼 결심하면 하루이틀은 살 것입니다. 그러나 사나흘은 어렵습니다. 자연이 우주의 질서와 천지의 틀을 창조했다면 인간은 사회의 규범과 삶의 틀을 만들었습니다. 누구나 그 자연의 틀과 그 사회의 틀 속에서 살아갑니다. 그렇게 사는 것이 누구에게나 안전하고 편안합니다.

사람들은 누구나 가끔씩 일탈을 꿈꿉니다. 현실이 따분하게 느껴지기도 하여, 지금 주어진 삶이 아닌 다른 삶을 동경해보기도 합니다. 그러나 그것은 생각에서 그쳐야지 현실에서 실천에 옮겼다간 인생이 망가지고 말 것입니다. 스테어 할머니의 글도 어디까지나 노래로서의 낭만에 그쳐야 할 내용입니다. 지난 70년을 살아오면서 기인 소리를 듣는 사람들을 여럿 보았습니다. 그러나 그 끝이 좋지 않음을 보았습니다. 학창시절에도 기행을 일삼는 학생들이 있었습니다. 그러나 지금은 그들의 소식조차 들을 수 없습니다.

나는 공부 삼아 실존인물들의 일대기를 다룬 영화를 즐겨봅니다. 지금까지 영화로 만나본 사람 중 천재성을 가진 사람들이 상당수 있습니다. 그러니까 영화가 만들어졌겠지요. 개중에는 일탈을 꿈꾸는 데 그치지 않고 실행에 옮긴 사람도 있습니다. 글렌 굴드(음악가), 카미유 클로델(조각가), 노토리어스 빅(가수), 에디트 피아프(가수), 르누아르(화가), 마담 클로드(포주), 마타 하리(무용가), 모딜리아니(화가), 바스키아(화가), 빈센트 반 고흐(화가), 존 내시(수학자), 아델 위고(문인), 아르테미시아(화가), 프리다 칼로(화가), 피츠카랄도(상인) 등이 그렇습니다. 그러나 이들의 일대기를 보고 나면 결론은 하나입니다. 그들의 기행과 일탈이 결코 스스로에게 행복을 주지 못한다는 것입니다. 일부는 걸작을 남기고 사후에 재평가되기도 합니다만 꼭 그렇게 힘들게 살아야만 천재가 되는 것도 아닙니다. 행복을 꿈꾸고자 하는 전위 행위였는데 의도와 달리 자신에게 상처와 불행만을 가져온다면 무슨 소용이 있겠습니까. 일상을 벗어난 행동으로 인해 그들의 가족과 친구들이 감당해야 하는 힘든 뒤치다꺼리는 누가 보상할 것인가요.

인생에는 정답이 없는 것처럼 보일 때가 종종 있습니다. 이것도 옳고 저것도 맞고 또 그것도 합당한 것 같아 헷갈릴 때가 있습니다. 노자가 공자를 꾸짖고 장자가 그를 조롱하면 후학들은 어디를 쳐다봐야 할지 어리둥절할 수도 있습니다. 그럴 때는 마치 인생에는 정답이 없는 것 같은 착각에 빠지기도 합니다. 이런 생각은 미상불 삶을 가볍게 만듭니다. 그것이 요즈음 같은 문화적 해체주의와 만나면 아노미로 발전하기도 합니다.

해체주의는 전환기마다 출몰하는 게릴라와 같습니다. 사회가 급변하면 기존의 사회를 지탱해오던 규범과 원칙으로 해결할 수 없는 '새로운 문제'들이 빈번하게 생겨납니다. 새로운 문제는 대체로 기존의 방법으로는 풀리지 않기 때문에 기성세대나 기성질서가 무기력하고 무능한 것으로 치부되기 십상이지요. 이럴 경우 기존의 질서가 무너지는 해체현상이 나타납니다. 지금의 한국사회도 해체주의에 깊이 빠져 있습니다. 그래서 기존의 질서와 제도가 곳곳에서 거센 도전을 받습니다. 마치 '권위 있는 곳에 해체가 있다'는 식이지요. 그러나 역사적으로 보더라도 해체현상은 오래가지 않습니다. 인류가 곧 새로운 방식으로 사회문제를 풀어가기 때문입니다.

인생에 정답이 없다는 사람들도 있습니다. 그러나 제 생각은 다릅니다. 정답은 분명히 있고 정답에 이르게 하는 가르침 또한 분명히 있습니다. 그러나 그 길을 가는 것이 쉽지 않습니다. 그래서 사람들이 피하거나 마치 정답이 없는 것처럼 위장을 하는 것이지요. 정답이 없다고 선언하면 우선 마음이라도 편하니까요. 누구나 열심히 공부하면 학문을 이룰 수 있고 성인에 이를 수 있지만 그 길이 어렵기 때문에 사람들이 외면하는 것도 마찬가지입니다.

인생의 정답은 어디서 구해야 할까요? 인류 역사는 지금까지 기라성 같은 위인과 영웅과 학자와 사상가를 배출했습니다. 개중에는 불꽃도 있고 촛불도 있으며 햇불이 있는가 하면 태양도 있습니다. 만약 우리가 태양 같은 성인들에게서 인생의 답을 구한다면 실수가 없을 것입니다. 불꽃이나 촛불이나 심지어 햇불로부터는 일시적 위안을 얻을 수 있을지는 모르나 인생의 정답을 구하기는 어려울 것입니다. 이 책에서 인문의 법칙을 반복해서 강조하는 이유가 바로 거기에 있습니다.

의미 있는 삶이란

먼저 의미 있는 삶에 대한 제 생각을 소개하겠습니다. 지난 2005년에 출간한《산을 오르듯 나를 경영하라》라는 제 책의 한 대목입니다.

산에 올라 해돋이를 보면서 지구상의 모든 생명체가 태양을 먹고 산다는 깨달음을 얻게 됩니다. 햇빛이라는 열에너지는 물론이고 연료로 쓰는 화석에너지 역시 태양의 부산물입니다. 사람에게 필요한 단백질, 지방질, 탄수화물, 비타민, 미네랄 등 모든 것이 태양의 작품입니다. 땅 위의 동식물은 물론이요 바다의 플랑크톤과 해초 그리고 생선 어느 것 하나 태양의 선물 아닌 것이 없습니다. 우리가 마시는 산소도 물도 모두 태양의 은총입니다.

사람은 이렇듯 태양을 먹고 삽니다. 그것도 아무런 대가를 치르지 않고. 그러므로 모름지기 은혜를 아는 사람이라면 태양의 고마움에 보은하려는 마음을 가져야 합니다. 보은의 가장 확실한 방법은 우리도 태양처럼 발광체가 되어 주변에 밝고 따뜻함을 선사하는 것입니다. 촉수가 밝으면 어떻고, 좀 약하면 어떠합니까. 열이 많으면 어떻고, 좀 적으면 어떠합니까. 여기에 믿는 종교가 무슨 상관이 있겠습니까. 보람 있는 인생, 성공한 인생이란 죽는 순간까지 작을지라도 빛과 사랑을 주변에 나누는 삶을 의미하지 않을까요.

이렇듯 나는 인생의 마지막 순간까지 빛과 사랑을 주변에 나눠주는 삶이 의미있는 생이라고 믿습니다.

인생의 두 번째 의미는 인생과 열매를 연결해서 생각하는 것입니다. 나는 인생의 목적이 열매를 맺는 것이라고 믿습니다. 인생의 궤적을 보면 마치 계절이 있는 것처럼 보입니다. 씨를 뿌리는 계절, 가꾸는 계절, 수확하는 계절 그리고 다시 봄을 기다리는 계절이 있습니다. 마치 춘하추동 4계절 같습니다. 인생의 사계절은 그리 길지 않기 때문에 인생을 낭비하지 않아야 열매를 맺을 수 있습니다.

좋은 농부는 나무를 키워도 좋은 열매를 맺도록 돌보고 가꾸고 가지치기하며 온갖 정성을 다합니다. 인생도 마찬가지입니다. 가만히 있어서 맺은 열매보다 노력하면 좋은 열매를 맺을 가능성이 큽니다. 성경에서는 열매로 나무를 안다고 말합니다. 좋은 나무가 나쁜 열매를 맺을 수 없고, 나쁜 나무에서 좋은 열매가 열리지 않는다는 뜻입니다. 젊은이들이 '나는 열매 맺으려고 태어났고 좋은 열매를 남기고 가겠다. 지금은 씨 뿌리고 가꾸는 계절에 있다.' 이런 목적의식을 갖는 것이 중요합니다. 목적의식의 유무에 따라 세상을 살아가는 태도가 완전히 달라지니까요.

세상에 선행을 베푸는 것도 열매 맺는 일입니다. 배우고 익히고 무엇인가를 이룬 다음에 이를 주변에 돌려주는 일이야말로 아름다운 열매가 아닐까요. 그때의 열매는 크기가 중요하지 않을 수도 있습니다. 양도 중요하지 않을 수 있습니다. 열매 맺는 행위 자체가 중요할 테니까요. 지금 한국에서는 종교가 사양산업입니다. 모든 종교들은 교세가 위축되고 신도가 줄어들며 심지어 성직자를 지망하는 청년들이 줄어들어 후대를 고민하고 있습니다. 나는 이 문제가 열매 맺기와 관련이 있다고 생각합니다. 교회든 사찰이든 크고 화려한 외관을 갖추는 데는 성공했으나, 거기서 아름다운 열매 맺는 일은 실패했기 때문입니다.

세계인들이 애송하는 랠프 월도 에머슨의 〈성공이란 무엇인가〉라는 시를 함께 읽으며 삶의 의미를 묻는 질문에 답을 마치려 합니다. 오늘날 한국사회에서 통용되는 성공의 개념을 보기 좋게 뒤집는 시입니다. 이 시를 외워두었다가 회식이나 모임에서 청중에게 들려주는 것도 좋을 것입니다.

성공이란 무엇인가

자주 그리고 많이 웃는 것

현명한 이에게 존경을 받고

아이들에게 사랑을 받는 것

정직한 비평가의 찬사를 듣고

삿된 친구의 배반을 참아내는 것

아름다움을 식별할 줄 알며

다른 사람에게서 최선의 것을 발견하는 것

건강한 아이를 낳든 한 평의 정원을 가꾸든

사회 환경을 개선하든

세상을 조금이라도 살기 좋은 곳으로 만들고 떠나는 것

자신이 한때 세상에 존재했음으로

단 한 사람이라도 숨쉬기 편하게 되는 것

이것이 성공이다.

2장

나의 길은 무엇인가요

— 진로와 직장생활

취업 전에 경험해보아야 할 것들

마스시타 고노스케는 이렇게 말했습니다. "사람들이 실패하는 이유는 해야 할 일을 하지 않고, 해서는 안 될 일을 하기 때문"이라고. 청년들의 취업에도 적용되는 이야기입니다. 무슨 까닭인지 모르나 기업이 중요하다고 생각하는 것을 대학생들은 중요하게 여기지 않습니다. 반대로 학생들이 중요하게 여기는 것을 기업은 알아주지 않습니다. 요즘 학생들은 해외 경험이나 복수전공, 부전공 혹은 학교 밖에서 하는 여러 활동에 관심을 두는 경향이 있습니다. 그러나 기업은 그런 경험을 높게 쳐주지 않습니다. 기업이 가장 관심 있는 것은 학점과 학생의 전공입니다.

직장인의 본분은 회사 발전을 위해 성실하게 노력하는 것입니다. 그렇기에 회사는 신입사원이 회사에 들어오면 성실하게 노력할 것을 기대합니다. 성실하게 공부한 학생이 직장인이 되어서도 성실하게 활동할 확률이 높습니다. 이것이 세상의 판단 근거이며, 사회적 규범social norm입니다. 그리고 이것이 기업의 생리입니다. 따라서 자기소개서를 작성하거나 면접에서 성실하게 학창시절을 보냈다는 믿음을 줄 수 있어야 합니다. 먼저 기본에 충실하고 나서 그 외의 것을 경험 삼아 해보십시오. 본분에 충실한 것이 가장 중요합니다.

이런 충고를 제자들에게 하면 빌 게이츠나 스티브 잡스, 엘론 머스크 같이 공부에 고전한 사람들의 이야기를 반론으로 드는 경우가 있습니다. 그들은 몇백만 명, 몇천만 명에 하나 나올까 말까 하는 천재들입니다. 그런 천재들을 보통사람에 대입하면 안 됩니다. 그들은 남다른 천재성과 기발한 창의성을 가지고 태어났으며 또한 그런 특성을 극대화시킬 수 있는 환경에서 자랐습니다. 천재가 아닌 보통의 학생이라면 학생으로서의 본분에 충실하여 좋은 학점을 받는 것이 가장 지혜롭습니다.

참고로 비즈니스 세계의 근저에 깔린 기류를 이해하려면 에도시대를 풍미한 일본의 사상가 이시다 바이간을 알아둘 필요가 있습니다. 상인들에게 윤리의식을 심어주기 위해 '신가쿠心學'라고 하는 도덕교육운동을 제창한 인물입니다. 농민의 아들로 태어나 젊은 시절 교토에서 점원으로 일하면서 윤리공부를 했습니다. 그러다가 1729년부터 자택에서 강의를 하며 신가쿠 운동을 전개했지요. 그는 공자의 가르침을 윤리의 기본으로 삼으면서도 도교·불교·신도적인 요소를 통합했습니다. 간결한 용어로 도덕을 설파했고 많은 우화를 곁들여 민중에게 이야기했는데, "노느니 무임금으로라도 일하는 것이 더 낫다"는 말로 유명합니다. 공짜로라도 일을 하다 보면 무언가 배우는 것이 있고 사람의 정신이 수양되어 점차 발전하게 될 것이므로 일이 없다고 빈둥거리지 말고 무임금으로라도 일을 하라는 것이었습니다. 그의 사상은 이후 학문으로 발전하여 '근면한 일본인'의 원형을 만드는 데 기여했습니다. 한국의 기업에도 이시다 바이간의 근면정신, 절약정신, '일이 곧 수양'이라는 생각에 동의하는 사람들이 많습니다. 그가 공감을 얻는 이유는 1세대 창업자들이 일본식 교육을 받은 영향 때문이기도 하지만, 그의 사상이 동양고전에 기초하기 때문이기도 합니다.

어떤 직업을 구할 것인가,
평생직장은 가능한가

파나마에서 일할 때 한국의 풋고추가 그리웠습니다. 파나마 풋고추는 너무 매워서 한국의 맛이 아니었으니까요. 그래서 서울에서 풋고추 씨앗을 구해왔습니다. 그러나 이 도전은 실패로 끝났습니다. 강렬한 태양 때문에 서울 고추가 파나마형의 매운 고추로 자랐기 때문입니다. 생명체에게 환경이 얼마나 중요한지를 깨닫게 하는 사건이었습니다. 그 시절 풋고추 말고도 생물과 환경의 관계를 생각할 또 다른 일을 경험했습니다. 열대지역에 사는 벌들은 꿀을 모으지 않는다는 사실이 바로 그것입니다. 연중 언제나 꽃이 피고 지니까 열대지역 벌들은 먹을 것 걱정이 없습니다. 벌의 이런 생태 때문에 파나마 사람들은 꿀을 아르헨티나처럼 겨울이 있는 나라에서 사다 먹습니다.

환경의 영향을 받기는 사람도 풋고추나 꿀벌의 경우와 크게 다르지 않습니다. 어떤 환경에서 자랐고 어떤 사람들과 살아가며 어떤 종류의 직업에 종사하느냐에 따라 사람의 모습이 달라집니다. 타고난 유전인자에도 불구하고 환경에 따라, 특히 직업에 따라 사람의 성격이나 정신세계마저 달라집니다.

가령 금융계에 투신하면 타산적인 사람이 되기 쉽습니다. 경찰이 되면 주변 사람들이 범법자로 보이기 십상입니다. 언론인이 되면 매사에 비판이 앞섭니다. 검사가 되면 일생을 어두운 범죄자와 씨름을 하기 때문에 성격이 거칠어집니다. 판사 생활을 오래 하면 자기만 옳다는 생각에 빠지기 쉬워 동창회에서도 환영받기 어렵습니다. 농부는 자연을 벗 삼아 대체로 순박하게 살아갑니다. 이렇게 직업이 우리 삶에 끼치는 영향력이 지대합니다. 사람들은 타고난 운명이 직업을 결정한다고 믿는 경향이 있으나 내가 보기에는 직업이 사람의 운명을 만듭니다.

따라서 직업을 밥벌이의 수단으로만 볼 것이 아니라 자신의 운명을 결정 짓는 환경으로 받아들여야 현명할 것입니다. 어쩌면 이런 사실을 일찍 터득한 사람이 행복한 사람입니다. 그러나 사람들이 처음 직업을 고르는 젊은 시절에는 생각이 여기까지 미치기 어렵습니다.

지금 인기가 있고 사람들이 몰린다고 해서 그 직업이 내일도 반드시 좋은 직업은 아닙니다. 그러나 좋은 직업이 돈이나 근무조건에 좌우되지 않는다는 사실을 깨닫는 것은 한참 세월이 흐른 다음의 일이지요. 손쉽다는 이유로 월급쟁이의 길을 선택했다가 중년에 접어들어 월급쟁이 근성에 젖어 있는 자신을 발견하고 괴로워하는 직장인들이 수두룩합니다. 그러므로 젊은 날의 직업 선택은 신중에 신중을 기해야 합니다.

이 시대 젊은이들에게 꼭 해주고 싶은 이야기가 있습니다. 직업을 선택할 때 본인들의 인생의 가치와 공명하는 직장을 가져야 한다는 것입니다. 돈을 좇거나 심사숙고 없이 남들이 가는 길을 따라가는 것은 옳지 않습니다. 자신의 가치에 맞는 직업을 찾는 것이 자신과 사회에 도움을 줍니다. 직업 선택에 대해서는 5장 '오자협력론'에서 다시 이야기하겠습니다.

—

기술의 발전으로 내 직업이
없어지지 않을까요

이 문제와 관련해서는 두 가지를 생각해볼 수 있습니다. 첫째는 유망한 분야와 쇠퇴하는 분야가 따로 있다기보다는 유망한 기업과 쇠퇴하는 기업이 있다고 생각하는 것이 맞다는 것입니다. 예컨대 1960~70년대 섬유산업은 머지않아 문을 닫게 될 사양사업으로 치부되었습니다. 하지만 현재 섬유산업은 획기적인 소재개발 기술로 하이테크 산업으로 당당히 변모했습니다. 예를 들어, 실에 작은 터널처럼 구멍을 뚫어 가벼우면서 보온성이 뛰어난 천을 짜기도 하고, 오염물질이나 물에 젖지 않는 신소재 섬유도 개발했습니다.

두 번째로 생각할 것은 지금까지 인류가 내놓은 미래예측은 틀릴 때가 많다는 사실입니다. 유명한 미래예측의 오류를 소개해보겠습니다.

1. 인구폭탄

잘못된 미래예측의 대표적인 사례가 인구폭발이론입니다. 18세기 영국의 경제학자 토머스 맬서스 이래 전문가들은 폭발적인 인구 증가가 결국 자원 고갈로 이어질 것이라고 경고해왔습니다. 독일의 노벨상 수상자인 파울 엘리히는 1968년 《인구폭탄》이라는 책을 통해 "1970~80년대 수천만 명이 기아로 사망하는 대재앙이 발생할 것"이라고 예측했습니다. 지금 전 세계 인구는 당시의 두 배인 65억 명이지만 자원은 고갈되지 않았고 인구 증가로 지구의 멸망도 오지 않았습니다. 출산율은 안정적이며 기술 발전으로 식량 생산도 크게 늘었습니다. 아프리카를 비롯한 제3세계가 기아를 겪고 있지만 관리가 가능합니다. 유엔은 세계 인구가 2300년에는 90억 명 선에서 안정될 것이라고 전망하고 있습니다.

2. 빙하기의 도래

미 시사주간지 〈뉴스위크〉는 1975년 4월 커버스토리에서 〈차가워지는 지구The Cooling World〉라는 기사를 다루었습니다. 당시 이 잡지는 '대부분의 기상학자'들의 주장을 인용해 "지구가 점점 추워지고 있다"고 보도했습니다. 자동차의 배기가스로 지구 표면에 도달하는 햇볕의 양이 줄어들기 때문에 조만간 빙하기가 도래할 것이라고 전망했던 것입니다. 그러나 그로부터 30년이 지난 지금 도리어 지구 온난화가 문제입니다. 지금 인류는 기온상승으로 인한 생물종 감소와 해수면 상승 문제를 고민하고 있습니다.

3. 원자력이 구세주

〈포린폴리시〉는 1950년대 미 과학자들이 '원자력이 곧 에너지 위기를 해결해줄 것'이라고 예측했으나, 1979년 스리마일 아일랜드와 1986년 체르노빌에서 발생한 원전 사고로 이 같은 전망이 빗나갔다고 지적했습니다.

4. 모두 틀린 1백 년 뒤의 미국 예측

1883년 미국의 지성인들이 모여 1백 년 뒤의 세상을 예측한 적이 있습니다. 당시 재무부장관이던 찰스 포스터는 1993년에도 여전히 철도가 가장 빠른 여행수단일 것이라고 예언했습니다. 몇몇 평론가는 풍선을 타고 공중을 여행할 가능성을 제시했습니다. 상원의원이던 존 잉걸스는 1993년에는 비행선이라고 불리는 것이 일반적이 될 것이라고 말했습니다. 언론인이던 월터 웰먼은 비행기의 출현을 정확히 예견했지만 전기 배터리로 가동될 것이라고 예측했지요. 또 도시 운송수단으로 지하철을 예견하지는 못하고 대신 1993년이면 유리로 덮인 길을 따라 움직이는 고상한 모양의 기차를 탈 것이라고 예측했습니다.

5. 일본이 몰려온다

1980년대 〈뉴욕타임스〉를 비롯한 미 언론에는 일본의 경제적 침공 기사가 홍수를 이루었습니다. 한마디로 미국이 주도하는 국제질서인 '팍스 아메리카나'가 곧 일본이 주도하는 '팍스 자포니카'로 대체된다는 이야기였습니다. 예일 대학교 역사학과 폴 케네디 교수는 1987년 그의 저서 《강대국의 흥망》에서 "미국은 조만간 쇠퇴하고 곧 일본이 일어설 것"이라고 예측했습니다. 1990년대 부동산 거품이 꺼지면서 일본 경제는 깊은 침체에 빠졌습니다.

이렇듯 세상에는 맞지 않는 여러 예측들이 난무합니다. 따라서 이런 예측 때문에 아직 오지 않은 미래를 걱정할 필요는 없습니다. 오히려 우리가 경계해야 할 것은 두려움 자체를 두려워하는 마음입니다. 미국의 조직심리학자 앨런 다운스는 인생에서 성공하는 비결은 세 가지뿐이라고 강조합니다.

첫째, 자신의 재능을 신뢰할 것
둘째, 자신의 열정을 추구할 것
셋째, 자신의 두려움을 몰아낼 것

안 해도 좋을 걱정을 앞당겨서 할 필요는 없습니다. 내일 걱정은 내일 해도 늦지 않으니까요.

—

돈을 잘 모으는 법

아무리 어려워도 젊어서 저축하는 습관을 가지십시오. 요즘 사회 초년생은 직장을 잡아도 저축하기가 쉽지 않습니다. 큰돈을 모으려면 처음 1천만 원 모으기가 가장 어렵다고 합니다. 우리가 젊은 시절에는 당시 돈으로 1백만 원 모으기가 그렇게 어려웠습니다. 일단 1천만 원을 모으는 데 성공하면 이후 1억 원 모으기는 상대적으로 쉽습니다. 처음 1천만 원을 모으는 과정에서 요령을 터득했고 수많은 시행착오를 겪으면서 피나는 노력을 했기 때문입니다.

인생에는 세 가지 불가[三不可]가 있는데, 첫째는 시간 날 때 책을 보겠다는 생각이요, 둘째는 쓰고 남은 돈으로 저축하겠다는 생각이며, 셋째는 형편이 좋아지면 효도하겠다는 마음입니다. 그래서 독서를 하려면 시간을 쪼개서 해야 하고, 저축을 하려거든 돈을 쓰지 않고 아껴서 해야 하며, 효도는 형편이 어려워도 당장 해야 한다고들 말합니다. 구닥다리 같은 이야기로 들리겠지만 이것이 진리입니다. 작은 돈이라도 목표를 세우고 모으는 노력을 하십시오. 그 과정에서 본인만의 이재理財 노하우를 터득하면 마침내 큰돈도 모을 수 있을 것입니다.

창업을 하려는 청년들에게도 조언하겠습니다. 세상에는 돈을 가지고 좋은 사업을 기다리는 사람들이 무수히 많습니다. 그런데 좋은 사업거리가 눈에 띄지 않습니다. 투자자와 창업자 사이의 미스매치를 해결하기 위한 투자자문회사나 투자알선회사도 있습니다. 그만큼 많은 사람들이 좋은 비즈니스를 기다리고 있다는 뜻입니다. 비범한 젊은이가 무엇인가 하고자 하면 투자자들은 기꺼이 파트너가 될 것입니다. 특히 비즈니스 세계에서 은퇴한 재력가들은 진심으로 세상을 바꿀 아이디어를 기다리고 있습니다. 오히려 지금은 좋은 아이디어가 부족합니다.

우선 스타트업을 하려는 사람의 성품이 매우 중요합니다. 어른들은 세상 경험이 많기 때문에 사업성만 보고 투자하지 않습니다. 정말 믿을 만한 사람인지, 길게 갈 수 있는 사람인지 등을 따집니다. 요즘은 어른들의 눈에 성품 좋은 젊은이를 만나기가 가뭄에 콩 나듯 어렵습니다. 사업을 하려는 사람들 중에는 돈독이 오른 경우가 많아 돈을 왕창, 빨리 벌려고만 하는 경향이 있습니다. 좋은 비즈니스는 절대로 이렇게 이루어지지 않습니다.

혁신적인 제품이나 서비스를 공급하는 방법은 먼저 철저히 소비자를 분석해야 합니다. 지금 소비자들이 시장에 어떤 불편을 느끼는지, 무엇을 어떻게 바꿔주길 바라는지에서 착안하여 신기술로 연결해야 합니다. 그러나 꼭 완전히 새로운 것을 창조해야만 하는 것은 아닙니다. 이미 있는 상품도 계속 업그레이드하여 생활 속의 불편함을 해소함으로써 성공을 거머쥐기도 합니다. 영국의 다이슨이라는 회사는 먼지봉투 없는 청소기, 날개 없는 선풍기, 조용하고 뜨거워지지 않는 드라이어를 발명했지요. 다이슨은 수없이 실패하고 사람들의 비웃음을 사면서도 굴하지 않고 혁신적인 제품을 만들어서 시장을 지배하게 되었습니다. 창업자인 제임스 다이슨은 요즘 영국에서 '5억 파운드의 사나이'로 통합니다.

자금은 세상에 많습니다. 돈을 투자하고 싶은 사람들도 많습니다. 정부에서 보조금으로 주려고 기다리는 돈도 많습니다. 그런데 그런 기회를 만들어내는 젊은이가 부족합니다. 인터넷 쇼핑몰 만들고 프랜차이즈를 내는 것으로는 차별화를 이루기 어렵습니다. 진정한 기술 중심의 창업이라야 합니다. 소비자의 불편을 획기적으로 감소시키는 상품은 언제나 좋은 사업이 됩니다. 돈 걱정 안 해도 됩니다. 돈이 없는 것이 아니라 돈을 끌어들일 기회를 못 만들어내는 것입니다.

이런 관점에서 보면 우리나라 대학교육도 아쉬운 점이 많습니다. 대학생들에게 창업능력을 길러주는 교육이 많았으면 좋겠습니다. MIT의 빌 올렛 교수가 쓴 《스타트업 바이블》이라는 책을 보면 우리나라 대학에서 경영학이나 벤처이론을 가르치는 것과 그가 제시하는 방법이 다르다는 것을 알 수 있습니다. 정부가 이런 전문가를 초빙하여 글로벌 수준의 스타트업 캠프를 대대적으로 열고 도전할 기회를 만들어주어도 좋을 것입니다.

한 가지 덧붙이고 싶은 것은, 창업을 할 때 자신과 같은 능력을 가진 사람이 아니라 자신의 약점을 보완해줄 파트너를 찾는 것이 좋다는 사실입니다. 빌 게이츠는 응용수학을 공부했지만 컴퓨터공학을 전공한 친구들과 팀을 이루어 프로그램을 개발했습니다. 이 밖에도 페이스북 창업자 마크 저커버그가 셰릴 샌드버그를, 블룸버그 창업자 마이클 블룸버그는 톰 세쿤다를, 이베이 창업자 피에르 오미디아는 멕 휘트먼을 만남으로써 기대 이상의 성공을 거두었습니다. 이렇게 서로 다른 장점을 가진 사람들이 만나 시너지를 낼 수 있다면 좋은 사업 기회가 많아질 것입니다.

기왕에 돈 이야기를 꺼냈으니, 절약에 대해서도 한 번 생각하고 넘어가는 것이 좋겠군요. 돈은 벌기보다 지키기가 더 어렵다고 하지요? 이 말은 부자가 삼대 못가는 이유와 맥이 닿아 있습니다. 옛사람들은 '큰 부자는 하늘이 내지만[大富在於天] 작은 부자는 부지런함이 만든다[小富在於勤]'고 믿었습니다. 이 말에는 부지런하기만 하면 작은 부자 소리를 듣고 의식주 걱정은 면하게 된다는 교훈이 담겨 있습니다. 근면에 항상 따라 다니는 말이 절약입니다. 사실 큰 부자든 작은 부자든 부자치고 부지런하지 않은 사람이 없고 또 부자치고 절약하지 않는 사람이 없습니다. 대기업을 일군 창업자들에게서 발견되는 공통점은 바로 근검절약입니다. 그들이 허리띠 하나를 20년씩 맨다든가 구두 한 켤레를 10년씩 신는다든가 하는 이야기는 지어낸 말이 아닙니다.

불경에는 근검절약에 관한 재미있는 이야기가 하나가 있습니다. 한번은 아난 존자에게 샤마바티 왕비가 5백 벌의 옷을 바치겠다고 했습니다. 이 말을 들은 왕은 스님들이 혹시 사치스럽게 사는지 의심하여 그 옷을 어디에 쓸 것인지 물었지요. 그러자 아난은 헌 옷을 입은 승려들에게 나눠주겠다고 대답합니다. 이어진 문답에서 아난은 헌 옷으로는 홑이불을 만들고, 헌 홑이불로는 베갯잇을 만들고, 헌 베갯잇으로는 방석을 만들고, 헌 방석으로는 발닦이를 만들고, 헌 발닦이로는 걸레를 만들고, 헌 걸레는 잘게 찢어 진흙과 함께 이겨서 집을 지을 때 벽에 넣고 바른다고 대답했습니다. 이쯤 되면 재활용의 극치라고 해도 좋겠습니다.

하나 더 덧붙일 교훈이 있습니다. 다산이 자식들에게 남긴 교훈입니다. 다산은 자식들에게 자신은 벼슬이 없어 농장을 물려줄 수 없으나 대신 '부지런할 근勤, 검소할 검儉', 두 글자를 남긴다고 했습니다. 이 두 가지는 좋은 전답보다 나아서 한평생 쓰고도 남는다는 유머와 함께.

—

직장생활을 하는 데
도움이 될 든든한 조언

두 편의 이야기를 들려드리겠습니다. 첫 번째는 회사에서 어떤 직원이 되어야 하는지에 관한 이야기입니다.

1. 일곱 종류의 아내

하루는 부처님께서 아나타핀다다라는 이름을 가진 부자의 집에 들렀습니다. 그 집의 며느리는 천성이 교만하여 남을 존경할 줄 몰랐습니다. 게다가 시부모나 남편에게 순종하지 않아 항상 집안의 풍파를 일으켰습니다. 이런 사정을 알게 된 부처님은 젊은 며느리를 불러서 세상에는 다음과 같은 일곱 종류의 아내가 있다고 말하고 스스로 어떤 종류의 아내에 해당하는지 평가해보라고 말했습니다.

첫째, 살인자 같은 아내—더러워진 마음으로 남편을 대하되 존경하거나 사랑하지 않으며 심지어 다른 남자에게로 마음을 옮긴다.

둘째, 도둑 같은 아내—남편이 하는 일을 이해하지 않으며 자신의 허영심을 채울 일만 생각하고 맛있는 음식과 옷치장을 위하여 남편의 재산을 훔친다.

셋째, 주인 같은 아내—가정사를 돌보지 아니하며, 자신은 거드름을 피우고 나태하면서도 먹고 입는 욕심에는 바빠 설치며 항상 거칠고 험한 말투로 남편을 꾸짖고 책망한다.

넷째, 어머니 같은 아내—자상한 애정을 남편에게 보이고 어머니가 자식 대하듯이 남편을 보살피며 남편의 수입을 소중히 여긴다.

다섯째, 누이동생 같은 아내—남편을 섬기되 정성을 다하며 오빠에게 대하듯이 정 깊은 사랑과 수줍은 마음으로 남편을 섬긴다.

여섯째, 친구 같은 아내—남편 보고 기뻐하기를 마치 오랜만에 만나는 친구를 대하듯이 하고 행실이 바르고 상냥하며 남편을 존경한다.

일곱째, 하녀 같은 아내—남편을 깍듯이 섬기고 존경하며 성도 내지 않고 원망도 하지 않으며 항상 그를 높이려고 노력한다.

시댁이 먼저 존재하고 며느리는 나중에 시댁의 일원으로 들어옵니다. 성도 다르고 피도 다른 남이지만 혼인을 통해 한 집안의 가족에 합류하는 것이지요. 이것은 마치 회사가 먼저 존재하고 직원이 나중에 입사하여 한 식구가 되는 것과 마찬가지입니다. 그러므로 회사에 몸담게 되는 직원은 결혼하는 여인과도 같습니다.

일곱 종류의 아내를 생각해보면 이것이 일곱 종류의 직원을 상징할 수도 있다는 생각이 듭니다. 살인자 같은 아내, 도둑 같은 아내, 주인 같은 아내라면 어느 누구도 애써서 그런 여인에게 장가들려고 하지 않을 것입니다. 그러나 어머니 같은 직원, 누이 같은 직원, 친구 같은 직원, 하녀 같은 직원이라면 회사가 두 손 들어 환영할 것입니다.

회사의 직원된 사람들이 빠지기 쉬운 함정이 바로 기업의 주인이 누구인가, 하는 명제입니다. 직원 자신들만이 회사의 가족인 양 행세하는 것은 어느 모로 보아도 정상이 아닙니다. 며느리가 가족의 일원인 것은 사실이지만, 그녀 이전에 먼저 시댁이 존재했듯이, 직원이 입사하기에 앞서 회사가 존재했다는 사실도 늘 기억해야 합니다.

2. 조금, 약간, 근소하다는 것

연구자들 사이에 조금씩 이견은 있으나, 인간과 침팬지의 유전인자는 99퍼센트가 동일하다고 합니다. 바꿔 말하면 1퍼센트 차이가 사람과 침팬지를 갈라놓습니다. 그럴 경우 1퍼센트는 결코 가볍지 않습니다. 이처럼 작은 차이에 천지가 뒤바뀌는 일들을 종종 보게 됩니다.

마이클 조던이 농구의 황제로 군림하던 전성기에, 그는 한 해 무려 8천만 달러의 수입을 올렸습니다. 반면 그의 동료 조 클라인의 수입은 27만 달러에 그쳤습니다. 당시 스포츠 전문가들은 두 사람의 실력차가 그렇게 크지 않다고 평가했습니다. 전문가들은 "조 클라인이 조단에 비해 슈팅 기술이 '약간' 떨어지고, 점프슛의 정확도가 '근소한 차'로 부족하며, 자유투의 적중률이 '조금' 부족하고, 수비에서의 열성이 '약간' 부족하다"라고 지적했습니다. 클라인의 부족함은 모두 '약간'이거나 '조금'이었고, 허용치 범위 내의 '근소한' 거리에 있었습니다. 그렇지만 이 '조금'과 '약간'이 두 사람의 수입을 3백 배나 벌려놓았습니다.

일등사수와 보통병사가 쏘는 총알은 총구를 떠날 때는 차이가 거의 없습니다. 차이가 있어봐야 눈에 보이지 않을 정도로 아주 미미합니다. 그러나 총알이 표적에 도착했을 때는 명중과 실패로 갈라집니다.

그렇습니다. 어떤 1퍼센트는 사람과 원숭이를 갈라놓기도 하고 어떤 격차는 수확에서 3백 배로 나타나기도 하며 어떤 작은 차이는 성공과 실패로 나뉘기도 합니다. 취업하는 젊은이라면 어느 직장을 가든지, 마치 총구를 떠난 총알처럼, 처음에는 작은 차이만 존재할 것입니다. 그러나 직장생활을 마감하는 시점에 가서는 큰 차이가 납니다.

—

일과 삶의 균형

OECD가 발표한 '2016 더 나은 삶 지수Better Life Index'는 우리에게 개선해야 할 과제가 적지 않음을 보여줍니다. OECD는 주거, 소득, 직업, 공동체, 교육, 환경, 시민참여, 건강, 삶의 만족, 안전, 일과 삶의 균형 등 열한 개 부문을 평가해 매년 국가별 삶의 질을 가늠하는 지표로 발표하고 있습니다. 한국은 지난해 27위에서 2016년에는 28위로 내려갔습니다.

올해 '일과 삶의 균형' 부문에서 한국은 사실상 최하위를 기록했습니다. 우리 뒤에는 멕시코(37위)와 터키(38위)만 있습니다. '삶에 대한 만족도' 부문에선 31위를 차지했습니다. '당신의 인생에 만족하는가'라는 질문에 한국인들은 10점 만점 중 평균 5.8점을 주었습니다. OECD 평균(6.5점)보다 0.7점 낮습니다. 이런 초라한 성적표는 아버지 세대가 자식 세대에 물려준 좋지 않은 유산입니다. 아버지 세대에게는 그럴 수밖에 없는 사정이 있습니다. 아버지 세대는 세계에서 가장 일을 많이 하는 국민이라는 소리를 듣는 것에 대해 부끄럽다든지 불편한 마음이 없습니다. 한마디로 아버지 세대는 부족한 실력으로 세계와 겨루어야 했고, 노력으로 때울 수밖에 없었기 때문입니다. 그래서 아들 세대의 존재가 소중합니다. 청년들이 아버지 세대의 유산을 손질하여 보다 좋은 성적표를 다음 세대에 물려주어야 하니까요.

사람은 정신과 육신의 공존체입니다. 이 두 요소의 균형을 잘 맞추는 것이 중요합니다. 일과 가정의 균형보다 더 근원적인 것은 정신과 육체의 균형을 맞추는 것입니다. 머리만 쓰고 몸을 안 쓰면 대부분 병이 생깁니다. 반대로 몸만 쓰고 머리를 안 써도 문제가 생깁니다. 현대인이 앓고 있는 병의 상당 부분은 몸과 마음의 균형이 깨진 데서 비롯합니다. 우선 자기 몸의 균형을 맞추도록 훈련을 쌓은 다음 일과 삶의 균형을 추구해야 합니다. 선진국에서는 수학공부 뒤에 테니스를 권장합니다. 왜냐하면 수학문제를 풀다 보면 두뇌회전으로 머리에 과부하가 걸리기 때문입니다. 테니스는 짧은 시간에도 많은 운동량을 낼 수 있습니다. 격렬하게 공을 치고받으면 땀이 나고 두뇌에 많은 혈액이 공급됩니다. 결과적으로 머릿속에 산소 공급이 원활해지면서 사람들은 사이다를 마신 것 같은 청량감을 느낍니다. 혈액을 머릿속과 발끝, 온몸에 보내고 나서 다시 수학을 공부하면 아까 풀지 못한 문제도 풀리는 경우가 많다고 하는군요. 많은 전문의들이 컴퓨터를 할 때도 한 시간 집중해서 작업한 다음 10분쯤 빠른 걸음으로 주변을 걸어 다니기를 권합니다. 이것은 과학적 충고입니다.

일과 가정의 관계도 같은 이치로 설명할 수 있습니다. 사람들이 일을 하는 궁극적인 이유는 행복한 삶을 위한 것입니다. 비록 사람에게 성취의 욕망이 있는 것은 사실이지만 알렉산더 대왕이나 나폴레옹, 시저 같은 영웅호걸이 아니라면 일을 열심히 하는 것은 행복하게 살고자 하는 이유일 것입니다. 가정이 행복해야 자기 삶이 행복한 것은 기본 중에 기본입니다. 가화만사성이라고 했습니다. 이 말이 너무 흔해서 사람들이 가볍게 여기는 경향이 있습니다. 그러나 업신여길 일이 아니고 생각할수록 진리입니다. 가정이 불행하면 아무 일도 되지 않습니다. 집에 아픈 사람이 한 명만 있어도 집안의 분위기가 우울하고, 가족끼리 사이가 좋지 않으면 가족이 다 같이 가라앉습니다. 바깥에서 일을 열심히 하되 그 일을 핑계로 가정을 소홀히 하는 것은 지혜롭지 못한 태도입니다.

일과 삶의 균형을 잘 맞추려면 먼저 자신의 생산성을 높여야 합니다. 생산성이 높은 사람은 같은 시간 안에 집중해서 일함으로써 더 많은 결실을 냅니다. 이런 사람이 회사 일도 잘하고 집안일도 잘 챙길 수 있습니다. 결국 '역량'의 문제이기 때문입니다. 그렇다면 역량은 어떻게 해결하나요? 역량은 타고난 능력과 후천적 학습의 결합입니다. 그러니까 타고난 재능도 소중하고 학습도 중요합니다. 그러나 타고난 재능은 일정한 데 반해 학습은 제한이 없으므로 결국 후천적 학습이 역량에 미치는 영향이 더 큽니다.

$$C = T.L$$

이런 식을 생각해볼 수 있습니다.

C는 능력competence을 뜻합니다. T는 타고난 재능talent, L은 학습 learning입니다.

여기서 T는 타고난 재능이므로 일정 값을 유지합니다. 학습의 값 인 L은 그렇지 않습니다. 노력하는 만큼 늘어나니까요. 이 식에서 도 출할 수 있는 결론은 C값을 키우려면 부지런히 학습량을 늘려야 한 다는 것입니다.

그래서 젊은 시절에 학습의 기회를 충분히 갖는 것이 좋다고 하는 것입니다. 물론 나이 들어서도 꾸준히 역량을 키워가야 하지만 젊어 서 역량을 키워두면 능력을 써먹을 시간이 상대적으로 길기 때문에 이익입니다. 젊을 때 무리해 보일 정도의 일을 처리하며 역량을 키워 두면 훗날 훨씬 더 많은 일을 효율적으로 소화할 수 있습니다. 그런 사람들이라면 나중에 일과 삶의 균형을 맞추기도 쉽습니다.

경영학의 아버지라고 불리는 피터 드러커 박사는 인생 만년에 이 런 고백을 남겼습니다. 그가 젊었을 때 자신을 이끌어준 상사들이 있 었는데 그들 때문에 엄청 괴로웠다고 합니다. '이러다 죽는 게 아닐 까?' 하는 생각이 들 정도였다는군요. 그런데 결과적으로 상사들의 괴롭힘이 세기의 경영학자를 만들어냈습니다. 드러커는 '그들이 코가 물속에 잠길 정도로 일을 시키지 않았더라면 오늘날의 드러커는 없었을 것'이라고 회고합니다. 이런 경험에 기대어 그는 후진 양성에 대해 다음과 같은 조언을 남겼습니다.

1. 조직원들에게 성취하려는 목표의 2백 퍼센트 수준을 제시하라
　일견 무리해 보이는 이런 목표를 제시하라는 뜻은 무엇일까요. 드러커는 어차피 사람들이 목표의 50퍼센트밖에 성취하지 못하는 경향이 있기 때문이라고 설명합니다.

2. 부하들이 일을 잘못 처리하면 주저 없이 꾸짖어야 한다
　자신의 상사들은 빈틈없이 벅찬 일을 요구했고 일을 잘못할 때는 조금도 주저 없이 꾸짖었으나, 다만 관심을 가지고 귀 기울여 그의 말을 들어주었다고 드러커는 회고합니다.

3. 상담과 자문을 아끼지 않는 훌륭한 스승이 있어야 한다
　조직 내에 젊은이들을 아끼고 지도하는 후원자가 있어야 한다는 것입니다. 자신의 상사들도 일을 가르치면서 칭찬하는 것을 유보했으나 격려하는 의지는 잠시도 멈추지 않았다고 합니다.

4. 열심히 해보려는 사람에게는 기회를 두세 번 줄 수 있지만 해

보려 노력하지도 않는 사람은 동정의 여지 없이 조직에서 떠나게 하라

5. 무례한 사람은 솎아내라

조직은 사람과 사람의 관계가 매우 중요한데 무례한 사람이 있으면 다른 조직원들에게 상처를 주고 상처는 오랫동안 남기 때문에 조기에 솎아내는 것이 옳다는 것입니다.

6. 조직원 모두를 동기부여 대상으로 삼으려 하지 마라

조직원 모두를 동기부여하는 것은 불가능할뿐더러 사실상 불필요하다고 합니다. 동기부여의 대상은 조직 내 중요한 인재에 한정되어야 한다는 이유 때문입니다.

마지막으로 호주의 작가 브로니 웨어가 펴낸《내가 원하는 삶을 살았더라면》을 소개하면서 이 질문에 대한 답을 마치려 합니다. 브로니 웨어는 죽음을 목전에 앞둔 환자들을 수년 동안 간호한 경험을 엮어 책을 냈습니다. 그녀는 짧게는 3주, 길게는 12주 동안 생의 마지막을 준비하는 환자들 곁을 지키며 그들이 인간관계와 사랑에 대해 가장 많이 후회한다는 점을 발견했다고 말합니다. 그녀가 밝힌 '죽음을 앞둔 사람들이 남긴 후회' 다섯 가지는 이렇습니다.

1. 남들의 기대에 부응하기 위해 진정한 '나 자신'으로 살지 못했다

웨어는 대부분의 환자들이 자신이 하고 싶은 일과 진짜 꿈이 무엇인지조차 깨닫지 못했다고 밝혔습니다. 이 후회는 환자들이 죽기 전 가장 많이 했던 후회라고 합니다.

2. 직장 일에 너무 바빴다

웨어는 남성 환자 대부분이 가족들과 더 많은 시간을 보내지 못하고 일에만 몸 바친 과거가 후회된다는 의견을 토로했다고 합니다.

3. 진심을 표현할 용기를 내지 못했다

많은 환자가 원만한 사회생활을 위해 자신의 목소리를 내지 못했던 과거를 후회했습니다. 자신의 마음을 숨겨 생긴 '억울함'이 환자의 증세를 키운 경우가 많았다고 합니다.

4. 친구들과 연락하지 못했다

바쁜 일상 속에서 오랜 친구들과 꾸준히 연락을 유지하는 것은 누구에게나 힘든 일입니다. 죽음을 앞둔 환자들에게 오래전 연락이 끊긴 친구를 다시 찾는 일은 불가능하며, 친구들이 얼마나 소중한 존재였는지 너무 늦게 깨닫곤 후회하는 경우가 많았다고 합니다.

5. 자신을 더 행복하게 만들지 못했다

웨어는 많은 환자가 행복이란 스스로 만드는 것이란 걸 깨닫지 못했다고, 그들이 행복하지 못했던 이유를 밝혔습니다. 그가 밝힌 이유는 사람들이 '변화'를 두려워하며 타인의 눈치를 보고, 그들이 삶 속에서 만들어낸 일반적인 습관과 행동 패턴들로 인해 진정한 행복을 차단당했기 때문입니다.

—

프로페셔널이란

미국의 한 연구자료에 따르면, 어떤 분야에서나 프로가 되기 위해서는 대략 1만 시간을 투자해야 하는 것으로 나타났습니다. 이 연구를 기초로 다음과 같은 몇 가지 케이스를 검증해보면 우리나라에서도 프로가 되는 데 소요되는 시간이 대체로 비슷함을 알 수 있습니다.

가령 초등학교 1학년짜리가 고사리손으로 피아노 앞에 앉아 하루 세 시간씩 연습을 한다면, 1년 평균 1천 시간쯤을 연습에 투입하게 됩니다. 이런 식으로 10년을 계속하면 고등학교에 진학하는 열일곱 살쯤에는 1만 시간을 투자한 셈이 되기에 프로에 입문하여 피아노 전공자가 됩니다. 이후 연습 시간이 늘어나면서 음악대학을 졸업할 무렵이면 2만 시간 정도를 투입하여 한 사람의 프로 연주자가 세상에 태어나게 됩니다.

야구선수의 경우도 비슷합니다. 야구선수들은 대체로 초등학교

4학년경에 운동을 시작하는데, 고등학교를 졸업할 무렵이면 연습 시간의 총합이 1만 시간에 이르게 되고, 이때 선수로서 대학에 진학을 하든가 혹은 프로구단에 입단을 하게 됩니다. 프로가 된다는 것은 다른 말로 표현하자면 그 분야의 달인이 된다는 뜻인데, 이런 현상은 미술을 공부하든, 외국어를 배우든 어느 일에서나 예외가 아닙니다. 옛날 사람들이 '10년 공부'를 강조했는데 이런 분석을 거쳐서 나온 소리인지는 알 수가 없으나, 10년이라는 시간은 일치합니다.

이렇듯 프로는 투입한 시간과 깊은 함수관계를 갖습니다. 사십대에 골프를 시작하여 일주일에 한 번씩 필드에 나가는 골퍼가 절대로 프로가 될 수 없는 것도 바로 투입한 시간이 부족하기 때문입니다. 물론 시간만으로 프로가 되는 것은 아니지요. 천부적 재능이 필수적인 요소니까요. 그러나 어떤 사람이 2만 시간을 한 분야에 줄기차게 투입하려면 그것은 재능 없이는 불가능한 일이기도 합니다. 왜냐하면 재능 있는 일이라야 집중도 가능하기 때문입니다.

우리는 일의 법칙을 알고 있습니다. 식으로는 이렇게 정리합니다.

$$W = F \cdot S$$

W는 일의 값, F는 투입한 힘, S는 투입한 시간입니다. 일의 값은 투입한 노력과 시간의 총합이라는 물리학의 법칙입니다. 노력(F)도 많이 하고 시간(S)도 많이 투입하면 성취해내는 일의 값(W)도 커지

게 됩니다. 노력을 적게 하면서 일정한 값을 달성하려면 시간을 많이 써야 합니다. 반대로 일의 값을 일정하게 달성하려는 데 시간을 많이 쓴다면, 노력은 적어도 됩니다. 인생에서의 성공을 W라고 한다면 결국 노력과 시간을 많이 투입한 사람의 W값이 커진다는 사실을 이 법칙은 말해줍니다.

직장인은 어떻습니까? 전공에 관계없이 신입사원은 회사에 들어오면 새내기입니다. 그들은 허드렛일부터 시작하여 사원으로서의 기초를 시작하지요. 하루 평균 열 시간씩 근무를 한다면 1만 시간에 이르기까지 대략 3년 반이 걸립니다. 이때 직위는 초급 간부에 해당하는 주임이나 대리에 이르는데, 그쯤되어야 직장인으로서 프로에 입문하는 단계에 이릅니다. 그러다가 7년을 경과하여 과장급이 되면 2만 시간대를 통과하면서 한 명의 프로로 완성됩니다. 물론 세월이 모든 사람을 프로로 만들어주지는 않습니다. '연습'하듯이 열심히 매달려야 하기 때문입니다. 프로가 되는 지름길은 주어진 하루 24시간을 얼마만큼 열심히 업무에 투입하느냐에 달려 있습니다. 따라서 양식 있는 월급쟁이라면 지금 받고 있는 월급이 장차 좋은 프로가 되라는 장학금일 수도 있다는 생각을 이따금 해보는 게 좋습니다.

프로가 되는 일과 관련해서 한 가지 이야기를 더 하겠습니다. 영국에서 실제로 있었던 사례입니다. 리코 메들린은 조립 라인에서 일하는 생산직 근로자였습니다. 그가 맡은 임무는 자기 자리 앞을 지나가는 부품들을 개당 43초 내에 처리하여 다음 공정으로 보내는 것입니다. 그는 이런 똑같은 작업을 하루 6백 번씩 반복합니다. 사람들은 이런 일에 금세 싫증을 느끼게 될 것입니다. 그러나 메들린은 이 일을 5년 넘게 해왔어도 여전히 자기 일을 즐겼습니다. 이유는 올림픽 선수가 경기에 임하는 자세로 작업하기 때문입니다.

메들린은 늘 스스로에게 어떻게 하면 자신의 기록을 깰 수 있는지를 물었습니다. 그리고 0.1초의 기록을 단축하기 위해 수년 동안 훈련을 계속하는 육상선수처럼, 조립 라인에서 자신의 기록을 단축하기 위해 스스로를 훈련시켜왔습니다. 외과의사와 같은 정교한 손길로 그는 도구를 사용하는 방법, 숙련된 동작 등 자신만의 독특한 작업방식을 개발해왔습니다. 5년이 지난 뒤 그는 부품 한 개당 28초까지 작업시간을 단축했습니다.

그가 실적을 향상시키려고 노력한 이면에는 보너스를 받고 상사들의 인정을 받으려는 생각도 어느 정도 있었습니다. 그러나 그것만이 주된 이유는 아니었습니다. 메들린은 그보다 훨씬 자주, 자신의 기록이 단축되고 있다는 사실을 다른 사람들에게 발설조차하지 않았고, 자신의 기록 갱신이 알려지지 않도록 비밀에 부치기도 했습니다. 왜냐하면 자신이 그것을 해낼 수 있다는 사실을 확인하는 것만으로도 충분했으며, 최고의 실력으로 일을 할 때 그 경험은 너무나 매혹적이었기에 속도를 늦추는 것이 오히려 고통스러울 때도 있었기 때문입니다. 숫자상으로 보면 메들린은 최고 31퍼센트의 생산성 향상을 기록한 셈입니다. 숫자도 중요하지만 더 중요한 것은 그의 자세입니다.

바람직한 인간관계를
유지하기 위해서는 어떻게 해야 할까요

옛날이야기로 시작할까요.《한비자》의 〈세난〉 편에 나오는 일화입니다. 송나라에 부자 노인이 살았습니다. 어느 날 비가 와 담이 무너지자, 그 아들이 "무너진 곳을 손보지 않으면 반드시 도둑이 들겠습니다"라고 했습니다. 잠시 뒤 옆집에 사는 노인도 무너진 담을 보고 도둑이 들지 모르니 빨리 고치라고 충고했습니다. 그러나 주인은 그날따라 다른 바쁜 일이 있어서 손을 쓰지 못했는데, 그날 밤 과연 도둑이 들어 많은 재물을 잃고 말았습니다. 비록 재물을 잃었으나 부자 노인은 아들에게 선견지명이 있다고 칭찬했습니다. 그러나 같은 말을 한 이웃 노인에 대해서는 아무래도 못마땅한 생각을 했습니다. 무너진 곳으로 도둑이 들지 모른다고 말하면서 자꾸만 들여다본 것은 어쩌면 도둑질을 하기 위한 것이라고 의심했던 것이지요.

같은 말도 듣는 사람에 따라 이처럼 다르게 해석하는 것이 사람입니다. 그래서 대인관계가 어렵다고들 하는 것입니다. 도둑을 경고한 두 사람 사이에 무슨 차이가 있나요? 그것은 친밀도의 차이입니다. 자기와 가까운 아들은 선견지명이 있다고 칭찬하고 가깝지 않은 이웃에게는 도둑의 혐의를 둔 것이지요. 가까운 사람에게 후한 점수를 주는 것, 이것이 바로 사람이 사람을 대하는 기본 방식입니다. 이런 현상은 송나라 때에 국한되지 않고 오늘날의 직장에서도 그대로 반복되고 있습니다. 세상 살아가는 데 인간관계만큼 중요한 것은 없습니다. 모든 성패가 여기 달려 있으니까요. 어쩌면 이 문제가 직장인들의 가장 큰 관심사일 수 있습니다. 나는 일찍부터 이 문제에 대해 관심을 가졌고, 제자들에게 팁을 주기 위해 여러 편의 글을 쓴 적도 있습니다.

바람직한 인간관계를 맺기 위해서는 다음의 몇 가지를 생각해볼 수 있습니다. 첫째는 '줄'입니다. 인생에서는 줄을 잘 서는 게 중요합니다. 사회생활을 새로 시작하는 젊은이들에게도 줄서기는 중요합니다. 우리 현실에서 줄은 대체로 부정적 뉘앙스를 풍기기에 줄 이야기를 잘못 꺼내면 이맛살부터 찌푸릴지도 모르겠습니다. '줄' 하면 떠오르는 대표적 단어는 학연, 지연, 혈연입니다. 사회생활의 초년병들도 아마 이 세 가지 줄은 익히 알고 있을 것입니다. 생존을 위해, 성장을 위해, 발전을 위해 사람은 줄을 잘 서야 한다고 반복해서 학습을 받았을 것이기 때문입니다.

그러나 현명한 젊은이라면 그런 폐쇄적 줄이 아니라 개방적인 줄에 서야 합니다. 업무에 능통하면서도 성품이 훌륭한 선배에게 줄을 서는 것이 바로 그것입니다. 대부분의 직장인들이 혈연, 학연, 지연의 줄을 찾는 동안, 배울 것이 많은 선배에게 줄을 서는 사람은 그 장래가 유망합니다. 유망한 사람은 자기에게 잘해주는 선배, 혹은 일시적 재미를 주는 선배보다는 까다롭고 거북하지만 바른 길을 제시해주는 쪽에 줄을 섭니다. 인연의 폐쇄성이 아니라 지혜의 개방성 덕분이지요.

끼리끼리 모인다는 속담은 표현만 약간씩 달리할 뿐 세계 여러 문명권에서 공통으로 발견되는 잠언입니다. 줄을 잘 서는 것은 동서고금에 매우 긴요한 일인가 봅니다. 부자와 친한 사람이 부자가 되기가 용이하고, 권력자와 가까운 사람이 권력을 쓰게 되며, 지식인과 자주 교유하면 자신도 유식해집니다. 같은 이치에서 일 잘하는 선배에게 줄을 서는 사람이 일을 잘 배우게 됩니다.

인간관계에서 두 번째 중요한 요목은 조직과 선배들의 신임을 얻는 일입니다. 적어도 주변의 신임을 얻기까지는 함부로 말을 해서는 안 됩니다. 섣불리 말하기 시작하면 우선 경솔하다는 평가를 받기 십상이고, 잘못하면 선배들을 비판하는 것으로 오해받게 됩니다. 대개의 경우 기존 멤버들은 자신들이 지금까지 잘해왔다고 자부하는 경향이 높습니다. 그런 사람들에게 섣불리 비판하는 인상을 준다면 신입사원은 환영받지 못합니다. 이것은 신입사원에게만 국한되지 않고 중간에 직장을 옮기는 경력사원에게도 적용되고 동네에 새로 이사 온 사람에게도 해당됩니다.

이런 것들이 세상살이에서 부딪히는 미묘한 대목입니다. 알고 나면 간단하지만 알기까지는 쩔쩔매는 고민거리이기도 하지요. 신입사원들을 포함한 신참들은 대체로 고정관념이 없기 때문에 기존 조직의 문제점을 빨리 보는 경향이 있습니다. 세상 경험이 없는 신입사원의 경우는 순수하기 때문에 더욱 그렇습니다. 임금님이 벌거벗었다는 사실을 직시한 어린아이와 마찬가지로. 그러나 신입사원들이 문제를 느꼈다고 해서 그들의 견해가 반드시 옳다고는 말할 수 없습니다. 한 조직의 일하는 방식이나 관행 뒤에는 또 그 나름대로의 사유가 숨어 있을 수도 있기 때문입니다.

신입사원의 바람직한 문제해결 방식으로 다음과 같은 네 가지 단계를 거치는 것이 좋겠습니다.

1. 발견: 눈에 보이는 현상 중에 의문이 들면 이를 잘 관찰한다.
2. 정리: 떠오르는 의문을 꼼꼼히 기록해두고 유형별 혹은 분야별로 정리한다.
3. 모색: 문제의 원인을 조용히 파악하고 대안을 모색한다.
4. 개진: 적정한 기회가 왔을 때 대안을 밝혀 문제 해결의 계기를 제공한다.

문제에 접근하여 이런 식으로 차분히 풀어내는 신입사원이라면 어느 직장, 어느 자리에서도 환영받을 것이 분명합니다. 문제를 외면하지도 않고, 그렇다고 성급히 달려들지도 않으면서, 결정적인 기회에 대안을 내놓아 공감을 얻는다면 필경 그는 지혜로운 사람일 것입니다.

좋은 인간관계 유지의 세 번째 비결은, 직장생활에서 완벽한 승리를 욕심내지 않는다는 것입니다. 모두가 자기를 좋아하게 만들겠다든지, 하는 일마다 모두 히트를 치겠다든지, 누구에게나 지지 않겠다든지, 하는 생각은 달성하기도 어렵거니와 이런 욕심은 스트레스만 가져옵니다. 세상을 살면서 모든 사람에게 칭찬 받고 박수 받는 것은 불가능합니다. 성현들의 삶이 어떠했던가를 상기해봅시다. 소크라테스는 독배를 받고 죽었고, 예수는 십자가에 못 박혀 죽었습니다. 공자는 자신의 뜻을 알아주는 사람을 만나지 못해 어느 날은 자신을 초상집의 개에 비유하기도 했습니다. 부처도 살아생전 흉이 9만 가지나 되었다고 합니다. 훌륭한 성현들도 세상에서 이런 대접을 받았는데 하물며 보통사람이 비난받는 것은 정해진 이치 아니겠습니까. 그러므로 칭찬과 비난의 비율이 51 대 49만 되어도 실패하지 않은 인생이라는 다부진 마음을 가질 필요가 있습니다. 모두에게 박수 받는 것은 전쟁에서 아군의 희생은 하나도 없이 승리하겠다는 생각만큼이나 무망한 것입니다.

네 번째 팁은 인간관계를 생각할 때마다 잊지 말아야 할 인간의 불합리한 모습입니다. 그것은 다음과 같습니다.

1. 펠 박사의 법칙: 이유를 모르면서 무작정 어떤 사람을 싫어하는 증세로, 지역감정이나 인종적, 성적, 계층 간의 편견도 이와 관련이 많다.

2. 구성의 오류: 여러 요소를 합쳐놓으면 오히려 그 요소들이 따로 있을 때보다 값어치나 성능이 떨어지는 현상. 예컨대 영업부, 관리부, 생산부 등이 저마다 회사를 위해 일하나 그 노력의 결과를 합하면 회사가 해로워지는 현상을 들 수 있다. 여야의 애국심 경쟁도 여기에 해당한다.

3. 공포의 포로: 무능, 거절, 미지, 권위, 나이, 결핍 등에 관한 공포심에 사로잡히는 현상으로, 이 공포가 모두 비이성적이며 근거가 없음에도 불구하고 사람들은 공포에서 벗어나기가 쉽지 않다.

4. 부족한 공공성: 사회생활이 공동생활이라는 것을 알면서도 자기 것은 아끼고 공동의 것은 함부로 하는 경향. 여럿이 밥을 먹을 때 공동으로 먹는 반찬부터 먹기 시작하는 습성이나, 자기 집을 깨끗이 하려고 지저분한 것을 대문 밖으로 쓸어내는 행위도 이에 해당한다.

5. 동일시의 오류: 내가 그러므로 남도 그럴 것이라고 생각하는 경향. 도둑의 눈에는 사람들이 도둑으로 보이고, 부처 눈에는 모든 게 부처로 보인다.

6. 선입견: 백인은 우월하고 흑인들은 열등하다든지, 명문학교 출신은 모두 우수하다는 전제 아래 직원을 채용하는 것과 같은 행위로, 남성우월주의도 여기에 해당한다.

7. 라스베이거스 법칙: 바로 직전 게임에서 승리한 사람이 또 이길 확률이 높다는 계산 아래 돈을 거는 행위. 투자자가 실적이 좋은 펀드 매니

저에게 돈을 맡기는 경우도 이에 해당하는데, 직전 게임의 승자가 반드시 다음 게임의 승자가 되는 것은 아니다.

8. '다른 것'은 '틀린 것': 자기와 생각이나 의견이 다르면 틀려먹었다고 생각하는 경향. 어떤 종류의 대립과 갈등도 그 근본을 들여다보면 서로 자기의 생각이 옳고 상대방은 틀렸다는 착각이 자리하고 있다.

9. 부자로 죽기 위해 저축하기: 사는 동안 먹지 않고, 입지 않고, 쓰지 않고 오로지 아끼기만 하다가 재산을 고스란히 남겨두고 세상을 떠나는 사람들이 많다. 가난뱅이로 살다가 부자로 죽는 사람들이다.

10. 과로에 무너진 영웅들: 인류 역사에 큰 족적을 남겼음에도 불구하고 진시황, 알렉산더 대왕, 칭기스칸, 나폴레옹 등은 과로로 인생을 망친 인물들이다. 그들은 쓰러질 때까지 달렸고 쓰러지자 다시는 재기하지 못했다.

11. 트루시니스Truthiness: 자기가 믿고 싶은 것만을 진실로 여기는 성향. 사실에 근거하지 않고 자신의 생각에 매몰되는 현상은 동서고금에 차이가 없다.

12. 앵커링Anchoring: 어떤 일을 결정할 때 한 가지 정보나 특징에 지나치게 의존하는 경향. 결혼 상대를 고를 때 종교를 먼저 따진다든지 좋은 궁합을 전제로 하는 것도 여기에 해당하고 인사권자가 자기와 친한 사람만 믿는 편벽된 경향도 앵커링이다.

다섯 번째 팁은 보다 적극적인 인간관계에 관심을 갖는 사람에게 주는 데일 도튼의 충고입니다. 기업문화를 소재로 한 도튼의 칼럼은 미국에서 매주 1천만 명이 애독하는 것으로 알려져 있습니다. 그는 직장생활에서 승리하는 위대한 직원을 이렇게 묘사하고 있습니다.

1. 위대한 직원은 스스로 보잘것없는 일을 하는 것을 허용하지 않는다.

2. 보스가 문제에 봉착한 곳에 그들은 주저 없이 다가와 도움을 준다.

3. 위대한 직원은 자기 자신에 대한 최고의 비판자다. 보스가 나서서 꾸짖을 필요도 없다.

4. 위대한 직원들의 꿈은 바로 보스의 꿈이다.

5. 위대한 직원이 있다면 그들이 뒤를 돌보기 때문에 보스는 뒤를 돌아볼 필요가 없다.

6. 위대한 직원은 보스에게 맡길 일이 있느냐고 묻는다.

7. 위대한 직원은 팀이 필요로 하는 것이 무엇인지 보스에게 말해준다.

8. 위대한 직원은 팀 전체의 업무표준을 상승시킨다. 팀원들은 위대한 직원을 실망시키지 않으려고 더욱 열심히 일한다.

9. 위대한 직원은 충심으로 고객을 대하며, 조직의 누구보다 고객의 마음을 잘 이해한다.

여섯 번째는 호감입니다. 결국 사람관계는 호감을 사는 것이 요체이기 때문입니다. 호감을 사려면 호감을 줘야지요. 호감 주는 사람은 동서고금 모두 공통적입니다. 역사적 위인이나 성공한 경영자, 오래 기억되는 지도자는 모두 호감을 주는 사람입니다. 호감을 주어서 팬이 많아지고 자기를 따르고 지지하는 사람이 많아지면 자신이 하는 일을 비교적 쉽게 이룰 수 있습니다. 가령 그 수가 한 명일 때는 한 명을 데리고 큰일을 도모하기는 어렵습니다. 그러나 열렬하게 자기를 지지하고 따르는 사람이 1천 명, 1만 명이 된다면 그때부터는 제법 큰일도 할 수 있게 됩니다. 따르는 사람이 많으면 비즈니스를 해도 큰 비즈니스를 할 수 있겠지요.

그렇다면 과연 어떻게 호감을 살 수 있을까요? 오래전 미국의 피츠버그 대학교에서 일상생활에서 호감을 받는 사람들의 특징을 조사했더니 다음의 다섯 가지 공통점이 나왔습니다.

1. 처음 만나는 사람은 무심하게 대한다. 유능한 사람일수록 거만한 마음을 갖거나 한쪽으로 치우치기 때문에 마음속에 무엇인가를 두고 사람을 대하기 쉽다. 이것은 대인관계에서 좋지 않다.

2. 비판하는 버릇이 없기에 험담꾼이 되지 않는다.

3. 다른 사람의 좋은 점을 애써 찾아서 덕담을 많이 한다.

4. 세상에 알려지지 않은 선행을 눈여겨본다. 그럼으로써 스스로 기분이 밝아지고 세상을 보는 눈이 맑아진다.

5. 지위고하를 떠나 상대방에게 성의를 다한다.

일곱 번째는 상대의 개성을 존중하는 사람이 좋은 인간관계를 만든다는 사실입니다. 자연만물을 보면 돌도 있고 나무도 있고 쇠도 있고 유리도 있고 여러 가지가 있습니다. 이것들은 모두 물성이 다릅니다. 유능한 목수는 물성을 살려 집을 짓습니다. 나무로는 기둥을 세우고, 유리로는 창을 냅니다. 사람도 똑같습니다. 돌 같은 사람이 있고 쇠 같은 사람도 있으며 유리 같은 사람이 있습니다. 그 개성을 이해하고 존중해야 합니다. 어떤 목수도 돌에게 너는 왜 돌로 태어났냐고 비판하지 않지요. 또 어떤 목수도 유리에 톱질을 하지 않습니다.

하지만 사람들은 타고난 성향을 존중하지 않고 상대를 자신의 잣대에 맞추어 평가하고 몰아붙이기도 합니다. 돌에게 왜 나무 같지 않느냐고 화내는 격이지요. 사람들이 정작 사람한테는 이상할 정도로 박한 경향이 있습니다. 겉모양이 다 똑같아서일까요? 이는 아직도 우리 사회가 미성숙한 때문이라고 생각합니다. 하지만 젊은 사람들도 사회의 생리를 알아야 합니다. 세상에서 사람이 사람을 어떻게 대하는지 알아둘 필요가 있다는 이야기입니다. 옳지는 않으나 그런 일이 벌어지고 있다는 것을 알고 세상에 나가야 합니다.

여덟 번째는 호감과 비호감이 아주 사소한 것에 달려 있다는 사실입니다. 회식 자리에서 술을 고를 때도 호감 주는 사람이 있습니다. 하루 저녁 먹는데 막걸리면 어떻고 소주면 어떻습니까? 얼마나 차이가 나겠습니까? 통 크게 사는 방법을 학습할 필요도 있습니다. 자꾸 내 취향을 고집한다든지 나한테 맞추라는 배타적인 태도는 곤란합니다. 우주에서 자기가 가장 존귀하고 중심인 것도 확실하지만 그렇다고 해서 모든 것을 나에게 맞추라는 것은 옳지 않습니다. 상대방도 우주의 중심이고 가장 존귀한 존재이기 때문입니다. 이런 이치만 깨우쳐도 선선한 사람, 대범한 사람, 통 큰 사람 대접을 받을 것입니다.

아홉 번째는 새로 직장생활을 시작하는 젊은이에게 필요한 팁입니다. 사회생활을 새로 시작하는 청년들이 직장에서 호감을 얻는 비결은 의외로 간단합니다. 남보다 30분 먼저 출근하고 30분 늦게 퇴근하는 것입니다. 지금까지 취업한 제자들에게 빠짐없이 이것을 충고했습니다. 그랬더니 직장에서 자기를 보는 눈이 달라지더라고 합니다. 상사들이 자기를 좋아하게 되었다는 뜻입니다. 출퇴근 30분씩, 하루 한 시간이 신입사원을 돋보이게 만든 것입니다. 이미 상사들은 여러 번에 걸쳐서 신입사원을 받아봤을 것입니다. 정시에 딱 맞춰 출근하고 퇴근시간은 칼같이 지키면서, 야근은 무조건 싫어하고 특근에 이맛살 찌푸리는 신입사원도 만났을 것입니다. 그런데 이번에 들어온 사람은 항상 조금 일찍 오고, 남보다 늦게 나갑니다. 그래서 흥미롭게 관찰해보니 이 직원은 할 일을 스스로 찾아서 하는 태도도 보입니다. 상사가 얼마나 반갑겠습니까?

또 제자들에게 신입사원 시절에 지켜야 할 다른 행동에 대해서도 이야기해주곤 합니다. 회사에 입사하면 대개 단체로 연수를 가는데 이 연수 기간 중 신입사원들 사이에서 좋은 부서가 어디인가에 대한 소문이 돕니다. 소문이 무성해질 때쯤 인사부에서 배치면담을 실시합니다. 대부분의 신입사원들은 귀동냥한 정보로 좋다는 부서를 지망합니다. 인사팀 사람들은 이런 일을 자주 겪어봤기 때문에 자칫 잔꾀를 부린다고 판단할 수도 있습니다.

인사팀과 면담할 때 회사에서 가장 골치 아픈 부서, 사람들이 꺼려하는 곳으로 가겠다고 말하는 것이 현명합니다. 이것은 비굴하게 "아무거나 시켜주십시오"라는 태도와는 전혀 다릅니다. "어려운 부서가 있다면 그곳에서부터 배우겠습니다"라고 하는 것은 겸손하면서도 당당한 태도입니다. 실제로 그렇게 한 제자들이 있습니다. 자원해서 식품부나 영업부, 소비자상담실로 간 제자들입니다. 처음에는 정말 스트레스를 많이 받았다고 합니다. 그런데 몇 달 가지 않아 흔히 남들이 좋다고 하는 부서로 발령이 나더군요. 그리고 시간이 지나자 더 좋은 부서로 옮겨가는 것을 보았습니다. 배경도 없고 연줄도 없는 사람을 회사가 나서서 경력 관리를 시켜주는 것입니다. 아마 회사도 힘든 일을 자청하면서 바닥에서부터 배우려는 청년이 반가웠던 것이겠지요. 회사는 그 청년의 직장인으로서의 자세와 정신을 높이 샀을 것입니다.

이 책을 읽는 독자 중에는 모두가 이렇게 행동하면 이 팁은 더 이상 소용이 없지 않겠느냐고 생각하는 사람이 있을지도 모르겠습니다. 걱정하지 마십시오. 이런 말을 듣고 실천에 옮기는 사람은 소수에 불과할 테니까요. 듣는 것은 쉽지만 행동에 옮기는 것은 힘듭니다. 자기와의 싸움을 해야 하기 때문입니다. 편하고 싶은 마음, 게으름 피우고 싶은 마음은 누구에게나 있습니다. 옛사람들은 이를 극기복례克己復禮 또는 살신성인殺身成仁이라고 했습니다. 자기를 죽여야 예를 이룬다니 조금 서늘한 표현이지요? 요령을 알고 길을 보여줘도 그것을 따라오는 사람은 극소수입니다. 성공은 대량생산으로 안 됩니다. 생각을 바꾸는 것까지는 비교적 쉽게 할 수 있지만, 그 변화된 생각을 행동에 옮기는 것은 쉽지 않습니다. 가령 담배를 끊겠다는 생각은 누구나 쉽게 하지만 금연하는 사람은 소수입니다. 공부하겠다고 결심해놓고도 지키지 못하는 사람이 세상에 넘쳐납니다. 오죽하면 '작심삼일作心三日'이라고 했겠습니까.

성공은 대량생산으로는 얻어지지 않습니다. 서점에 넘치는 것이 자기계발서입니다. 모두가 성공에 이르는 길을 제시하고, 개중에는 훌륭한 가르침을 담고 있는 책도 많습니다. 좋은 책을 잘 골라 제시하는 대로만 살면 성공에 이를 수 있습니다. 그러나 사람들은 구하기 너무 쉬운 나머지, 책이 전하는 교훈의 값을 제대로 쳐주지 않습니다.

—

불합리한 조직에
적응하는 방법

이와 비슷한 문제가 매스컴에도 자주 보도되는 것을 봅니다. 그런데 합리, 불합리는 전적으로 인식의 문제이며, 느낌의 차이입니다. 동일한 현상에 대해 사람마다 해석이 각각 다른 것을 봅니다. 합리와 불합리의 판단에 인식의 문제가 작용할 때가 많습니다. 그러므로 자기의 인식하는 바가 항상 정답은 아닐 수 있다는 유연성을 가져야 합니다. 다른 관점에서 보면, 불합리한 관행도 타당한 이유가 숨어 있는 경우가 많기 때문입니다. 부엌에 가면 며느리 말이, 안방에 가면 시어머니 말이 옳다는 속담을 잘 새겨들을 필요가 있습니다.

세상을 살면서 관점이 모든 것을 결정하는 경험을 자주 했습니다. 지금 말하는 직장의 합리성도 필경 '관점'과 깊은 상관관계를 가지고 있을 것입니다. 그렇다면 이쯤해서 관점에 대해 한번 생각하고 넘어가는 것도 좋을 것 같군요.

세상사에서 관점은 참으로 중요합니다. 관점은 힘도 셉니다. 관점은 신념을 낳고 신념은 행동을 지배하며 행동은 운명을 좌우합니다. 목숨도 관점에 달려 있는 경우가 대부분입니다. 관점은 사람에 따라 패러다임, 마음, 생각, 사상, 시각 등으로 명명되지만, 그 본질은 같습니다. 역사는 관점 바꾸기에 성공함으로써 인류사에 커다란 족적을 남긴 사람들을 기억합니다.

콜롬버스는, 항해란 대륙의 해안을 바라보며 하는 것이라는 종전의 관점을 바꿈으로써 성공한 인물입니다. 그는 연안과 나란히 하는 항해 대신에 땅을 등진 채 직선으로 바다를 향해 나아갔습니다. 그렇게 해서 신대륙의 발견자가 되었습니다. 너무도 잘 알려진 지동설의 코페르니쿠스도 마찬가지입니다. 당시 교회는 가장 강력한 통치기구였고, 세상은 교회의 관점을 거스를 수 없었습니다. 그러나 코페르니쿠스는 교회의 천동설에 반하는 지동설을 주창함으로써 인류사에 큰 발자국을 남겼습니다. 종교개혁을 이룬 마르틴 루터도 마찬가지입니다. 그는 교회의 면죄부 판매를 보고 교황도 인간인데, 신이 아닌 인간이 어떻게 다른 인간의 죄를 사할 수 있느냐는 의문을 품었습니다. 이 의문이 마침내 종교개혁으로 발전합니다. 교회적 관점을 성경적 관점으로 바꾼 사건이었습니다.

생명체를 진화의 관점에서 보기 시작한 다윈도 역사가 기억하는 인물입니다. 창조론적 세계관이 불변의 진리로 통용되던 세상에 진화론을 주창하기란 쉬운 일이 아니었습니다. 그러나 진화의 관점은 이제 평범한 상식이 되었습니다. 《상식론》을 쓴 토마스 페인도 관점 바꾸기로 세상을 바꾸는 데 기여했습니다. 미국 독립운동 초창기 페인은 이 책을 통해 왕정은 성경에 어긋나는 나쁜 제도임을 일깨웁니다. 영국 왕의 통치 아래 있던 식민지 백성들에게 왕정을 배척하게 만드는 사상이었습니다. 조세저항운동으로 시작한 식민지 소요는 마침내 독립운동으로 확대되었습니다.

생산자 중심의 관점으로는 오늘날 시장에서 살아남을 수가 없습니다. 성공하는 모든 기업은 소비자 중심의 관점을 갖습니다. 기업만이 아니라 비영리 부문인 시민운동도 마찬가지고 만년 독점 상태인 정부의 행정 서비스 역시 그 나름대로는 소비자의 관점으로 이동하고 있습니다.

관념적 성리학을 실사구시의 학문으로 바꾼 실학 역시 관점 바꾸기의 사례입니다. 본시 공맹의 가르침은 실천의 학문이었습니다. 공자와 맹자가 인간이 실생활에서 마땅히 해야 할 일과 해서는 안 될 일을 가르친 것도, 통치자들에게 인의仁義의 왕도를 역설한 것도, 모두 백성들이 골고루 잘살도록 하자는 것이었습니다. 그렇게 출발한 유학이 시간이 흐르면서 관념론에 빠져들자 잘못된 관점을 바꾸자는 운동이 실학의 형태로 나타났던 것이지요. '인내천人乃天'의 관점은 또 어떻습니까? 절대왕정의 엄혹한 시절, 사람 목숨이 파리 목숨보다 못하게 취급되던 시절에 동학의 선각자들은 사람이 곧 하늘임을 선언합니다. 이런 주장은 세계사적으로 보더라도, 예수가 이방인들도 하느님의 백성이라고 선언한 이래 가장 강력한 관점 바꾸기입니다.

군대를 갔다 온 사람들이 공통으로 고백하는 일이 있습니다. 군부대 배치될 때 어느 부대가 좋은지 설왕설래가 많으나 제대하고 생각해보니 마음 편히 지내는 부대가 최고더라는 것입니다. 모든 청년들이 과연 어떤 직장이 좋은가를 놓고 많이 고심하지만 여기에도 답은 있습니다. 마음 편히 생활하며 자아를 성취할 수 있는 곳이 최고라는 사실입니다. 그러므로 설령 직장이 자기 마음에 안 드는 측면이 있더라도 섣불리 불합리하다고 예단하지 말고 유연하게 생각할 것을 권합니다. 직장도 자기가 적응하기에 따라 좋고 나쁨의 판단기준이 달라집니다. 회사가 좀 합리적이었으면 좋겠다고 생각하는 사람들이 많다는 것을 압니다. 하지만 절대적으로 좋거나 절대적으로 나쁜 회사는 없습니다. 자신의 인식의 차이가 직장의 좋고 나쁨을 결정한다는 사실을 유념하기 바랍니다. 이것은 세상에 절대 선과 절대 악이 없는 것과도 같습니다.

직장인들은 대부분 보스가 칭찬하면 기분이 좋아집니다. 칭찬은 곧 인정을 뜻하기 때문에 칭찬 받은 부하는 자신이 인정받고 있다는 느낌 덕분에 자신감과 만족감이 커지게 마련이지요. "선비는 자기를 알아주는 사람을 위해 목숨을 바친다[士爲死知己之者]"는 옛말도 그런 이치를 생각하게 만듭니다. 반대로 보스가 꾸중을 하면 부하들은 위축되고 기가 죽습니다. 야단 맞은 부하들은 열이면 열 모두 기분이

나빠져 자신감을 잃고 의욕이 떨어집니다. 더욱 나쁜 것은 아직 세상 경험이 일천한 대부분의 신입사원들은 보스가 자기를 미워해서 야단친다고 해석한다는 사실이지요.

그런데 어느 직장에서나 대수롭지 않은 일을 하고도 크게 칭찬을 받는 경우가 있는가 하면 하찮은 일에 꾸지람을 받는 일도 생겨납니다. 그 이유는 보스의 칭찬도 꾸중도 모두 그때그때 기분과 밀접한 관계가 있기 때문입니다. 보스도 사람인지라 자신의 감정을 주체하기가 쉽지 않습니다. 특히 격정적인 보스라면 더욱 그렇습니다.

이와 관련하여 참고해야 할 일이 하나 있습니다. 한국사회에서 두 사람 중 하나는 분노조절장애를 겪고 있다는 사실입니다. 여러분은 둘 중 어느 편에 속합니까? 혹시 여러분을 힘들게 만드는 상사나 동료들 중에도 이런 증세를 보이는 사람이 있지 않나요? 일본인은 셋 중 두 사람이 이런 증세를 보인다고 하니까 아직 한국이 조금 더 나은 형편으로 보입니다. 50퍼센트의 비율이라면 사람살기에 적당하지 않을 만큼 현저히 높은 수치입니다. 분노조절장애가 늘어나는 현상은 주로 물질만능주의에 뿌리를 두고 있으며, 전문가들은 사회 양극화도 이를 부추기는 것으로 보고 있습니다. 또한 지나친 핵가족화로 고민을 나눌 사람이 없는 소외의 문제도 한몫을 한다고 합니다. 거기에 덧붙여 전통적 가치인 인내를 가르치는 가정교육이 사라진 것도 중요한 이유로 꼽고 있습니다.

인식의 차이에 따라 직장이 달라지는 이야기를 좀 더 해야겠습니다. 세상에는 다음과 같은 네 가지 유형의 직장이 있습니다. 지옥형, 정글형, 대합실형 그리고 낙원형입니다.

지옥형 직장은 구성원들이 인간의 불완전성과 모순을 이해하지 못하기 때문에 서로가 서로를 헐뜯고 괴롭히는 분위기의 일터입니다. 지옥형 직장은 다음과 같은 징후를 나타냅니다.

1. 아침에 눈뜨고 생각하면 회사에 가기 싫다.

2. 저 사람만 없으면 회사가 좋아질 것 같은 인물이 있다.

3. 사장이 왜 저런 사람을 고용했는지 이해되지 않는 인물이 있다.

4. 일하는 데 쓰는 수고보다 주변 사람에게 쓰는 수고가 더 크다.

5. 목구멍만 아니면 당장 그만두겠다는 생각이 떠나지 않는다.

정글형 직장은 소수의 강자가 직장 분위기를 압도하고 대다수의 약자들은 정글의 침묵 속에 살아가는 곳입니다. 특정 학교, 특정 지역 출신, 오너의 피붙이 등, 선택 받은 소수가 직장을 휘젓는 동안 나머지 사람들은 마음 졸이며 살아가는 분위기입니다. 정글형의 징후로는 다음의 몇 가지를 들 수 있습니다.

1. 일상화된 파워 게임

2. 특정인 중심의 줄 서기

3. 눈 밖에 난 사람들에 대한 왕따

4. 조직 내의 정치와 외교의 만연

5. 종종 치밀어 오르는 이직의 충동

대합실형 직장은 인간의 불완전성과 모순을 어느 정도 이해하기에 서로를 탓하거나 괴롭히지는 않습니다. 그렇지만 동료와의 적극적 협력과 소통이 부족합니다. 마치 기차역이나 버스 터미널에 많은 군중이 몰려 있어도 서로에게 무심한 현상과 같습니다. 다음과 같은 징후가 일상화됩니다.

1. 땡 출근, 땡 퇴근

2. 동기 부족

3. 회식이나 직장 동료들의 애경사도 스트레스 요소

4. 직장에 대한 낮은 애착

5. 낮은 사기와 부족한 활기

낙원형 직장의 구성원들은 인간이 태생적으로 불완전한 존재라는 사실을 잘 압니다. 모순 덩어리라는 사실도 충분히 이해합니다. 그러기에 그 불완전함과 모순을 서로 감싸주며 응원합니다. 직장동료로서 함께 시공을 공유하게 된 인연을 매우 소중히 여기므로 따뜻한 동료애가 직장 구석구석에 퍼져 있습니다. 낙원형 직장은 이런 특징을 보입니다.

1. 높은 사기와 넘치는 활기

2. 자발적 협조

3. 상호이해와 용서

4. 행복감 넘치는 일상생활

5. 회사 자랑하기

가령, 어느 일터가 지옥형 직장이라면 틀림없이 거기 일하는 사람의 삶 자체가 지옥일 것입니다. 정글형이라면 늘 불안하고 초조하여 삶이 곤고할 것입니다. 대합실형이라면 구성원들은 예외 없이 고독한 나그네일 것입니다. 그러나 낙원형이라면 구성원들이 살맛나는 인생을 구가할 것입니다. 어느 직장이 좋은가는 묻지 않아도 쉽게 알 수 있습니다.

인구의 절반 이상이 직장인입니다. 나머지 절반은 직장인과 긴밀한 관계를 맺고 있는 가족들입니다. 따라서 모든 직장이 낙원형이라면 사회 전체가 저절로 밝아질 것입니다. 여러분의 직장은 지금 어디에 속해 있습니까? 낙원을 저 멀리 하늘에 있는 것이라거나, 혹은 죽어서야 이르게 되는 곳으로만 해석할 필요가 있을까요?

—

이직에 대한 현실적인 조언

한 곳에서 열심히 일하다 보면 가만히 있어도 일정한 주기로 스카우트 제안을 받게 됩니다. 또 일하다 보면 누구에게나 까닭 없는 권태기가 찾아오기도 합니다. 그러면 한번 옮겨볼까, 하는 생각이 들지요. 부부들이 권태기를 겪는 것과 마찬가지입니다. 그런다고 모든 부부가 이혼을 합니까? 그렇지 않지요. 마찬가지로 직장도 권태기가 온다고 해서 모두 이직하는 것은 아닙니다.

권태기도 하나의 도전인데 여기에 잘 응전하여 현명하게 극복하고 나면 뿌리가 든든해져 큰 나무로 자랄 수 있습니다. 그동안 취직한 제자들에게 권하기는 최소 10년은 차분히 일하라는 이야기였습니다. 그래야 프로로 대성할 수 있기 때문입니다. 직장에 들어간 지 얼마 되지 않아서 빨리 움직이는 걸 '조동早動'이라고 하는데, 조동은 '경동輕動'이 되고 경동은 '망동妄動'이 되기 쉽습니다. 조동, 경동, 망동, 이 삼동을 경계해야 합니다. 머리 좋고 계산이 빠른 젊은이들에게 이런 경향이 있습니다. 이직에 관해서는, 할 수 있는 한 엉덩이를 무겁게 유지하십시오. 답답할 정도로 천천히 움직이는 것이 좋습니다. 직장을 자주 옮기면 끝이 안 좋습니다.

3년 차보다 5년 차, 5년 차보다 10년 차의 내공이 큽니다. 사람은 내공을 쌓은 만큼 대접받습니다. 인삼을 키울 때도 3년 근보다 5년 근이 훨씬 가격을 잘 받습니다. 2년 정도만 더 받는 것이 아니라 배가 되지요. 6년 근은 훨씬 높습니다. 좋은 홍삼은 6년 근이 아니면 못 만듭니다. 3년, 5년짜리는 홍삼 재료가 아닙니다. 5년에 옮기는 것보다 10년에 옮기는 것이 좋으며 10년 차에 옮기면 대접을 더 잘 받게 됩니다. 3년 차 사원을 데려가는 것은 손, 발 역할이 필요하기 때문입니다. 5년 차는 두뇌 역할을 하는 사람을 데려가는 것입니다. 10년 차는 전략을 세울 수 있는 사람을 찾는 것입니다. 이런 사람은 부가가치가 확 달라집니다. 최소 5년은 한 직장에 눌러앉아 내공을 키우십시오. 그런데 가능하다면 10년을 한 직장에 머무는 것이 좋습니다.

세상은 진득한 사람, 끈기 있는 사람 편에 설 때가 많습니다. 우공이산愚公移山의 우화도 우리에게 그런 교훈을 던져줍니다. 《열자列子》에 나오는 이 우공이산 우화를 현대적으로 재구성해보면 이렇습니다.

옛날 옛적 중국에 우愚라는 노인이 살았습니다.
그런데 노인이 사는 집 뒤에는 북산이라는 큰 산이 있어서 이웃마

을에 가거나 어쩌다 장을 보러 가려면 몇십 리를 돌아가야만 했습니다. 어느 새해 아침, 노인은 이런 불편을 없애기로 결심하고 가족회의를 소집합니다. 마음속으로는 이미 북산을 파서 없앨 계획을 세운 다음이었습니다.

안건을 상정하자 부인이 적극적으로 반대를 합니다. 우 노인의 나이가 이미 아흔이고 산은 엄청나게 큰데 어느 세월에 무슨 수로 거대한 산을 파서 없애느냐는 것이었지요. 소문을 들은 이웃 중에도 노인의 우매함을 조소하는 사람이 있었습니다.

그러나 노인은 뜻을 굽히지 않고 가족들을 설득하기 시작합니다.

"나는 오래지 않아 죽을 것이나 나에게는 아들이 있고 손자도 있다. 내가 하다 죽으면 아들이 대를 이어 이 작업을 계속할 것이고 아들이 죽으면 손자가 뒤를 이어갈 것이다. 손자에게서는 증손자를 얻어 대를 이을 것이니 대가 끊기지 않는 한 언젠가는 이 작업이 성공하지 않겠느냐. 지금 보면 산이 큰 건 사실이나 산은 이미 한 덩어리로 굳어져 있을 뿐 더 이상 자라지 않을 것이고 산이 아들 손자를 낳지는 못할 터이니 무슨 걱정이 있겠는가!"

그래서 그날부터 대역사가 시작되었습니다. 하루 작업을 마친 그날 밤, 북산을 지키던 산신령이 고민을 시작합니다. '노인의 의지와 실행하는 모습으로 보아서 산이 없어지는 것은 이제 시간문제가 아닌가?' 고민 끝에 산신령은 하느님에게 이 문제를 상의하기에 이릅니다. 보고를 받은 하느님은 깊은 생각에 잠깁니다. '노인의 말이 옳

다, 언젠가는 노인네가 북산을 모두 파서 없앨게 분명하지 않은가?'

그쯤해서 하느님은 중대한 결심을 내립니다. 내가 먼저 손을 쓰자. 하느님은 그날 밤을 도와 북산을 다른 곳으로 옮겨갔습니다.

—

시간관리의 기술

스티븐 코비의 《성공하는 사람들의 7가지 습관》에는 '소중한 것을 먼저 하라Put First Things First'라는 말이 나옵니다. 이 원칙을 배우고 실천한다면 누구나 여유 있게 살면서도 더 가치 있는 일에 시간을 쓸 수 있습니다. 많은 사람들이 시간이 없다거나, 바쁘다고 허둥대는 까닭은 대부분 시간을 잘못 써서 생기는 일입니다.

닭 한 마리를 잡거나 소 한 마리를 잡거나 사람들은 살코기에 먼저 손이 갑니다. 과일을 집어 들면 속살을 먹습니다. 소를 잡아서 내장이나 비계를 먼저 먹거나 사과를 깎아서 씨앗을 먹지는 않습니다. 우리가 하는 일에도 살코기와 같은 알맹이가 있는가 하면 비계나 껍질 같은 부분도 있습니다. 따라서 일을 잘하는 사람, 나아가서 인생을 효과적으로 사는 사람은 따지고 보면 알맹이를 많이 취하는 사람입니다. 주어진 시간이 유한하고 우리가 사용하는 힘에도 한계가 있기 때문에, 주어진 시간과 주어진 자원을 이용해서 누가 알맹이를 더 많이 취하느냐가 인생의 성패를 좌우합니다.

스티븐 코비가 제시한 매트릭스를 살펴볼까요.

	긴급도	
	제1상한 급하고 중요한 일	제3상한 급하지만 중요하지 않은 일
중요도	제2상한 급하지는 않으나 중요한 일	제4상한 급하지도 않고 중요하지도 않은 일

이 표에서 볼 수 있듯이, 우리가 하는 모든 행위는 급하고도 중요한 일(제1상한), 급하지는 않으나 중요한 일(제2상한), 급하지만 중요하지 않은 일(제3상한), 급하지도 않고 중요하지도 않은 일(제4상한)로 나눌 수 있습니다.

몇해 전 미국의 한 연구소가 〈포춘〉지 선정 5백 대 기업에 랭크된 회사를 대상으로 간부들의 생산성을 측정했습니다. 조사 설문은 간부들이 실제로 얼마만큼 시간활용을 잘하는지를 재기 위해 중요도와 긴급도의 매트릭스로 구성되었습니다. 조사 결과는 참으로 놀라웠습니다. 설문에 응한 간부들은 시간의 70퍼센트 정도를 '급하기는 하지만 중요하지 않은 일'에 쓰고 있다고 답했기 때문입니다. 세계적 우량기업 간부들이 시간을 이런 식으로 쓴다면 그보다 못한 기업의 경우는 물어서 무엇하겠습니까. 급해서 참석한 회의, 갑자기 찾아온 손님, 시도 때도 없이 울려대는 전화 등에 시간을 빼앗기는 일이 너무 많습니다.

조언자들은 우리에게 급하지는 않지만 중요한 일에 시간을 많이 배정하라고 권합니다. 물론 급하고도 중요한 일이 발생했을 때는 당연히 그 일부터 처리하는 것이 옳습니다. 예컨대 물에 빠진 어린아이의 목숨을 구하는 일이나 불이 난 이웃집에 물동이를 들고 달려가는 것이 이런 경우에 해당합니다. 위기에 빠진 회사를 살리기 위해 동분서주하는 일도 여기에 해당하겠지요. 그러나 이런 위기상황은 일생에서 자주 발생하지 않습니다. 따라서 현명한 사람들은 자신의 시간을 '급하지는 않으나 중요한 일'에 투자하는 사람이라고 합니다. 반대로 실패하는 사람들은 '급하기는 하지만 중요하지 않은 일'에 시간을 쏟습니다.

먼저 주간 단위로 계획을 짜고 매트릭스를 통해 점검해보십시오. 여기서 알아두어야 할 중요한 사실은 자신이 행하는 행위가 어느 상한에 속하는지는 전적으로 자기 가치관에 달려 있다는 것입니다. 예를 들어 SNS도 하는 목적에 따라 1상한이나 2상한에 속할 수 있습니다. 뚜렷한 목적의식도 없이 그저 심심풀이로 하는 SNS라면 그것은 3상한이나 4상한의 활동이 될 것이니 줄이는 것이 좋습니다. 프로게이머나 게임 개발자가 되려면 게임을 연구하는 것이 필요합니다. 그런 사람은 세상의 모든 게임을 경험해봐야 할 것입니다. 이 경우의 게임은 1상한과 2상한의 일입니다. 하지만 다른 꿈을 가진 사람이 게임을 하는 것은 4상한의 일입니다. 똑같이 술을 마셔도 목적에 따라 2상한의 일이 될 수도 있고 4상한의 일일 수도 있습니다. 3상한, 4상한의 일이라면 술을 마시는 것은 시간 낭비일 뿐입니다. 매시간 일만 하라는 것이 아닙니다. 영화도 보고, 술도 마시고, 하고 싶은 일들을 재미있게 하십시오. 그러나 그것이 1상한과 2상한의 활동이 되도록 시간을 써야 한다는 이야기입니다.

인생은 기회비용의 게임입니다. 좋은 곳에 시간을 먼저 쓰면 나쁜 곳에 쓸 시간이 없어집니다. 주간단위 계획표가 백지로 비어 있으면 갑자기 연락한 친구에게 불려나가는 것처럼 중요하지 않은 일에 내 시간을 빼앗기게 됩니다. 시간을 그렇게 보내면 그날 하루 일과를 정리할 때 '제목'이 나오지 않습니다. 사람이 하루를 살고 나면 제목이 나와야 하는데 흐지부지 지낸 날은 제목을 뽑을 수가 없습니다. 만약 어떤 청년이 매일 제목이 있는 일을 한다면, 그를 제목이 있는 젊은이라 부를 수 있을 것입니다. 그런 젊은이는 반드시 제목이 있는 인생을 살게 될 것입니다.

132쪽의 표는 얼마 전 아름다운서당 11기 제자들을 대상으로 실시한 시간관리 워크숍에 참석한 한 학생이 제출한 일주일의 활동계획표입니다. 여기서 주목할 것은 활동계획을 짤 때 역할을 추가했다는 사실입니다. '학생' '자식' '친구' '이웃' '시민' 등과 같이 자기 역할에 맞는 활동을 넣었고, 자신을 위해서는 '건강' '정서함양' 등을 추가했습니다. 이렇게 역할과 목적에 따라 계획표를 짜면 생활의 값어치가 높아집니다. 좋은 학생, 훌륭한 아들, 건전한 시민, 친절한 이웃과 같이 좋은 수식어가 따라 붙게 될 것이니까요.

5.23 ~ 5.29	월	화	수	목	금	토	일
학생	아름다운서당 과제 파일 정리(1시간)	work.net 진로 검사 두 개 하기(1시간)	심리검사 2장 업로드 (30분)	심리검사 3장 업로드 (30분)	심리검사 4장 업로드 (30분)	심리검사 5장 업로드 (30분)	다음 주 계획표 짜기 (2시간)
아들 · 조카	어머니께 전화하기 (5분)	집 현관의 먼지 청소 (30분)	화장실 청소 (30분)	삼촌 식사 차려 드리기 – 미역국 (1시간)	어머니께 전화하기 (5분)	아버지께 전화하기 (10분)	집 대청소 (3시간)
친구	[시간관리 특강] 요약해서 카페 업로드 (1시간)	공강 시간에 졸업 행사 돕기 (1시간)	[우리나라는 지금] 카페와 조원 에게 공유하기 (10분)	[우리나라는 지금] 카페와 조원 에게 공유하기 (10분)	[우리나라는 지금] 카페와 조원 에게 공유하기 (10분)	서당수업 듣고 친구들의 발표에 답변 및 질문 (1시간)	엠티 가서 뒷정리, 짐정리하기 (1시간)
이웃	건물계단 손잡이 물티슈로 청소 (2분)	건물계단 손잡이 물티슈로 청소 (2분)	집 건물 계단 바닥 쓸기 (20분)	집 건물 계단 바닥 닦기 (20분)	집 건물 계단 바닥 닦기 (20분)	집 옥상 낙엽 쓸기 (10분)	쓰레기 분리수거함 만들기 (30분)
시민 · 국민	비닐장갑과 봉투를 가지고 우이천 쓰레기 줍기 (10분)	[우리나라는 지금] 최근 이슈 세 개 찾아보기 (1시간)	[우리나라는 지금] 최근 사회적 선행 세 개 찾아보기 (1시간)	[우리나라는 지금] 최근 사회적 문제 세 개 찾아보기 (1시간)	비닐장갑과 봉투를 가지고 우이천 쓰레기 줍기 (10분)	지하철 자리 양보하기 (1시간)	바뀌었으면 하는 대한민국 을 상상하며 글쓰기 (1시간)
건강	새벽 산책 저녁 산책 (30분씩)	새벽 산책 저녁 산책 (30분씩)	새벽 산책 저녁 산책 (30분씩)	새벽 산책 저녁 산책 (30분씩)	새벽 산책 저녁 산책 (30분씩)	엠티에서 건강하게 놀고 산책하기 (30분)	우이천 산책로 뛰기 (1시간)
정서 함양	하모니카 연습 (30분)	하모니카 연습 (30분)	하모니카 연습 (30분)	에델바이스 연습 (30분)	에델바이스 연습 (30분)	연주곡 들어보기 (30분)	연주곡 들어보기 (30분)

3장

나의 가장 소중한 사람들

— 가족

결혼을 꼭 해야 하나요

"결혼하라. 후회할 것이다. 결혼하지 마라. 그래도 후회할 것이다."

실존철학의 선구자로 평가받는 덴마크의 키르케고르가 한 말입니다.

그는 이론이 아닌 삶을 중시했고 삶의 현장에서 스스로 결단을 내리는 주관이 중요하다고 생각했습니다. '무엇을 알아야 할 것인가'가아니라, '무엇을 해야 할 것인가'가 중요하다는 것이었죠. 읽은 책이 산더미 같아도, 삶에 적용하지 않으면 그것이 나의 실존과 무슨 상관이 있느냐는 물음을 던지기도 했습니다. 그런 키르케고르도 결혼에 대해서는 명쾌한 답을 내리기 어려웠던 모양입니다.

유럽은 이미 결혼을 할 것인가 말 것인가를 우리보다 먼저 고민했습니다. 입센의 《인형의 집》에서 알 수 있듯이 여성들의 유리천장이나 남녀평등의 문제 등을 이미 겪어왔고 더 나은 방식으로 해결해왔습니다. 결혼은 선택의 문제이므로 꼭 해야 한다고 말할 수 없습니다. 본인이 개성 있는 삶을 살고 싶다면 결혼에서 얼마든지 자유로워도 됩니다.

톨스토이는 《전쟁과 평화》에서 주인공 앙드레 공작이 또 다른 주인공 피에르에게 충고하는 말을 통해 결혼에 대한 그의 생각 한 자락을 펼쳐 보입니다.

"피에르, 결혼은 절대절대 하지 말게. 꼭 해야 한다면 나이 들어 폐물이 되었을 때 하게나. 그렇지 않으면 자신의 고귀하고 숭고한 것을 잃을 수밖에 없다네. 만약 보나파르트 나폴레옹이 젊어서 결혼했더라면 어쩌면 지금쯤 마르세유에서 쥐꼬리만 한 봉급을 받는 장교신세로 살아가면서 마누라 핸드백이나 들고 디너 파티를 쫓아다니고 있을게야. 또 마누라 치맛바람을 살려주기 위해 자기 집에 밥맛없는 바보들을 초대하고나 있었겠지."

결혼하지 않는 사람을 다음의 네 가지 경우로 나눌 수 있겠습니다. 첫째, 종교적 계율에 의한 경우입니다. 둘째, 자신의 소신에 의한 경우입니다. 셋째, 현실적 상황이 불가피해서입니다. 마지막으로 우물쭈물하다가 시기를 놓쳐서입니다. 네 번째 상황만 아니라면 독신도 타당하다고 생각합니다. 다만 네 번째에 해당하여 결혼을 하지 않는 사람은 독신생활도 만족하기 어려울 것이니 그런 상황에 빠지지 않도록 주의해야 합니다.

한 가지 더, 결혼과 관련해서는 "늦어도 결코 늦은 것이 아니다"라는 이야기를 하고 싶습니다. 매는 사냥을 할 때 직선으로 날아가지 않고 우회하여 사냥감에 덤벼듭니다. 왜 그럴까요? 과학자들은 이 현상을 '우회축적迂廻蓄積, Roundabout Accumulation'이라 부릅니다. 거리를 조금 돌아가면서 힘을 비축하여 가속도를 만드는 것입니다. 돌아가면 훨씬 파워풀하게 사냥감을 공격할 수 있으니까요.

이 원리를 인간생활에도 적용할 수 있습니다. 눈앞에 좋은 사람이 나타났다고 바로 결혼을 하는 것이 꼭 좋은 것은 아닐 수 있습니다. 자기 역량을 비축했다가 힘을 증폭시킬 수 있을 때 결혼한다면 더 좋은 결과를 가져올 수 있습니다. 결혼을 너무 일찍 한다는 건 마치 직선으로 날아가는 새와 같습니다. 약간 돌아가는 듯해도 허송세월이 아니고 미래를 준비하는 기간이라면 기대해볼 만합니다.

우회축적의 또 다른 예시를 들어볼까요? 두 사람이 물고기를 잡으러 강가로 갔습니다. 한 사람은 가자마자 낚싯대로 한 마리씩 고기를 잡기 시작합니다. 다른 사람은 낚시터에 와서 그물을 짜기 시작하지요. 낚시를 시작한 사람은 그물을 만드는 사람을 보고 '어느 세월에 만들려고 저러나?' 생각할 수도 있습니다. 하지만 남을 부러워하지 않고 조급해하지 않으며 '나는 내 미래를 준비한다'는 자세로 그물을 깁는 데 집중하여 마침내 그물이 완성되면 한 번 그물질로 열 마리, 스무 마리를 잡을 수 있습니다. 낚싯대로 오전 내내 잡은 사람보다 반나절 동안 그물을 만든 사람이 훨씬 더 이득입니다.

왜 사람들이 젊어서 박사가 되려고 할까요. 나는 제자들에게 형편이 허락하면 공부를 더 하라고 권합니다. 그것도 우회축적이니까요. 보통 남자들을 기준으로 대학원에 진학하여 박사를 따려면 서른다섯쯤 되어야 학생 신분을 벗어날 수 있습니다. 같은 또래들은 대학 졸업 후 취직하여 5~6년 차 직장인이 되어 있겠지요. 주변 친구들은 이미 어느 정도 자리를 잡아서 번듯하게 지낼지도 모릅니다. 그러나 박사과정을 밟고 있는 사람은 묵묵히 그물을 짜는 사람입니다. 그물이 완성되기 전까지는 한낱 학생일 뿐이지요. 그물이 완성되면 이야기가 달라집니다. 박사학위를 따면 대학교수의 길도 열리고 기업의 간부로 특채될 수도 있습니다. 그만큼 사회에서 대접해줍니다. 빨리 결혼하려는 사람은 빨리 낚싯대를 들고 물가로 달려가는 사람일 수도 있습니다. 현재 청년들은 앞으로 평균 120살까지 산다고 합니다. 그렇다면 서른 살에 결혼해도 90년을 함께할 것입니다. 잘 보고 잘 준비하여 두 사람 모두 그물을 가지고 만나는 결혼이 더 좋지 않을까요.

주머니에 평소 5천 원 정도 있는 사람은 기껏해야 버스나 지하철을 탑니다. 주머니에 항상 5만 원 정도를 가지고 있는 사람은 택시를 탈 수 있습니다. 주머니에 50만 원 정도를 담을 여유가 있는 사람은 이미 승용차를 몰고 다닐 것입니다. 5백만 원 정도를 넣고 다닐 수 있는 형편이라면 누군가가 운전을 해주고 있을 것입니다. 결혼을 너무 일찍 하면 5천 원만 가지고 교통수단을 선택하는 것과 같습니다. 그렇다면 버스나 지하철 외에 대안을 찾기가 어려울 테지요. 자신의 주머니에 50만 원, 5백만 원 정도 넣고 다닐 수 있다면 더 다양한 선택이 가능할 것입니다. 너무 서두르지 말고 먼저 주머니를 두둑하게 한 다음 결정을 내린다면 훨씬 좋은 선택을 할 수 있습니다.

이제 결혼과 관련하여 얼마 전 언론에 소개된 기사 한 편을 보기로 합시다.

한국인이 가장 못 믿는 사람은 '남편'…엄마는 '거짓말쟁이' 2위

한국인이 가장 못 믿는 사람은 바로 '남편'이라는 빅데이터 분석 결과가 나왔다. 다음소프트는 빅데이터를 활용해 만든 '한국인이 신뢰하는 인물 톱 10' 자료를 20일 열린 소비자심리학회 춘계학술대회에서 공개했다. 이번 빅데이터는 최근 3년 5개월간 국내 인터넷 블로그와 커뮤니티에 올라온 5억 3천만 건의 글을 토대로 추출한 정보다.

자료에 따르면 '의심되는 사람 톱 10'의 1위는 '남편'이 차지했다. 반면 '아내'는 10위권 내에 들지 않았다. '남편'뿐 아니라 '아빠'도 8위에 올랐다. 결혼한 한국 성인 남성

의심되는 대상 TOP 10		
No.	대상	Freq.
1	남편	341
2	친구	192
3	직원	71
4	엄마	66
5	아이	59
6	의사	40
7	아들	32
8	아빠	29
9	가족	27
10	남친	23

은 아내와 자식에게 신뢰를 받지 못하고 있는 것으로 보인다. 가장 못 믿겠다는 남편에 이어 의심되는 사람은 '친구(2위)'와 '직원(3위)'이었다.

〈조선일보〉 2016년 5월 20일

이런 기사는 한국의 정신문화가 건강하지 못함을 보여줍니다. 가장 믿지 못하는 사람이 남편이라니, 이거야말로 한국의 비극이 아닐 수 없습니다. 현재 대한민국 사람들은 믿을 사람 하나 없이 살고 있습니다. 뭐니 뭐니 해도 결혼은 믿을 수 있는 사람을 만나서 서로 존경하고 신뢰하는 관계를 만드는 것이 중요합니다. 그것이 결혼의 본질이니까요.

그래서일까요? 기혼여성 44퍼센트는 '결혼'을 해도 그만이고 안 해도 그만이라는 의견을 내놓았습니다. 1백 명 중 여섯 명은 결혼을 후회하고 있으며, 설령 결혼은 하더라도 자녀는 안 가져도 된다는 의견이 두 사람 중 한 명꼴입니다. 최근 한국보건사회연구원이 기혼여성 1만 1천 명을 대상으로 실시한 여론조사의 결과입니다. 이것은 결혼을 인륜지대사로 여겨 인생의 필수과정으로 생각하던 인식에서, 이제는 선택지로 간주하는 가치관이 반영된 것으로 볼 수 있겠습니다. 물론 결혼은 개인의 가치관을 반영하는 것이니까 세론을 좇아갈 필요는 없겠지만, 앞으로 이런 추세가 어떻게 변화할 것인지 눈여겨볼 필요는 있겠습니다. 세상이 참 많이 변하고 있습니다.

—

결혼을 할 때
유의해야 할 점

싸움터에 나갈 때는 한 번, 바다에 나갈 때는 두 번, 결혼할 때는 세 번 기도하라는 러시아 속담이 있습니다. 사람에게 일생 세 가지 큰 프로젝트가 있는데 출생과 결혼과 죽음입니다. 이중 출생과 죽음은 우리의 관할권 밖에 있으므로 결혼만이 우리 손으로 처리할 수 있는 프로젝트입니다. 그런데 결혼생활은 만만치 않습니다. 남남이 만나 살면서 날마다 좋다는 것은 거짓말입니다. 공자와 석가가 남녀라서 결혼을 했어도 그렇게는 안 될 것입니다. 그러므로 결혼이란 신중에 신중을 기해야 하는 인생 최대의 프로젝트입니다.

그렇다면 무엇을 신중하게 생각해야 할까요? 다음의 일곱 가지 항목을 들고 싶습니다.

1. 상대의 무엇을 볼 것인가

이것은 어떤 상대를 고를 것인가의 문제입니다. 외모, 건강, 재산, 직업, 학력, 성품, 가정, 능력 등. 살펴보아야 할 항목이 많습니다. 이런 요소를 두루 갖춘 사람은 드물기 때문에 항목의 우선순위를 설정하는 것이 필요합니다. 반드시 선택해야 할 것으로 '능력'과 '성품'을 추천합니다. 이 두 가지면 행복한 결혼생활을 하는 데 충분하니까요. 반대로 외모나 돈은 선택의 대상에서 가장 하위에 두어야 합니다. 외모는 세월이 지나면 변하게 마련이고, 돈은 오늘 있다가도 내일 없어질 수 있기 때문입니다. 돈 많은 부자들이 인물 좋은 연예인들과 결혼하는 경우가 많으나 이들이 오래 행복하게 사는 경우는 아주 드뭅니다. 돈과 외모는 둘 다 허망한 것입니다.

2. 집안을 살펴라

콩 심으면 콩 나고 팥 심으면 팥 납니다. 부모 심으면 자식이 납니다. 그래서 자식은 어떤 경우든 부모를 닮습니다. 그것도 아들은 아버지를, 딸은 어머니를 닮습니다. 겉모습만 닮는 것이 아니라 형질이 유전하기 때문에 나이 들면 사고방식까지도 닮게 됩니다. 그래서 상대의 가족이 어떤 모습으로 살아가는지를 살피는 것은 매우 중요합니다. 아버지가 가정에 충실한 집안의 아들은 결코 외도하지 않습니다. 남편을 잘 대접하는 어머니 밑에서 자란 딸들은 절대로 남편을 홀대하지 않습니다.

3. 유전질환을 서로 확인하라

결혼에서 당사자들의 사랑만으로 해결 안 되는 부분이 있습니다. 유전적 질환 같은 경우가 그렇습니다. 후손들에게 그 질환이 유전되었을 경우 일생 부담을 안아야 합니다. 그래서 집안 병력은 신중히 따져야 합니다. 서로 사랑하여 결혼하지만 유전질환이 있을 경우 자식을 낳지 말고 차라리 입양해서 키우는 것이 훨씬 현명한 일입니다.

4. 어른과 상의하라

결혼 문제는 집안어른들과 미리 상의하는 것도 좋습니다. 동물도 우량종을 교배하면서는 족보를 따집니다. 그런데 왜 사람들은 따져야 할 것을 그렇게 가볍게 여기는지 모르겠습니다. 아주 구닥다리처럼 족보를 따지라는 것이 아닙니다. 그러나 젊은이의 뜻과 어른들의 의견을 종합할 필요는 충분합니다. 2~30대 커플 셋 중 하나가 이혼한다는 통계가 있습니다. 이런 현상의 이면에 혹시 어른의 의견은 배제하고 당사자의 결정권만 커진 탓은 없는지 살펴봐야 합니다. 높은 이혼율은 사전에 알아볼 것을 소홀히 해서 생기는 부작용일 수 있습니다. 예전에는 부모가 결정해도 다 잘 살았습니다. 그 당시 부모가 무지몽매하여 아무렇게나 짝을 맺었던 것이 아닙니다. 부모 나름대로 심사숙고하고 꼭 짚어볼 것을 확인해 결정했던 것입니다. 부모들의 이혼으로 힘든 시기를 보내는 청소년들이 많습니다. 결혼은 세 번 기도할 만큼 충분히 보수적일 필요가 있습니다.

5. 예민한 시스템의 도킹

결혼이란 '남자 집안'과 '여자 집안'이라는 두 개의 서로 다른 복잡하고 예민한 시스템의 도킹입니다. 그러므로 주의 깊게 진행해야 합니다. 컴퓨터에 간단한 프로그램을 하나만 심어도 버그가 생기거나 문제가 생길 수 있습니다. 이런 생각을 하지 않고 '우리만 좋으면 그만이지'라고 하는 것은 철없는 태도입니다. 둘이 좋아 결혼하여 결과적으로 행복하게 잘살 수도 있겠지요. 하지만 집안끼리의 갈등으로 위험이 도사리고 있는 것이 결혼이기도 합니다.

6. 부부는 함께 길을 가는 친구

원불교를 창시한 박중빈은 종래의 '여필종부'라는 유교적 패러다임을 깨고, 남편과 아내의 관계를 '동반자'로 규정했습니다. 여자를 남자의 갈비뼈로 만들었다는 기독교의 해석과도 큰 차이가 있습니다. 그는 부부를 길을 함께 가는 좋은 친구라고 하면서 "남편 되는 이들이여, 아내를 섭섭하게 대하지 마시오"라고 했습니다. 또 부인들에게는 "남편에게 나쁜 일을 권유하지 마시오"라고 충고했습니다. 결혼하는 사람들이 한번만 읽어두면 평생 잊을 수 없는 교훈입니다.

7. 예기치 않은 복병을 조심하라

알려진 것보다 의처증, 의부증 등 결혼생활을 불행하게 만드는 장애물이 많습니다. 남이 알까 봐 쉬쉬하기 때문에 국가 차원의 통계로도 잡히지 않습니다. 그러나 실제로는 의처증 의부증이 상당히 높은 분포를 차지하고 있습니다. 여성이 의처증 남편을 만나면 사회생활이 단절되어 고립된 포로처럼 살게 됩니다. 의부증 부인을 만난 남편은 사회활동에서 날개가 꺾인 새가 됩니다. 그러면 힘차게 날 수가 없지요. 대부분 이런 증세는 연애 기간에 드러나거나 늦어도 결혼 초기에 알 수 있습니다. 초기에는 의처증이나 의부증이 과도한 사랑처럼 보일 수 있기에 조심해야 합니다.

—

결혼과 출산으로 인한
경력 단절이 고민이라면

2016년 여름, 미국 대통령 후보를 뽑는 민주당 전당대회에서 힐러리 클린턴은 외쳤습니다. "오늘 유리천장에 가장 큰 금을 냈다!" 여성이 미국 대선후보가 된 것이 얼마나 어렵고 대단한 일인지를 보여주는 연설이었습니다. 가장 민주화된 나라, 우리가 선진국의 모델로 삼고 있는 미국에서 건국한 지 240년 만에 처음으로 여성 대통령 후보가 탄생한 것입니다. 힐러리가 '유리천장'을 거론할 만큼 여성의 사회활동에 제약이 많은 것은 전 세계적인 현상입니다.

비록 힐러리가 직접 설명하지는 않았으나 그녀가 중요한 자리에서 그런 연설을 한 것은 여성의 사회참여에 대한 오랜 역사적 제약을 비판한 것이 아니었나 생각합니다. 프랑스가 여성의 참정권을 허용한 것은 1946년입니다. 미국은 이보다 4반세기가 앞선 1920년에 연방정부 차원의 여성 참정권을 공식화했습니다. 영국에서는 미국보다 두 해 앞선 1918년에 여성의 정치 참여를 허용했습니다. 우리나라는 1948년 최초의 헌법을 만들면서 여성 참정권을 보장했습니다. 여성의 참정권이 보장되기 전에는 정치는 남성의 전유물이었고 여성에게 참정권이 부여되기까지 긴 세월에 걸쳐 숱한 억압과 저항이 있었습니다. 지금은 너무도 당연시되는 여성의 참정권이지만 알고 보면 그 역사는 1백 년에 못 미칩니다.

그렇게 치면 이미 여성 대통령을 배출한 한국이 이 부분에서만큼은 미국을 앞서간다 말해도 좋을 것이나, 비록 여성이 대통령이 되어도 나머지 여성들의 사회활동에 제약이 따름은 완전히 피할 수 없는 현실입니다. 나는 여성의 직장생활과 경력 단절 등을 주제로 여성 단체 모임 등에 가서 여러 번 강의한 적이 있습니다. 강의 내용은 단순했는데, 직장생활은 남자냐 여자냐가 중요한 것이 아니라 결국 그가 프로페셔널이냐 여부가 중요하다는 요지였습니다. 또 여성의 경우, 경력 단절 이전에 직장에서 어떤 '인간관계'를 맺고, 어떤 평가를 받았는지가 중요합니다. 사실, 이렇게 조언해주는 사람은 많지 않습니다. 대부분 원론적인 이야기를 합니다. 경력 단절 여성을 잘 대접해줘야 한다거나 인권을 존중해줘야 한다는 등의 이야기를 하지만, 이런 이야기는 백 번 해봐야 도움이 되지 않습니다. 결국 앞에서 이야기한 '프로페셔널'과 '인간관계'의 문제로 돌아갑니다.

가령 경력 단절 이전에 프로답게 일함으로써 좋은 평가를 받았고 인간관계도 나쁘지 않았다면, 다시 복귀할 때 도와주는 사람이 많을 것입니다. 어쩌면 서로 기회를 주겠다고 두 손 들어 환영하는 태도를 보일 것입니다. 반대의 경우라면, 아무도 손을 내밀지 않는 분위기이거나 법적인 의무만 계산하려고 할 것입니다. 일터에서 법적 의무만 취하려 들면, 그 사람에게는 가장 최소치만 돌아갑니다. 본인의 처신에 따라 최댓값을 취할 수도 있고 최솟값을 받을 수도 있다는 이야기입니다.

지금 우리나라는 여성복지 부분에서 부족한 점이 많습니다. 육아 문제나 경력단절, 여성의 사회참여 등에서 턱없이 모자란 것이 현실입니다. 현실이 그렇다면 우선 현실에 적응하는 지혜가 필요합니다. 찰스 다윈이 《종의 기원》에서 '강한 자가 살아남는 것이 아니라 살아남은 자가 강한 것'이라고 말한 이유를 생각해보아야 합니다.

경력 단절 여성의 문제는 '자인sein'과 '졸렌sollen'의 관계로도 생각해보아야 할 것 같습니다. 자인은 현 실태를 이르는 말로 우리가 당면한 현상을 가리킵니다. 졸렌은 당위성을 나타내는 말로 우리가 도달해야 할 목표를 뜻합니다. '뮈센Mussen'은 법적인 강제를 나타내는 말로 국가가 정한 규칙입니다. 이 세 가지가 세상의 모든 행태와 관련됩니다. 여성의 완전한 사회참여, 경력 단절 불이익 철폐, 유연한 육아휴직 등이 졸렌에 해당합니다. 그런데 현실에서는 이상과 현실 사이에 갭이 있습니다. 여성의 이런 권리는 법으로 강제되어 있습니다. 그렇다고 법이 항상 완벽하게 지켜지는 것도 아닙니다. 이런 현실을 이해하는 것이 중요합니다. 세상은 자기 마음대로 되지 않으니까요. 자인과 졸렌이 일치하면 좋겠으나 현실은 그렇지 못하므로 이런 현실 인식 아래서 거기에 잘 적응하는 것이 중요합니다.

또 이 문제와 관련해서, 진화는 사다리를 오르듯이 한 칸씩 앞으로 나아가는 것이란 사실도 고려해보기를 권합니다. 매들린 올브라이트가 제64대 미국 국무장관이 되었을 때, 세상은 큰 박수를 보냈습니다. 미국 최초로 여성 국무장관이 탄생했기 때문입니다. 정치적 박해를 피해 이민 온 가정의 딸이 미국의 대외정책을 다루는 수장이 된 것은 어느 의미로 보아도 큰 뉴스였습니다. 그녀를 이어 65대 국무장관직은 콜린 파월에게 돌아갔습니다. 미국 최초의 흑인 국무장관이었습니다. 이것도 아주 파격적인 인사로 평가되었습니다. 파월의 뒤를 이은 66대 국무장관에는 콘돌리자 라이스가 발탁되었습니다. 미국 최초의 흑인 여성 국무장관이었습니다. 올브라이트라는 여성에서, 흑인 파월을 거쳐, 라이스라는 흑인 여성에게로 지휘봉이 넘겨지는 것을 보면서, 미국이 사다리를 한 칸씩 올라가고 있는 것을 모두가 알게 되었습니다.

이런 진화의 사다리를 타고 2009년에 실시된 제44대 대통령 선거에서 최초의 흑인 대통령 오바마가 탄생합니다. 이어 올해인 2016년에는 최초의 여성 대통령이 탄생할 가능성이 커지고 있습니다.

한국의 복지문제는 남녀노소 모두에게 중요합니다. 그러나 어느 계층이든 현재로서는 복지문제가 만족스럽지 못할 것입니다. 그것은 국가의 힘과도 연관되어 있어서 한꺼번에 만족스런 목표에 도달할 수 없습니다. 비록 불만이 있더라도 진화의 사다리를 타고 조금씩 꾸준히 올라가는 것이 중요합니다.

마지막으로, 이 문제와 관련하여 직업의 본질을 생각해야 할 것입니다. 보스턴에서 한 시간 거리에 '월든'이라는 아담한 호수가 있습니다. 1845년 헨리 데이비드 소로라는 하버드 출신의 젊은이가 이 호숫가에 오두막을 짓고 살았습니다. 지금도 전 세계에서 많은 사람들이 소로의 자취를 더듬어 월든 호수를 방문합니다. 당시 하버드 대학교를 나오면 워싱턴에 가서 정치인이 되거나 종교 지도자가 되는 길이 열려 있었습니다. 어느 쪽으로 가도 출세가 보장되어 있었지요. 하지만 소로는 출셋길 대신 월든 호숫가의 숲속 생활을 선택했습니다. 그가 살았던 오두막터에는 '내가 숲속으로 들어간 것은 인생의 본질적인 사실들만을 직면해보려는 것이었다'는 푯말이 서 있습니다. 다시 말해, 인생에서 정작 중요한 것은 본질이며 비본질적인 것은 중요하지 않다는 뜻입니다.

직장의 본질은 자아실현에 있습니다. 자아실현을 위해 부단히 노력하는 것이 우리의 직장생활입니다. 이것이 본질이며 이런 생각을 가지고 있으면 경력 단절도 문제가 되지 않습니다. 본질적인 문제는 자아실현이 되느냐 안 되느냐지, 경력 단절 때문에 이익을 조금 더 보느냐 못 보느냐는 그다지 중요하지 않습니다. 나는 직장생활을 자아실현의 장으로 이해합니다. 단지 생활비를 벌기 위한 활동이나 출세를 위한 행위로 이해하는 것은 잘못된 생각입니다. 인생에서 중요한 것은 자아실현입니다.

—

노후 준비는
어떻게 해야 할까요

지금 젊은이들은 앞으로 평균 120살까지 산다고 합니다. 제자들에게 이런 이야기를 한 지 10년이 넘었습니다. 초기에는 '평균수명 120살' 운운하면 곧이듣지 않았습니다. 그러던 것이 최근 평균수명이 80세를 넘어가니까 청년들도 자신들의 예상수명이 100세를 초과할 것이라는 데 동의하는 분위기입니다. 그러나 평균수명 120세가 무엇을 의미하는지 아직 심각하게 생각하는 것 같지는 않습니다. 지금 2~30대 젊은이가 평균 120살을 산다는 건, 향후 그들이 90년 내지 1백 년을 더 살게 됨을 뜻합니다. 평균수명 120세에는 지금의 체제는 무력해질 것입니다. 사회 시스템도 많이 바뀌게 되겠지요.

따라서 지금까지 20년을 투자한 청년이라면 지난 20여 년의 투자를 다 포기하고 새로 시작해도 전혀 늦지 않습니다. 적성이 맞지 않다거나 전공이 안 맞는다면 다시 대학교 1학년으로 돌아가도 늦지 않다는 것입니다. 이런 경우 다시 시작할 결단도 필요합니다. 본인이 대학을 들어갈 때 가진 생각과 현재의 생각이 다르다면, 혹은 추가로 어떤 자격증이 필요하다고 생각하면 학사편입도 고려해봐야 합니다.

최근 폴란드 포즈난에서 끝난 '제13회 헨리크 비에니아프스키 바이올린 제작 콩쿠르'에서 한국의 박지환 씨가 출품한 바이올린 두 대가 1위와 2위로 선정되었습니다. 그는 원래 트럼펫 주자가 되려 했으나 군 제대 뒤 악기 제작으로 진로를 바꾸었다고 합니다. 2005년 이탈리아로 유학을 떠난 그는 2010년 졸업한 뒤 지난해 유럽 현지에 공방을 열었고 꾸준히 정진한 결과 세계적인 악기 장인의 길에 들어선 것입니다. 박씨의 경우처럼, 적성을 찾았다면 나이가 좀 들었더라도 진로를 바꿔 그 길로 매진하는 것이 좋습니다.

장수시대의 노후준비는 젊어서부터 시작해야 합니다. 가장 중요한 것은 건강입니다. 120년을 살 수 있는 건강을 지금부터 비축해야 합니다. 그러자면 나이 들어서 병들 만한 이유를 만들면 안 됩니다. 지금 원인을 제공하면 나이 들어서 병이 생기며 늙어서는 손쓰기 힘드니까요. 장수하고 건강할 수 있는 습관을 쌓아야 합니다. 이렇게 한다면 노후에 밝고 건강하게 살 수 있습니다. 담배를 끊고 과도한 음주를 삼가며, 편식하지 말아야 합니다. 자기에게 맞는 운동도 꾸준히 해야 하며 일과 휴식의 균형을 잡아야 합니다.

두 번째는 재정입니다. 돈 없는 노년은 재앙입니다. 젊어서는 혈기와 의지만으로도 살 수 있지만 노년에는 자기 힘으로 안 되는 것이 많습니다. 그런 부분은 돈의 도움을 받아야 합니다. 가령 나이가 들어서 운전을 못하게 되면 운전 서비스를 사야 합니다.

세 번째로 챙겨야 할 것은 일입니다. 돈 버는 일도 있지만 돈 버는 일과 상관없는 일도 있습니다. 이는 봉사활동이 될 수도 있고 자아완성을 위한 수련활동이 될 수도 있습니다. 재미를 붙이고 계속할 수 있는 취미활동도 생각해볼 수 있습니다.

네 번째는 친구입니다. 어렸을 때는 아무나 만나면 친구가 됩니다. 청소년기에는 취향이 같은 사람들이 대개 친구가 됩니다. 중년에는 비즈니스나 일을 하면서 이해를 같이하는 사람이 친구가 됩니다. 노년에는 자기와 생각이 같은 사람이 친구가 됩니다. 이렇듯 생애 주기별로 친구가 바뀝니다. 물론 어려서 친구가 노년까지 갈 수도 있습니다. 그러나 대부분은 어려서 친구는 어려서 끝나고 학창시절 친구는 때가 되면 떠납니다. 노년에는 이념을 같이하고 가치관을 공유하는 친구만 남습니다. 그래서 노년에는 친구가 아주 소수만 남습니다. 이것은 노인들이 더 외로운 이유를 설명해줍니다.

노년에는 아무하고나 친구가 될 수 없습니다. 중년부터 자기와 가치관이 공명하는 친구를 가급적 많이 만들어야 합니다. 어쩌면 이것이 제일 좋은 노후대책 중 하나일 것입니다.

부모님의 노후는 어떻게
챙기는 게 좋을까요

한국은 75세 이상 고령자 고용률이 OECD 회원국 가운데 가장 높습니다. 노후를 대비하지 못해 일을 해 생계유지를 하는 노인이 많기 때문입니다. 활발하게 일해야 할 청년은 실업률이 높고, 편히 쉬어야 할 노인은 취업률이 높다니, 이것이야말로 서글픈 자화상이 아닐 수 없습니다. 2014년 기준 한국의 75세 이상 노인 고용률은 19.2퍼센트로, OECD 평균의 네 배에 이릅니다. 더 큰 문제는 고령자들이 비정규직 일자리로 내몰리고 있다는 것입니다. 통계를 보면 60대 이상 비정규직 근로자수는 130만 명 수준인데, 시간이 갈수록 이 숫자가 증가하고 있습니다. 이처럼 고령자들이 질 낮은 일자리로 내몰리면서 한국의 노인 빈곤율도 OECD 회원국 중 가장 높습니다. 복지에는 여러 형태가 있는데, 한국은 해방 이후 자유주의 노선을 택했습니다. 자유주의는 복지를 시장과 개인에게 맡긴다는 원칙을 가지고 있습니다. 쉽게 말하면 각자 알아서 자기 복지문제를 해결하는 것이지요. 이것은 해방 이후 미군이 들어오면서 미국식 자본주의를 받아들인 결과입니다. 반면에 유럽은 제1차 세계대전 이후 노인 부양을 가족 책임에서 국가가 개입하는 방식으로 바꾸었습니다. 그래서 지금은 국가의 개입 비중이 절대적이 되었습니다. 한국은 2000년 이후 뒤늦게 정부가 복지에 힘을 쓰고 있으나 아직은 상황이 열악합니다.

옛날에는 부모가 자녀를 열심히 가르치면, 자녀가 성공하여 나이 든 부모를 챙겼기 때문에 국가가 손을 쓰지 않아도 되었습니다. 하지만 지금은 자녀가 부모를 부양하기 어렵습니다. 세상이 바뀐 겁니다. 실제로 부모 부양에 대한 책임은 정부나 부모 스스로가 져야 한다는 인식이 지난 12년 사이 크게 확산되었습니다. 한국여성정책연구원의 '2015 한국의 성性 인지 통계'에 따르면, (노인 생계를) '스스로 해결해야 한다'는 응답이 2002년 9.6퍼센트에서 2014년 16.6퍼센트로 크게 증가했습니다. 반면 '가족이 부양해야 한다'는 답변은 70.7퍼센트에서 31.7퍼센트로 반토막이 났습니다. 가족이 부양하는 시대가 끝나가고 있음을 보여주는 통계입니다.

인식이 변화함에 따라 실제로 부모 생활비를 부담하는 주체도 바뀌었습니다. '생활비를 부모 스스로 해결한다'는 응답은 44.8퍼센트에서 50.2퍼센트로 늘어난 데 반해 '장남 또는 며느리가 제공한다'는 답변은 15.6퍼센트에서 10.1퍼센트로 하락했습니다. 60세 이상을 대상으로 한 조사에서도 '본인 및 배우자가 생활비를 부담한다'는 응답은 66.6퍼센트였습니다. 반대로 '자녀 또는 친척이 지원한다'는 40.1퍼센트에서 23.0퍼센트로 크게 줄었습니다. 자녀에 대한 의존도가 줄어든 만큼 미리 노후를 준비하는 사람은 많아졌습니다.

노인부양 문제는 자녀의 역할이 바뀌면 국가가 그 자리를 채우는 것이 일반적입니다. 우리나라는 그렇지 못해서 지금 여러 가지 문제가 터지고 있습니다. 자녀는 부양을 못하는데 국가의 개입은 늦어지면서 그 사이에 공백이 생긴 것이지요. 자녀와 국가 사이의 간극에 놓인 노인들이 많다 보니 노인 빈곤율이 세계 1위입니다. 노인 자살률도 세계에서 제일 높습니다. 자식들이 하던 역할이 없어지는데 국가는 개입하지 않은 결과입니다. 그래서 노인 빈곤 문제는 국가가 보다 좀 더 과감하게 개입해야 합니다. 그러나 국가도 한계가 있습니다. 그래서 노인 세대들은 앞으로 적어도 5~10년 정도는 빈곤의 상태에서 벗어날 수 없다고 보아야 합니다. 이는 매우 큰 문제입니다. 세금을 더 거둬서 과감하게 복지정책을 펴야 합니다. 하지만 세금을 더 거두면 선거에서 표가 떨어집니다. 그래서 정치인들은 가급적 세금을 안 거두는 쪽을 택합니다. 악순환의 시작입니다.

여기서 잠깐 복지에 관해서 우리보다 앞서가는 스웨덴으로 눈을 돌려봅시다. 스웨덴의 복지정책은 노동에서의 완전고용과 복지에서의 보편주의를 근간으로 합니다. 스웨덴의 조세와 사회보험료를 합한 국민 부담율은 GDP 대비 42.8퍼센트나 됩니다. 벌어서 절반을 정부에 내는 것입니다. 그 돈을 재원 삼아 스웨덴은 세계 제일의 복지정책을 펴는 것이지요. 인근의 덴마크와 핀란드의 사정도 비슷합니다. 그러나 한국의 국민 부담율은 스웨덴의 절반 수준인 24.3퍼센트에 불과합니다. OECD 평균은 34.1퍼센트입니다.

스웨덴은 이처럼 고부담-고복지하에서도 2014년 현재 국제경영개발연구원에서 발표하는 국가 경쟁력 순위가 세계 5위인 데 비해 한국은 26위에 그치고 있습니다. 국제적으로 스웨덴은 '고부담-고복지-고경쟁력' 국가인 데 비해, 한국은 '저부담-저복지-저경쟁력'의 사례라 할 수 있습니다. 이것을 흔히 '스웨덴 패러독스'라고 부릅니다. 스웨덴을 비롯한 노르딕 국가들은 복지문제만이 아니라 여러 면에서 세계의 모범입니다. 우리 젊은이들이 해외여행을 할 일이 있다면, 이 나라들을 목적지로 삼았으면 좋겠습니다. 그곳에 가서 그들이 어떤 과정을 겪어 오늘날 선진사회를 이루었는지 비결을 배워오고, 한국과 무엇이 같고 무엇이 다른지를 비교분석해 온다면 젊은이들이 장차 한국사회의 리더가 되었을 때 좋은 지침이 되리라고 생각합니다.

노인문제에 대해서는 정부가 노령층 문제를 국민들에게 솔직히 털어놓고 같이 해결하자고 호소해야 합니다. '증세 없는 복지'와 같은 거짓말은 위험합니다.

노인문제가 한국사회에서 뜨거운 감자이므로 상황을 제대로 이해하도록 긴 설명을 먼저 했습니다. 이제 질문에 대한 답을 생각할 차례입니다. 이렇듯이 우리의 '노인문제'는 '노인 빈곤문제'와 맞닿아 있습니다. 가령 어느 집안이 이 문제를 안고 있다면 집안의 분위기가 우울할 것입니다. 낳고 키우고 가르쳐준 부모를 외면할 수도 없고 부양을 하자니 부담이 되는 상황이라면 고약한 딜레마에 빠지게 됩니다. 어려서부터 배운 대로 효도는 해야겠고, 주머니 사정은 여의치 못하니까요.

이런 딜레마에 빠질 때 우리에게 답을 주는 것이 바로 인문의 법칙입니다. 〈붓을 놓으며〉에서 더 자세히 설명하겠지만, 《코스모스》의 저자 칼 세이건은 이런 말을 했습니다. "과학의 발전은 몇 세대에 걸친 협력을 요하는 일이며 스승이 제자에게 다시 스승에게 횃불을 전달하는 일이다. 수많은 사람들의 생각이 교류하면서 과학은 앞으로 전진해왔다."

과학의 법칙과 마찬가지로 세대에서 세대로 지혜를 전수하면서 무엇이 옳은지를 제시하는 것이 인문의 법칙입니다. 이 법칙은 우리에게 어느 것이 인간다운 삶인지 말해줍니다. 인문의 법칙에 따르면 동서고금 어느 문명에서나 부모는 효도의 대상입니다. 효도하는 자녀에게 복이 돌아간다는 진리도 인문의 법칙입니다. 한국은 그동안 돈이 너무 높은 위치를 차지하다 보니 돈과 효도가 갈등을 빚는 구조가 되었습니다. 그러나 그것은 정상이 아닙니다. 효도가 돈보다 더 높은 자리에 있어야 옳습니다.

부모에게 효도하는 데 돈 문제 말고 또 다른 중요한 게 있습니다.

바로 노후를 보람 있게 살도록 도와드리는 것입니다. 노인들은 시간은 많고 할 일이 없습니다. 수명은 자꾸 길어집니다. 그런데 시간을 어떻게 써야 좋을지 프로그램이 없습니다. 그러므로 자녀들이 이런 문제에 관심을 갖고 부모님이 보람 있고 재미있는 일에 몰두할 수 있도록 도와드려야 합니다. 가령 자녀와의 바람직한 대화법이라든지, 손자손녀와 재미있게 어울리는 요령 등을 안내해주면 큰 효도가 됩니다. 변화된 시대에 적응하지 못해 고심하는 부모에게 젊은 자녀들은 큰 울타리임을 잊어서는 안 됩니다.

이 시대는 물신주의가 판을 치기 때문에 효도를 물질의 차원으로 이해하는 경향이 강합니다. 가령 생일상을 화려하게 차리거나, 비싼 선물을 드리거나, 효도관광을 보내야 효도하는 것으로 치부되는 것이 그런 착각 중의 하나입니다. 진정한 효도는 마음에서 출발합니다. 효도 문제의 딜레마에 빠져 답답할 때《부모은중경》을 읽어보기를 권합니다.《부모은중경》은 부모의 은혜가 한없이 크고 넓다는 사실을 가르친 불경입니다. 이 경은 어머니가 아이를 낳을 때 서 말 여덟 되의 피를 흘리고, 여덟 섬 네 말의 젖을 먹인다고 설합니다. 그렇기에 부모의 은덕을 생각하면 자식은 아버지를 왼쪽 어깨에, 어머니를 오른쪽 어깨에 업고 수미산을 백번 천번 돌아도 그 은혜를 다 갚을 수 없다고 강조합니다. 어버이날에 많이 부르는 〈어머니 마음〉이라는 노래가 있습니다. 양주동 박사가 가사를 썼는데, 그 노래도《부모은중경》을 노랫말로 표현한 것입니다.

취직, 결혼 등의 압박을
이겨낼 좋은 방법

독일 지그문트 프로이트 연구소 롤프 클뤼버 박사는 "아이들은 한편으로 욕구를 충족시켜주는 부모에 대한 애정을 체험해야 하고, 다른 한편으로는 자녀를 사랑하기 때문에 한계를 지어주는 부모에 대한 미움과 거부, 반항, 공격성 등도 체험해야 한다. 이 두 가지가 건강한 성장을 위한 중요한 전제조건이다"라고 했습니다. 하지만 이 두 가지를 균형 있게 실천하는 가정은 매우 드뭅니다. 너무 과한 사랑이나 간섭이 자녀들을 왜곡되게 만들고 있습니다.

 취직이나 결혼 등에 대한 주변의 압박은 사실상 자식사랑의 다른 표현일 수 있습니다. 그러나 사랑도 압박의 형태가 되면 당하는 사람의 처지에서는 부담이 클 것입니다. 그런 압박에서 벗어나기 위해서는 어떻게 해야 할까요? 우선 압박하는 주변을 적극적으로 설득해야 합니다. 설득을 위해서는 신뢰회복이 선결과제입니다. 부모와 자녀

사이에 압박이 있다고 가정해봅시다. 이 경우 부모가 아들, 딸을 압박한다는 것은 자녀를 불안하게 생각한다는 뜻입니다. 믿으면 왜 압박하겠습니까. 부모는 불안하니까 자식을 압박하고 끌고 가려고 합니다. 그러는 부모도 사실은 자녀문제에서 해방되고 싶을 때가 많습니다. 부모들도 생애주기별로 자식에 대해 부담감을 많이 느끼기 때문입니다. 젖만 떼면, 걷기만 하면, 나가 놀기만 하면, 학교에만 들어가면, 대학만 가면, 취직만 하면, 결혼만 하면…… 등. 부모는 어제나 오늘이나 내일이나 자녀문제에서 해방되기를 꿈꿉니다. 그런 부모를 고통에서 해방시켜줘야 하는데 비결은 부모를 안심시키는 것입니다.

하지만 젊은이들은 부모 안심시키기를 너무 어렵게 생각합니다. 부모를 안심시키려면 여태까지 보여준 태도와 다른 모습을 보이면 됩니다. 조금 더 자세히 말해볼까요? 부모가 자녀를 걱정하는 이유는 무엇일까요? 부모는 자녀가 집에서 하는 언행을 보고 걱정합니다. 그리고 '아직도 우리 아이는 어려. 제 앞가림을 못해. 책임감이 없어' 등으로 판단합니다. 그래서 밤 10시가 되면 문 앞에서 자녀를 기다리지요.

우선 자기 방 청소부터 하고 신발장 정리도 하십시오. 자기가 먹은 그릇 설거지도 하고요. 그런 행동을 하면 부모는 우리 아들딸이 다 컸다고 생각합니다. 다 컸다는 믿음이 들면 부모는 아들딸을 감시와 간섭에서 해방시켜줄 것입니다. 이렇게 우선 부모에게 신뢰를 회복하십시오. 신뢰를 구축한 뒤 부모와 정중하게 대화하십시오.

"그동안 저 키우시느라 고생 많으셨어요. 생각해보니 제가 그동안 너무 어린애처럼 살았어요. 엄마, 아빠 도와드려야 하는데 도움은 못 드리고 힘들게 했지요. 이제 그만 걱정하세요. 저도 어른이 다 되었으니 앞으로 어른처럼 살 겁니다. 지금부터 제가 하는 일을 믿고 격려해주세요. 그래야 좋은 일 찾아서 성공할 수 있어요. 엄마, 아빠의 응원과 격려가 필요해요. 꼭 성공해서 효도할 테니 믿고 기다려주세요."

부모는 이 순간에도 자녀의 이런 '어른선언'을 기다리고 있습니다. 무작정 '날 믿어줘'라고 하면 부모는 더 불안해할 수도 있습니다. 우선 일상생활에서 변화를 보여주고 부모의 신뢰를 쌓으십시오. 그런 다음 어른선언을 하면 됩니다. 부모가 자식에게 바라는 것은 실은 작은 것입니다. 부모는 책임 있는 성인이 되었다는 자녀의 신호를 기다리고 있습니다. 결혼이니 취직이니 하는 것으로 압박하는 것은 아직 못 믿는다는 증거입니다. 부모를 안심시키면 자기도 편해집니다. 그리고 부모가 믿어주는 자식이 잘 되기 마련입니다. 부모가 믿는 자식이 잘 된다는 사실도 인류가 이미 여러 경로로 검증한 확실한 법칙입니다. 그러나 행여 부모가 압박을 준다고 그에 대한 반발심으로 부모와의 관계를 나쁘게 만드는 것은 큰 잘못입니다.

4장

어떤 세상을 살아야 하나요

― 대한민국과 사회

—

세계적인 경제위기 속에서
한국의 성장동력은 무엇일까요

대우의 중남미법인 대표로 파나마에서 근무하던 때의 일입니다. 글로벌 시대를 맞아 시장은 무한대로 넓어지는데 정작 우리가 팔 만한 물건이 부족했습니다. 종합상사의 머천다이징 능력이나 한국의 제조기술은 선진국 어디와 비교해도 손색이 없었습니다. 그러나 가격이 비싸 일선 세일즈맨들이 애를 태웠습니다. 우리 상품들 가격이 경쟁국에 비해 대략 10퍼센트 정도 높아서 시장에서 밀리고 있었기 때문이지요.

중국과의 문제는 결국 국가 경쟁력의 문제입니다. 요즘은 중국이 경쟁 대상이 되지만, 과거에는 일본, 대만, 홍콩 등이 쟁쟁한 경쟁 상대였습니다. 시장에는 항상 경쟁자가 있고 그 경쟁에서 도태되지 않아야만 지속가능하게 성장합니다. 어느 시대에나 경쟁력이 모든 것을 좌우합니다. 이 문제를 해결하려면 관련된 당사자들이 힘을 합쳐

국가 경쟁력을 키우는 방향으로 노력해야 합니다.

국가 경쟁력 재고와 함께 더 생각해볼 주제는 우리의 사업무대입니다. 오늘날에는 농수산업, 제조업, 레저, 금융, 정보통신 등 모든 분야에서 중국의 도전이 만만치 않습니다. 그런데 한국 기업이 영위하는 사업은 땅을 무대로 펼치는 비즈니스가 주류를 이루고 있습니다. 농업, 제조업은 물론이고 관광레저산업에 이르기까지 모두 땅이 무대입니다. 한국의 사업이 지금처럼 땅에 머물고 있다면 향후 중국의 추격은 더욱 거셀 수밖에 없을 것입니다. 중국의 전략은 이른바 캐치업Catch Up인데 이것은 후발주자가 값싼 인건비를 무기로 앞서가는 나라를 따라잡는 것입니다. 과거 한국이 일본의 전자산업, 반도체산업, 조선업, 철강산업 등을 열심히 좇아가 마침내 추월한 전략이 바로 캐치업입니다. 캐치업의 대상이 되면 인건비가 낮은 나라를 이길 재간이 없습니다. 코스트의 강점을 이길 수가 없으니까요.

만약 한국의 산업이 땅을 벗어나, 하늘로 올라가고 바닷속으로 들어가고 땅속으로 깊이 파고들어간다면 어떻게 될까요? 혹은 땅 위에서 사업을 계속하더라도 도저히 남이 흉내 낼 수 없는 획기적 신제품을 만든다면 어떨까요? 그렇다면 한동안 중국의 추격을 걱정하지 않아도 됩니다. 그리고 거기에 지금보다 훨씬 큰 기회가 기다리고 있을 것입니다. 현재의 산업을 유지하는 전략을 쓴다고 하더라도 소비자 눈높이로 현존하는 산업을 면밀히 살핀다면 중국의 추격을 걱정하지 않고 우리가 할 수 있는 일이 아직도 많습니다. 문제는 관점이고 핵심은 '기업가 정신'이라고 생각합니다.

다시 강조하거니와, 한국은 땅을 무대로 삼는 차원에서 벗어나야 합니다. 우주를 생각하면 미국의 엘론 머스크처럼 스페이스 엑스 프로젝트를 할 수도 있습니다. 얼마나 부럽습니까? 바닷속으로 들어가면 자원, 신소재, 바이오매스, 해양심층수, 알려지지 않은 생명체 등 수많은 기회가 있습니다. 왜 우리나라는 못할까요? 3면이 바다로 둘러싸여 있으면서 땅덩이 좁다는 소리만 하는 걸까요? 하늘로 올라가도 기회가 있고 물속으로 들어가도 기회가 있고 땅속으로 들어가도 어마어마한 자원과 사업 기회가 있습니다. 좁은 땅 위에서 경부고속도로 옆에 또 도로를 만드는 것은 얼마나 비효율적인가요? 지금 있는 도로 밑에 스마트 기능을 갖춘 새 도로를 건설할 수 있습니다. 웹에서 새로운 세상이 열린 것처럼, 지하에 도시를 건설하며 저장창고를 만들고, 고속도로를 뚫어 새로운 판을 벌일 수 있습니다. 장비도 좋아지고 기술도 좋아져서 마음만 먹으면 얼마든지 할 수 있습니다. 이것이 기업가 정신입니다. 한정된 환경에서 벗어나 사고를 전환하면 새로운 사업영역을 개발할 수 있습니다.

땅속에서 한판, 하늘에서 한판, 물속에서 한판을 벌여봅시다. 지금 우리가 땅에서 하는 것에 비해 세 배 이상의 기회가 열릴 것입니다. 그러나 현재 대기업들이 기업가적 관점에서 세상을 보지 못하는 것이 문제입니다. 대기업들은 돈이 남아서 금고에 저장해두고 있습니다. 지금처럼 돈을 쌓아놓고도 새로운 사업을 만들지 못한다면 그런 일을 할 수 있는 사람으로 최고경영자를 바꾸는 것도 고려해봐야 합니다. 사회가 경영자 교체를 요구해서라도 대기업이 국가발전에 기여하도록 강제할 필요가 있습니다.

1998년 외환위기 이후 우리나라에는 기업가 정신이 실종되었습니다. 지난 20여 년간 대기업들이 펼친 사업을 보면 외환위기 이전 상황에서 한 치도 나아가지 못했음을 알게 됩니다. 덩칫값도 못하는 부끄러운 행태입니다. 그들이 확장한 비즈니스를 보면 거의가 인수합병M&A입니다. 대기업끼리 수건 돌리기 하듯 사업을 주고받은 것에 불과합니다. 혹은 재래시장 파고들기와 같은 약자의 영역에 진출하는 것이 고작입니다. 대기업에 도전정신이 사라진 지 오래되었습니다. 모두들 머니게임만 하려고 합니다. 머니게임은 활력이 떨어진 사람들이 마지막에 해야 할 비즈니스이지요. 이만큼 우리 사회가 활력을 잃어가고 있습니다. 안타까운 현상입니다.

창업 1세대는 이병철, 정주영, 김우중 등 기업가 정신이 강한 사람들이었습니다. 터프한 카우보이 대장 같은 사람들이었죠. 이 사람들이 퇴장하고 2세, 3세가 경영에 나서고 있습니다. 하지만 애석하게도 경영자의 자질이 유전되는 것 같지는 않습니다. 스포츠계에는 2세들의 활약이 눈에 띕니다. 연예계에도 2세들이 대를 이어 활발하게 활동하고 있습니다. 그러나 재계에는 2세들의 활약이 보이지 않습니다. 어쩌면 기업가 정신은 대물림의 대상이 아닌가봅니다. 만약 창업 1세대의 기질이 유전된다면 지금 재계에는 훨씬 더 많은 도전이 펼쳐지고 새로운 사업들이 꽃피었을 텐데, 한국의 대기업들은 몸을 사리는 모습만 보여줍니다. 이래서는 한국의 장래가 어둡습니다. 미안한 이야기일 수 있지만, 현재 대기업 경영자 중에 청년들이 롤모델로 삼을 만한 사람이 없습니다. 롤모델이 없어진 지가 한 세대가 넘어갑니다. 닮고 싶은 경영자가 없다는 뜻은 곧, 젊은이들이 '나도 저 사람처럼 되어야지' 하는 모델이 없다는 것을 의미합니다. 그러니까 청년들이 안전한 공무원이나 공기업에 길게 줄을 서는 것입니다.

지난 1980년대 미국이 경제위기에 봉착한 적이 있습니다. '쌍둥이 적자'로 이름 붙여진 재정적자와 무역적자는 계속 늘어만 가고 실업율이 증가하면서 미국이 활력을 잃어버린 상황이었습니다. 이때 일본은 강력한 경쟁력을 앞세워 주요도시의 랜드마크 빌딩을 사들이는가 하면 곳곳에서 미국의 심장부를 파고들었습니다. 미국의 입장에서는 일대 위기상황이었습니다. 당시 로널드 레이건 대통령의 이름을 딴 '레이거노믹스'라는 경제정책을 내놓을 때까지만 해도 세상은 큰 성과를 기대하지 않았습니다. 영화배우 출신의 대통령이 복잡한 경제 전문가일 수 없었으니까요. 그러나 레이건 집권기에 미국의 경제가 다시 살아났습니다. 이때 레이건이 처방으로 제시한 것이 바로 기업가 정신이었습니다. 당시 조지 길더는 《기업가 정신Recapturing the Spirit of Enterprise》이라는 책을 저술하여 잠자는 미국의 기업인들을 흔들어 깨웠습니다. 이 책의 서문은 기업가 정신의 요체를 명쾌하게 말해주고 있습니다.

사실상 사회가 제공하는 각종 혜택과 잉여는 노동과 특정의 남녀가 지닌 천재적 창의성의 산물이다. 기업인은 사회를 지속시켜 나가고 그들이 사회에 제공하는 것 가운데서 극히 일부만을 자신을 위해 사용할 뿐이다. 그럼에도 사회대중은 생활의 안락함은 불가피하게 자연적으로 주어진 것이라고 생각한다. 또한 그들은 생활의 어려움이 지도자들의 악의 때문에 생겨난다고 생각하며 상품은 보이지 않는 손들이나 외생적 과학에 의해서 만들어진다고 믿는다. 그러나 실은 이들 상품이나 생활의 안락이 기업의 미개척 영역에서 일하는 남녀들의 구체적 노력과 희생에 의해서 구상된다.

기업가는 언제나 친절하거나 세련된 성격을 소유한 것도 아니다. 우아한 모습으로 보이는 일도 드물고 매끄럽지도 않으며 사람들을 명시적으로 지도하는 일도 거의 없다. 가정과 가족들을 떠나 멀리 떨어진 대륙으로 돌아다니면서 상실의 아픔을 당하고 체험한다. 그러나 그들은 이러한 상실감을 정당화하고 극복하는 투쟁을 벌인다. 외지에서 들어온 이민자들처럼 그들은 고아의 운명을 의도적으로 추구하고 새로운 가계를 마련하고자 무진장 힘쓴다. 그들 가운데 많은 사람들이 부모를 여의고 그들의 역할을 떠맡아 살아가면서 그 역할을 영광스럽게 성취했다. 그들은 외양적으로 볼품이 없을지 모른다. 태도는 거칠고 세련되지 않았으며, 국외로 추방당한 자, 망명자, 극히 평범한 사람, 사회에서 거부된 사람들일 수도 있다.

그러나 그들은 생활의 교훈을 일찍이 배우며 고통이라 불리는 무형의

169

대학을 이수하고 투쟁의 과정에서만 얻을 수 있는 큰 즐거움을 체험한다. 그들은 실패에서 성공을 만들어낸다. 그들 자신은 위험을 감수하면서도 다른 모든 사람들의 안전을 성취해낸다. 변화를 환영하면서도 사회 및 경제적 안정을 도모한다. 이들 남녀들—문명은 자연적이거나 일상적인 것이 아니라고 생각하며, 주 40시간 노동으로는 즉시 순식간에 몰락하는 것이라고 굳게 믿으며, 세계 전반에 대한 순이익을 남기는 것이 대대적인 대의명분이라는 것을 아는—이 이른바 기업가이다.

국가와 사회가 직장과 복지 등의 혜택을 제공하는 것이 의무라고 믿고 있는 일반인들이 할 만한 일이 없다고 불평하고 있을 때, 기업가는 세 가지 일을 동시에 수행한다. 일반인들은 9시부터 5시까지의 노동에 부담을 느끼지만 기업가는 새벽같이 일어나 오전 5시부터 저녁 9시까지 행복감에 싸여 일한다. 일반인은 지위가 높고 강력한 자들과의 접촉을 통해야 성공할 수 있다고 불만을 토로하는 반면, 기업가는 정치도 아랑곳하지 않고 노동자들과의 접촉을 통해서 성공하려 한다. 일반인은 실패를 위기로 간주하지만 기업가는 실패를 뛰어넘어 새로운 투쟁의 자극제로 삼고 발전의 계기로 삼는다.

일반적으로 부가 도박사나 구두쇠 스크루지, 천재, 연줄이 좋은 사람, 노동을 착취하거나 정치적 배경을 이용하는 사람, 재능이나 재산을 부여받은 사람, 천혜자원이나 우연하게 운이 좋은 사람들에게 가는 것이라고 생각하는 반면, 기업가는 천재는 땀, 노력, 희생의 결실임을 알며 천연자원은 인간의 독창성과 노동에 의해서만 가치를 획득하게 된다는 사실을 알고 있다.

우리는 장군, 정치가, 관리, 혁명가 들을 통해서 역사가 발진한다는 지배적 인상을 지우기 어렵다. 그러나 이들은 극적인 사건들의 주인공이기는 하지만 기업가의 창의적인 노력을 발전 또는 퇴보시키는 정도에 따라 세계의 미래에 대한 장기적 의의를 제공하게 된다. 소위 생산의 수단이라는 것도 생산을 담당하는 창의적인 인간, 즉 기업가 없이는 부와 발전을 이루어내는 데 있어서 무기력한 존재가 되고 만다. 기업가야말로 경제생활의 영웅인 것이다.

중국의 맹렬한 추격이 문제가 아닙니다. 기업가 정신에 불을 붙이고 젊은이들이 뛸 수 있도록 의욕에 불씨를 당기면 훨씬 큰 세계가 열립니다. 이런 낙관론은 결코 공상이 아닙니다.

—

갈수록 팽배해지는 개인주의,
물질주의를 어떻게 해야 할까요

유대인이라는 타고난 신분상의 제약과 가난이라는 현실적인 질곡 때문에 프로이트는 자신이 원하던 과학자의 길을 가지 못했습니다. 단지 생활비를 벌기 위해 병원을 개업했고, 이후 40년 세월을 의사로 살았습니다. 이런 경험 덕분에 그는 정신분석학의 태두가 될 수 있었습니다. 프로이트는 인성에 대한 지식을 쌓아갈수록 인간에 대해 비관적인 견해를 가지게 되었습니다. 인류라는 거대한 집단에 후한 점수를 주지 않았던 것입니다. 인간의 본성에는 비합리적인 부분이 너무도 많아 합리성이 비합리성을 도저히 이길 수 없다고 판단했기 때문이지요.

프로이트는 오직 극소수의 사람만이 이성적인 생활을 꾸려갈 뿐이며, 대부분의 사람들은 진실보다는 환상과 미신을 좇는 생활을 추구한다고 믿었습니다. 그는 관찰한 환자들을 통해서 인간이란 논리와 이성에 마음이 동하면서도, 오히려 환상 쪽에 기울어지는 존재임을 간파했습니다. 그래서 비합리적인 인간들이 구성하는 사회 역시 비합리적일 수밖에 없다고 결론지었습니다.

프로이트는 새로운 세대라 할지라도 그 비합리적인 사회 속에서 태어나고 자라 은연중에 타락하게 된다고 보았습니다. 그는 불굴의 의지를 가진 소수의 인물만이 이 비합리적 악순환에서 벗어난다고 믿었습니다. 악순환을 벗어나는 방편의 하나로 그는 심리학을 교육에 접목시켜야 한다고 생각했습니다.

프로이트가 평생 동안 분석과 관찰로 인간을 공부한 사람이라면 수운 최제우는 직관으로 인간의 본성을 꿰뚫은 인물입니다. 시대적으로 보아 프로이트보다 한 세대 앞선 수운은 인류의 역사를 선천과 후천으로 나누었습니다. 조선 말기의 혼란을 목도하면서 수운은 인류가 선천의 마지막 징후인 혼란과 타락에 빠져 있음을 보았고, 이를 새로운 시대를 열어가려는 필연적인 과정으로 해석했습니다. 수운은 당시 사회에 팽배해 있는 각자위심各自爲心에서 벗어나야 한다고 강조했습니다.

각자위심은 각기 자신의 사사로움만을 추구하는 비합리적인 심리상태를 말합니다. 수운은 후천개벽의 세계는 동귀일체同歸一體의 세상임을 설파했습니다. 동귀일체란, 각자위심의 반대 개념으로 한울님의 뜻을 자신의 뜻으로 받아들여 한울님과 한마음이 된다는 의미입니다. '나'를 뛰어넘어 '우리'라는 공동의 시각에서 사회를 바라보고 인식해야 한다는 가르침입니다. 그의 가르침에도 불구하고 세상은 각자위심의 틀을 벗어나지 못했고 마침내 조선은 망국의 아픔을 맛보게 되었습니다.

프로이트나 수운의 시대에 비하면 세상의 물질문명은 많이 발전했습니다. 그러나 사람들은 여전히 비합리적인 틀을 벗어나지 못하고 있기에 정신문화에는 지금도 문제가 많습니다. 각자위심의 세월은 수운 당시나 지금이나 변함이 없으며, '풍요 속의 빈곤'이 더 기승을 부리는 부작용마저 노정되고 있습니다. 배운 사람들이 정신을 바짝 차려야 할 대목입니다.

조선조 500년은 성리학에 바탕을 둔 시대였으므로 정신문화를 강조하는 분위기였습니다. 그후 우리나라는 식민통치를 거치고 전쟁을 겪으면서 정신문화의 혼란기와 공백기를 겪었습니다. 1960년 이후 국민들은 산업화와 경제개발에 뛰어들면서 경제적으로 '잘사는 문제'에 꽂혀 이것이 가장 높은 가치가 되었습니다. 너나없이 잘사는 문제, 즉 물질문명의 측면에서 잘사는 것에 집중했습니다. 사람들은 1인당 국민소득GNP을 높이는 것을 목표로 삼아 '1천 달러 시대' '5천 달러 시대'로 불렀습니다. 소득이 모든 것이었습니다.

이렇듯 물질문명을 측량하는 계수들은 있지만 정신문화에는 계량화된 잣대나 목표가 없었습니다. 이는 정신문화가 그만큼 위축되어 있다는 뜻입니다. 제로섬게임처럼 하나의 원을 상정했을 때 물질문명이 비대해져 정신문화가 구석으로 밀리고 있습니다. 다시 정신문화가 복원되어 균형을 잡아야 합니다. 정신문화와 물질문명의 균형이 중요합니다. 앞서 말했던 육肉과 영靈의 균형이 중요한 것처럼.

지금을 황금만능시대라고 이야기합니다. 돈을 누구나 탐내게 되었습니다. 돈만 있으면 행복해질 것 같다고 생각합니다. 그래서 월급을 많이 주는 직장이 좋은 직장이 되었습니다. 가치가 전도된 상황입니다. 물론 돈이 나쁘다고 이야기하지는 않겠습니다. 물질문명도 필요합니다. 하지만 너무 쏠려서 정신이 물질 아래 깔리면 인간이 인간다운 삶을 살 수 없습니다. 반대도 마찬가지고요. 정신문화가 만개해도 물질문명이 따라주지 못하면 균형이 깨지니까요. 인도 같은 경우 문화는 출중하지만 물질이 빈곤하여 기초적인 생활이 어렵습니다. 이 또한 곤란한 문제이므로 균형을 찾아야 합니다. 현재 우리나라의 불균형은 자못 심각합니다.

지난겨울 지방의 한 대학교에 강의를 다녀온 적이 있습니다. 그날은《논어》와《대학》이 주제였습니다. 강의 소감을 묻자 학생들이 공자의 말이 다 옳기는 하나 공자가 시키는 대로 살면 자기만 손해를 보게 될 것 같다고 걱정하더군요. 그 이야기를 들으며 정신문화의 위기감을 느꼈습니다. 우리 젊은이들이 경계해야 할 점은 남의 핑계를 대는 것입니다. 옳지 않은 일을 하면서도, 세상이 그러니까, 남들이 그러니까, 친구들이 그러니까, 나도 그렇게 한다고 말합니다. 이것은 자신을 합리화하는 변명에 지나지 않습니다. 살아 있는 연어는 물을 거슬러 올라갑니다. 생명력을 가진 젊은이라면 모름지기 세상이다 그래도 나는 그렇지 않다는 자기 존엄성을 내세워야 합니다. 정말로 자기를 존엄하게 생각하고 자기 가치를 높게 생각하는 사람이라면 결코 남이 사는 대로 살지 않을 것이기 때문입니다. 옳은 길이라면 남들과 동행해도 좋지만 옳지 않으면 자기 존엄성을 걸고 '아니오NO'라고 말해야 합니다. 그런 젊은이들이 많이 나와야 한국이 가진 병을 고칠 수 있습니다. 부당하거나 옳지 않으면 동조해서는 안됩니다. 젊은 세대가 해야 할 가장 중요한 역할은 정신과 물질 사이에 기울어진 균형추를 바로 잡는 것입니다.

나는 이따금 은퇴자들의 모임에 가서 이야기할 기회가 있습니다. 이럴 때면 강조하는 것이 바로 황금만능시대에 대한 우려입니다. 오늘날 한국사회를 지배하는 '돈이 최고'라는 생각을 우리 손으로 고쳐야 한다고 말합니다. 이것이 바로 결자해지結者解之의 정신이니까요. 우리 세대가 잘살아보자고 열심히 일한 것이 잘못은 아닙니다. 조상에게서 물려받은 가난을 털어내고 역사 이래 처음으로 선진국 대접을 받고자 하는 열망에서 정말 열심히 일했습니다. 그런데 결과적으로 사람이 대접받는 세상이 아니라 돈이 모든 것을 지배하는 판이되었습니다. 나쁜 의도를 가지고 한 것은 아니지만 결과적으로 황금만능사상이 이 땅에 뿌리내리게 된 것입니다. 그래서 나는 은퇴한 시니어들에게 더 늦기 전에 우리가 뿌린 씨앗 중에 사회에 해악을 끼치는 것을 우리 손으로 거두어들이자고 제안하는 것입니다. 대신에 세상을 위해 할 수 있는 값진 일이 있는지 찾아보고 젊은이들을 잘 가르치자고 말합니다.

세대마다 요구받는 역할이 있습니다. 여러분의 아버지 세대는 경제를 개발하고 물질적으로 풍요로운 시대를 열었습니다. 아들 세대가 할 일은 아버지 세대가 이룬 것 중 좋은 것은 계승하고 나쁜 것은 단절하는 것입니다. 시대마다 좋은 점도 있고 나쁜 점도 있는데 좋은 점을 보지 못하고 기성세대만 탓하는 것은 옳지 않습니다. 가령 아버지 세대가 할아버지 세대를 비난하고자 하면 할 말이 얼마나 많겠습니까. 나라를 잃어버리고 일본의 종살이를 한 세대라든가, 전쟁을 막지 못해 온 국민을 피란길에 떠돌게 한 무능한 세대라든가, 천형 같은 가난을 등짐처럼 지고 살아온 세대라든가, 무식하고 무지해서 자기 앞가림도 제대로 못한 세대라고 비난할 수 있을 것입니다. 그러나 아버지 세대는 할아버지 세대를 비난하지 않고 오히려 그 세대를 평가합니다. 식민지배와 전쟁과 보릿고개의 간난신고에도 그들은 자식을 낳고 기르고 교육시켰습니다. 가족을 먹여 살리기 위해 그만큼 고생한 세대가 또 어디 있겠느냐고 동정하며 이해하기에 진심으로 고마워합니다.

앞 세대를 제대로 평가할 줄 알아야 합니다. 긍정적인 것은 계승하되 앞 세대의 오점에 대해서는 각성이 필요합니다. 긍정적인 것은 높게 평가하고 부정적인 것은 잘라내야 합니다.

—

반드시 해결해야 할
사회 양극화

청년들이 이런 문제에 관심을 갖는 것을 기쁘게 생각합니다. 관심이 있어야 문제를 해결할 방법도 생기는 법이니까요. 뜻이 있으면 길이 있다는 서양 속담이나 서른에 입지立志한다는 공자의 말이 모두 맥이 통합니다. 관심을 가지고 문제를 파고들어야 해결책이 생기니까요.

1998년 IMF 외환위기 이후 한국의 불평등은 매우 심각해졌습니다. 불평등을 가장 직접적으로 보여주는 것은 소득격차의 확대입니다. 통계에 따르면, 최근 20년 동안 하위 계층 10퍼센트의 월소득은 평균 101만 원 증가했습니다. 같은 기간 잘사는 상위 계층 10퍼센트의 월소득은 888만 원 늘어났습니다. 아홉 배 가까이 됩니다. 이처럼 한국의 빈부격차는 심각합니다. 실제로 한국은 2000년대 중반 이미 OECD 회원국 가운데 빈곤층이 여섯 번째로 많은 나라가 되었으니까요. 또 멕시코와 스위스, 미국에 이어 네 번째로 빈부격차가 큰 나라입니다.

오죽 상황이 심각하면 국책연구기관인 한국개발연구원KDI이 더이상 한국은 평등한 기회의 나라가 아니라는 보고를 내놓겠습니까. 한국의 교육이 '계층 이동의 사다리'로 기능하기는커녕 갈수록 '계층 대물림의 통로'로 활용되고 있다는 것입니다. 최근 KDI는 '사회 이동성 복원을 위한 교육정책의 방향' 보고서에서 세대 간 계층 대물림이 한동안 완화되었다가 다시 강해지고 있다고 분석했습니다. 성인 남성 1,525명을 대상으로 사회경제적 지위의 세대 간 상관관계를 분석해보니 '할아버지와 아버지' 사이 상관계수는 0.599로 상당히 높게 나타났습니다. 하지만 '아버지와 본인' 사이에서는 다소 누그러졌다가(0.449), '본인과 아들' 사이에서는 다시 강해진 것(0.600)으로 나타났습니다. 이 자료에서 숫자가 1에 가까울수록 상관관계는 높습니다. 보고서는 특히 부모의 월소득이 5백만 원을 넘는 학생 비중이 특목고에서는 절반을 넘지만 자율고(41.9퍼센트), 일반고(19.2퍼센트), 특성화고(4.8퍼센트)로 갈수록 급격히 줄어드는 반면, 월소득 2백만 원 이하 소득 가정의 비중은 그 반대로 나타난다고 분석했습니다. 이렇게 가면 빈곤의 대물림, 학력의 대물림, 신분의 대물림이 현실화될 것입니다. 이런 문제를 차단하기 위해서라도 청년실업 문제를 빨리 풀어야 합니다. 마치 머리에 붙은 불을 끄듯이.

이렇게 된 데는 대다수 국민들을 희생해 경제성장의 과실을 재벌 대기업과 극소수 상류층에 몰아준 탓이 큽니다. 특히 상시적인 정리해고 등을 통해 가계소득의 주축인 일자리를 잃게 만든 것이 국민 대다수의 빈곤화에 결정적 기여를 했습니다. 일자리 불안에는 부동산 거품, 수출편향 정책, 저출산, 고령화 등 여러 요인들이 고루 작용했지만, 무엇보다 재벌독식 구조가 가장 크게 작용했다고 볼 수 있습니다.

몇해 전에 미국의 스티글리츠 교수가 《불평등의 대가》라는 책을 펴냈습니다. 결론적으로 미국은 더 이상 기회의 나라가 아니고 1퍼센트의 부자를 위해 99퍼센트의 서민들이 희생하는 사회라는 것입니다. 이런 방식으로는 미국이 더 이상 발전할 수 없다는 것이 스티글리츠의 예언입니다. 그의 책을 읽는 독자라면 누구나 이것이 미국의 이야기가 아니라 바로 한국의 현실로 느껴질 것입니다. 아이비리그를 강남 8학군으로, 1퍼센트의 부자를 재벌가로 바꿔 읽으면 그대로 한국 이야기가 되니까요. 그만큼 한국의 불평등 구조는 심각합니다. 이 문제에 대해 남다른 관심을 보여온 경제전문가 선대인 소장은 〈미디어오늘〉 칼럼에서 이렇게 말했습니다.

"재벌독식구조가 강해지다 보니 중견, 중소기업 등을 중심으로 한 일자리를 만들어내는 산업생태계가 사라지고 골목상권까지 무너지는 상황이 되어버렸습니다. 일자리의 88퍼센트가량을 중소기업과 자영업이 담당하는데, 이들 일자리가 점점 위축되거나 불안한 일자리가 되어버린 것입니다. 일례로, 두부시장에 CJ나 대상과 같은 대기업이 들어와 수많은 중소 두부공장이 문을 닫은 것이나 동네 구멍가게와 재래시장이 대형마트나 SSM 등에 밀려난 것이 대표적입니다. 그렇게 해서 재벌 계열사들의 부는 늘어났으나 많은 일자리를 만들어내던 중소기업과 자영업자는 무너지거나 고용을 줄여야 하는 상황이 되어버린 겁니다. 그렇다고 재벌 대기업들이 이익이 늘어나는 만큼 고용을 확대한 것도 아닙니다. 외환위기 전 직원 1천 명 이상 대기업의 고용 비중은 13퍼센트에 이르렀으나, 외환위기 이후 5퍼센트대로 떨어진 뒤 조금 늘었다고는 하나 여전히 7퍼센트 수준에 그치고 있습니다."

사회 양극화는 어떤 비용을 치르고라도 해결해야 할 문제입니다. 이것은 기득권과의 싸움입니다. 기득권을 가진 쪽은 한번 쥐면 안 내놓으려고 합니다. 이것을 피를 흘리고 싸워서 뺏을 것인가, 아니면 합리적인 방법으로 해결할 것인가를 진지하게 고민해야 합니다. 그런데 지금까지 정부가 하는 조치를 보면 적절한 것 같지 않습니다. 소위 진보정권이라 하는 김대중 정권이나 노무현 정권도 이 문제에 손을 쓰지 못했습니다. 사회 양극화는 한국의 화약고입니다. 최근에야 경제민주화 이야기가 나옵니다. 당연히 재벌들은 경제민주화를 싫어합니다. 기득권을 내려놓아야 하기 때문입니다. 그런데 정치권이 경제민주화에 소극적으로 대응하는 까닭은 분명치 않습니다. 이 문제는 뒤의 오자협력론에서 다시 다루겠습니다.

　이제 질문에 답할 차례입니다. 그런데 답은 짧습니다. 단지 양극화 문제의 심각성과 그 배경을 이해하기 위해 길게 설명을 한 것입니다. 답은 이렇습니다. 청년들이 사회현상을 주밀하게 공부하고, 대안을 찾아 적극적인 목소리를 내라는 것입니다. 더불어 청년들이 언론과 정치권을 통해 의견을 표명하는 것, 혹은 더 나아가서 적극적으로 정치에 참여하는 것도 권하고 싶습니다. 요즘 젊은이들이 SNS에 올리는 글을 보면 대부분 먹고 마시고 노는 이야기입니다. 나라의 장래를 짊어질 청년들이 이런 문제에 갇혀 있는 한, 양극화 문제를 비롯한 사회문제를 해결할 수 없습니다.

정치권의 무능력함과 상식이 통하지 않는 상황을 어떻게 바꿀 수 있을까요

오래전 내가 〈매일경제신문〉에 기고한 칼럼을 한 편 소개할까 합니다. 글의 제목은 '라면을 고르며'입니다. 라면 한 봉지에 450원 하던 시절이니까 제법 세월이 흘렀군요. 그런데도 이 글이 전혀 오래된 글처럼 느껴지지 않습니다. 선거판의 풍경이 변하지 않았다는 증거일 것입니다.

라면을 고르며

라면 한 봉지 값은 450원이다. 어쩌다 동네 수퍼나 편의점에 가보면 라면 고르는 사람들의 표정이 사뭇 진지하다. 단돈 450원짜리 라면이지만 브랜드도 따지고 메이커도 확인하며 특히 입맛에 맞는 것인지를 꼼꼼히 살핀 다음에야 계산대로 간다. 더러는 가게에 들어서자마자 주저함 없이 라면을 집어 들고 곧 바로 계산을 치른다. 그는 가게에 오기 전 이미 사려는 라면을 결정했던 모양인데 모르긴 해도 아마 그 결정이 있기까지는 나름대로 가격, 맛 ,품질 등을 따졌을 것이다. 비단 라면에 그치지 않고 소비자들이 상품을 고르는 모습은 늘 이렇듯 진지하다.

기업은 열심히 물건을 만들고 또 열심히 광고도 한다. 기업이 열심히 마케팅을 하는 이유는 오로지 소비자의 '선택'을 유도하기 위해서다. 이 선택이야말로 기업을 긴장하게 만드는 요소인데 바로 소비자의 선택에 기업의 성패와 사활이 달려 있기 때문이다.

이와 비슷한 선택의 긴장은 선거판에서도 나타난다. 선거 때만 되면 각 정당과 후보자들은 유권자의 선택을 유도하기 위해 온갖 노력을 다한다. 그 노력이 하도 치열해서 때로는 측은한 마음이 들 지경이다. 그런데 유권자들이 후보를 고를 때는 무엇을 따지는가? 라면 한 봉지를 고를 때 투입했던 정성으로 후보의 자질, 이력, 성품, 역량, 인격 등을 감별하고 있는가?

라면을 한 번 잘못 고르면 기껏해야 한 끼 식사를 망칠 뿐이고, 돈으로 쳐도 450원이 고작이다. 그러나 대통령을 잘못 고르면 5년이라는 긴 세월을 속앓이하게 된다. 국회의원은 4년이고 도지사와 시장도 4년이다. 뿐만 아니라 이들이 나라살림을 잘못하면 세금은 늘고 소득은 줄어 정치의 소비자로서 유권자들에게 돌아오는 직접적 손실이 엄청나게 크다. 그게 영수증처럼 찍혀 나오지 않아서 모를 뿐이다. 또한 물건을 잘못 고르면 당사자인 소비자와 가까운 식구들만 피해를 입으나 정치 지도자를 잘못 뽑으면 그 피해가 다른 유권자에게까지 확대된다.

　하찮은 물건을 살 때 소비자는 만든 사람의 고향이나 학연이나 혈연을 따지지 않는다. 그러나 정작 대통령처럼 큰 것을 고를 때는 엉뚱한 기준을 적용하고 있다. 내년에는 정말 꼼꼼히 따지고 찍는 선거가 되었으면 좋겠다.

〈매일경제신문〉 2002년 6월 28일

　독일의 사회학자 막스 베버는 1백여 년 전 '직업으로서의 정치'를 주제로 강연하면서, 정치를 생계의 수단이 아닌 '소명'으로 여기고 전문성을 가지고 해야 한다는 데 방점을 찍었습니다. 오늘날 한국의 정치판이 자주 문제가 되는 이유는 직업 정치꾼들이 정치판을 휘젓고 있기 때문입니다. 막스 베버가 말한 소명은 온데간데없고 오로지 수지맞는 직업으로서의 정치를 탐하는 사람들이 늘어났다는 이야기입니다.

　국회의원의 연봉이 1억 8천만 원에 이르고 일고여덟 명의 보좌진을 거느립니다. 4년 동안 누리는 특권이 많습니다. 어떤 직업보다 떵떵거리고 사니까 사람들이 그 직업을 탐냅니다. 국회의원이라는 직업이 한국사회에서 가장 수지맞는 직업이 되었고 폼 나는 직업이 되었으므로 소명의식이 없는 사람들이 몰려들게 되었습니다. 그런 사람들에게 좋은 정치를 기대할 수는 없습니다.

국회의원의 기득권과 관련된 한 가지 예를 들어보겠습니다. 대통령의 임기는 단임이고 자치단체장은 3연임만 가능하게 되어 있으나 국회의원은 얼마든지 연임할 수 있습니다. 또 국회의원의 숫자도 과다하게 많지만 선수選數에 제한을 두거나 의석을 줄이는 것은 논의의 대상이 아닙니다. 오히려 호시탐탐 정원을 늘리려 애씁니다. 미국의 하원의원은 435명으로 의원 한 사람이 평균 57만 명의 국민을 위해 서비스합니다. 한국은 의원 한 사람이 평균 17만 명의 국민을 위해 일합니다. 국민소득에서 미국은 우리를 세 배쯤 앞서가는데 국회의원의 생산성은 미국의 3분의 1에 불과한 셈입니다.

가치 중심으로 평가한다면 정치가 추구하는 가치는 "국리민복國利民福"입니다. 국가를 어떻게 이익되게 하고, 어떻게 국민들이 잘살 수 있을지 고민하는 사람들이 국회로 가야 합니다. 우리나라는 국리민복에 관심 있는 사람이 아니라 사리사욕에 관심 있는 사람들이 몰려드는 것 같습니다. 그래서 국회의원의 가치에서 일탈해버렸습니다.

노르웨이, 덴마크 등 노르딕 국가에서 국회의원은 흔히 '극한 직업'이라고 불리며 사람들이 기피하는 직업 중에 하나입니다. 보수도 우리 돈 120만 원 정도에 불과하고 회의는 주로 밤에 합니다. 자기 직업이 따로 있고 봉사하는 마음으로 정치에 참여합니다. 이 나라에서 정치는 직업으로서의 정치가 아니라 소명으로서의 정치입니다. 이처럼 헌신과 소명으로서 정치를 할 때 진정으로 국리민복을 이룰 수 있습니다. 우리나라도 정치인들이 직업이 아닌, 소명으로서의 정치를 하도록 판을 바꿔야 합니다. 그것도 하루빨리.

한국의 정치 역사를 보면 초기에는 무위도식하고 하는 일 없이 몰려다니는 소위 '고등 룸펜'들이 많았습니다. 당시로서는 대학을 나와도 마땅한 일자리가 없었는데 그런 부류의 사람들이 정치판에 하나둘씩 몰려들었던 것입니다. 그러다 보니 좋은 자질의 사람들은 정치판을 기피하는 현상을 보였습니다. 정치는 건달 같은 사람들이 한다는 인식이 팽배한 이면에는 이런 역사가 깔려 있습니다. 뼈대 있는 집안의 부모들은 자식이 정치를 하겠다고 하면 반대하는 경우가 대부분이었습니다. 이런 연유에서 아직도 학자들이나 언론인이나 종교인들이나 내공이 쌓인 사람들은 정치에 거리를 두려고 합니다. 그러다가 1980년대 이후에는 학생운동가 출신들이 대거 정치판에 몰려들었습니다. 학생운동가들에게도 좋은 점수를 주지 않는 사람들이 많았기에 정치판에 대한 호감은 여전히 낮습니다.

세상은 급변하고 국민 수준도 빠르게 향상되었으나 정치권은 수준이 올라가지 못했습니다. 여전히 철학도 없고 방법론도 부족한 정치인들이 많습니다. 정치가 국민을 리드하지 못하고 국민에게 제대로 봉사하는 것도 아닙니다. 지금은 국민들이 정치권의 리더십을 거부하는 상황입니다. 이러다 보니 기성 정치인에 대한 실망감이 커져 정치 문외한인 안철수 의원에게 국민적 기대가 모아지는 특이한 현상도 생겨났습니다.

그러나 이제는 국민들이 태도를 바꿔야 할 때입니다. 우선 국민들의 투표하는 방식부터 바꿔야 합니다. 감정에 치우친 선택이 아니라, 이성에 근거한 합리적 선택을 해야 한다는 것입니다. 정치를 백안시하고 비판만 할 게 아니라 소명의식을 가진 좋은 인재들이 적극적으로 정치판에 나가야 합니다. 정치문화를 바꿔야 진정한 선진국이 됩니다.

정치를 바꾸기 위해 필요한 세 가지 필수요소가 있습니다. 첫째는 청년들의 투표율이 지금보다 더 높아져야 합니다. 2016년 4월 총선에서 20대의 투표율은 58퍼센트로, 19대 총선보다 3.8퍼센트 올라갔습니다. 이 정도의 참여만으로도 충분히 의미 있는 변화가 만들어졌습니다. 야당이 여당보다 더 많은 여소야대라는 정치 지형은 청년층의 적극적 투표에 기인한 바 큽니다.

두 번째로, 청년들이 적극적으로 정치에 참여해야 합니다. 나쁜 사람들이 많다고 비판만 해서는 정치판이 절대로 좋아지지 않습니다. 정치를 개량하려면 능력 있고 성품이 훌륭한 사람들이 많이 참여해야 하니까요.

세 번째 대책으로, 현행 정치 관련 법규를 중립적 인사들로 구성된 특별위원회에서 대대적으로 손질하여 공평한 법률이 되도록 바꿔야 합니다. 지금까지 정치개혁이 되지 않은 가장 큰 이유는 바로 개혁을 정치권에 맡겨왔기 때문입니다. 정당법과 정치자금법 그리고 선거법 등 정치관련 법규를 정치인들이 만지고 있는 한 정치인들이 자신의 기득권을 포기하지 않을 것입니다. 오히려 그들의 기득권을 강화하는 쪽으로 법을 바꾸려고 할 것입니다. 이것은 마치 재벌개혁을 재벌 총수에게, 행정개혁을 직업 관료에게 맡기는 것과 다를 바 없습니다. 축구선수에게 축구 규칙을 고치라고 하면, 아마 제일 먼저 핸들링을 없애고 다음에는 오프사이드를 없애서 더 이상 축구가 아닌 이상한 종목으로 만들고 말 것입니다.

그러나 이 문제를 놓고 정치인들과 토론을 하면 그들은 한결같이 법을 만드는 입법권은 헌법에 명시된 국회의 고유권리라고 주장합니다. 절대로 양보하지 않겠다는 속내인 것입니다. 고유권리 운운하는 변명과 구실은 기실 그들의 기득권 지키기에 지나지 않습니다. 지금 대한민국은 어느 의미로 보나 '국가의 대개조大改造'가 필요한 상황입니다. 국가를 새롭게 만들기 위한 첫걸음은 정치개혁에서부터 출발해야 순서가 맞습니다.

만약 오늘 플라톤이 한국에 온다면 크게 놀랄 것입니다. 플라톤은 지혜를 가진 철학자가 통치를 하고, 용기를 가진 자는 적을 방어하며, 욕구를 가진 자는 욕망을 절제하여 생산에 힘써야 한다고 주장했습니다. 계급에 따른 지혜, 용기, 절제는 이들에게 중요한 덕목이 되었고, 이것이 조화를 이루는 가운데 국가가 발전한다고 보았습니다. 그는 국가를 통치하는 철학자는 지혜를 닦기 위한 어렵고 혹독한 과정을 거침으로써 이데아 중 최고의 가치인 선의 이데아를 통찰할 수 있어야 한다고 주장하기도 했습니다.

나는 아름다운서당의 제자들이 정치에 많이 참여하면 좋겠다는 생각을 가지고 있습니다. 구의원, 시의원에서 출발하여 국회까지 진출하는 제자들이 나왔으면 합니다. 소명의식을 가지고 국리민복을 위해, 나라를 위해 정치하는 사람들이 많아지면 좋겠습니다. 자신의 가치에만 부합한다면 정치도 젊은이들에게 굉장히 좋은 기회라고 봅니다. 다산 정약용은 세상사에 네 가지 경우가 있다고 했습니다. 좋은 일하고 이득 보는 경우, 좋은 일 하다가 손해 보는 경우, 나쁜 일하면서 이득 보는 경우, 나쁜 일 하고 손해 보는 경우가 그것입니다. 정치를 잘하면 좋은 일 하고 이득 보는 경우에 해당합니다.

다만, 정치에 참여할 청년들이 명심해야 할 옛날이야기 한 편이 있습니다. 산적 소굴로 간 스님 이야기입니다.

어느 깊은 산골에 한 무리의 산적떼가 살고 있었습니다. 어찌나 사납고 흉포했던지 인근 마을 사람들이 먼 고장으로 도망을 갈 지경이었습니다. 사태가 이쯤 되자 스님 한 분이 포악한 무리의 교화를 위해 혈혈단신 산적 소굴로 갔습니다. 시간이 흐른 어느 날 마을은 또다시 산적떼의 습격을 받았습니다. 이번에 선두에 선 사람은 놀랍게도 산적을 교화하겠다고 입산한 스님이었습니다.

그동안 우리 정치판에 문제가 생길 때마다 촉망 받는 엘리트들이 속속 정계에 입문하고 고명한 학자, 고결한 법조인, 양심세력을 대변하는 종교인들이 정치판에 들어가기도 했습니다. 그러나 그들도 정치풍토를 바꾸지 못한 채 산적 소굴에 들어간 스님의 형국이 되고 말았습니다. 혁명과 같은 새로운 정치권력의 태동은 번번이 신악新惡이 구악舊惡을 대체하는 결과만을 가져왔을 뿐입니다.

—

사회에 만연한 불안감과 패배감을 어떻게 없앨까요

한 사회가 건강성을 유지하려면 세 집단의 정신이 살아 있어야 합니다. 지식인, 언론인, 종교인이 바로 그것입니다. 지식인의 책무는 건강한 시대정신을 발현시키는 것입니다. 언론인은 사회가 썩지 않도록 감시하고 계도하는 것이 기본 책무입니다. 종교인은 국민들이 저마다 가치 있게 살아가도록 방향을 잡아주는 역할을 합니다. 세 집단이 이런 역할을 제대로 수행하면 그 사회는 건강하게 발전합니다. 만약 그 반대라면 사회는 어둡고 혼란스러울 것입니다.

이런 내 생각보다 훨씬 시대를 앞서서 비슷한 주장을 한 독일 지성인이 있습니다. 히틀러와 같은 시대를 살았던 독일의 사회경제학자 뢰프케가 바로 그분입니다. 그가 평생에 걸쳐 탐구한 주제는 '칸트와 괴테 그리고 베토벤의 나라인 조국 독일이 어쩌다 미치광이 히틀러에게 몰표를 몰아주어 제2차 세계대전이라는 재앙을 인류에게 안겨

주었는가, 그리고 이런 재앙이 되풀이되지 않도록 하기 위한 경제·사회·문화 개혁프로그램의 기본원칙은 무엇인가' 하는 의문이었습니다.

연구에 연구를 거듭한 뢰프케가 도달한 결론은 한 사회가 건강하려면 사회적 계층질서 피라미드의 최상층에 위치하는 소수의 '윤리적 귀족'이 필요하며, 대중들로 인해 세상이 흔들리지 않으려면 진정한 성직자 혹은 지식인과 같은 엘리트가 필요하다는 것이었습니다.

뢰프케는 "모든 건강한 사회는 범할 수 없는 규범과 가치를 지키는 공동체의 수호자를 자임하고, 또 그것을 몸소 엄격하게 실천하는 소수의 영향력 있는 지도자 그룹(윤리적 귀족)을 가져야 한다"고 강조합니다. 뢰프케에 따르면 이들 윤리적 귀족은 절제된 생활을 위해 헌신적 노력을 기울이고, 진리와 법을 수호하기 위해 굴하지 않는 용기를 가져야 합니다. 이들이 마침내 국가의 양심이 될 수 있어야 한다는 것입니다. 그는 "자유사회의 지속적인 존립여부는 우리 시대가 이런 공공정신을 가진 윤리적 귀족을 얼마나 충분히 창출하느냐에 달려 있다. 우리는 목전의 이해에 눈멀지 않고 중요한 경제정책을 바라볼 수 있는 사업가, 금융인, 노조지도자, 재판관, 언론인과 학자가 필요하다"고 결론짓습니다.

이런 뢰프케의 관점이나 내가 앞에서 주장한 바와 달리 현재 우리나라는 마치 영화 〈아메리칸 뷰티〉를 보는 것 같습니다. 이 영화는 지난 1999년 아카데미 수상작으로 현대 미국인들의 이상심리를 다룬 작품입니다. 제목은 '아메리카 뷰티'지만 기실은 아메리카의 비극을 보여줍니다. 등장인물 모두 정체성의 혼란을 겪으며 건강하지 못한 정신상태를 가지고 있으니까요.

주인공 레스터 번햄은 좌절감으로 가득 찬 잡지사 직원으로 하루하루를 무기력 속에서 살아갑니다. 아내와 딸은 그를 한심한 실패자로 낙인찍었고, 직장 상사는 그를 해고하려 합니다. 부동산중개사로 일하는 아내 캐롤린은 수완가를 자처하며 물질만능의 길을 추구합니다. 한때는 사랑을 했을 법한 둘의 현재 결혼생활은 단지 남들에게 보여주기 위한 형식뿐이고, 외동딸 제인은 전형적으로 반항하는 10대 소녀로 아버지를 증오합니다. 제인의 학교를 방문한 레스터는 딸의 친구 안젤라를 보는 순간 한눈에 욕정을 품게 됩니다.

자기를 해고하는 상사를 협박하여 목돈을 받아낸 주인공은 갖고 싶었던 스포츠카를 구입하고, 안젤라를 염두에 두고 보디빌딩을 시작하며 마리화나도 다시 피우기 시작합니다. 새로운 직업으로 마음 편히 일할 수 있는 햄버거 가게에서 고기 굽는 일을 시작합니다. 이 무렵 예비역 해병대 대령 가족이 옆집으로 이사를 오면서 비극이 찾아옵니다. 군대식 권위로 가득 찬 대령에게는 잡다한 것을 비디오로 찍으며 대마초 밀매로 돈을 버는 고교생 아들 리키가 있습니다. 레스터 가족의 일상을 비디오로 찍던 리키는 딸 제인과 가까워집니다. 리키는 중학생 때 대마초를 피우다 걸린 뒤 아빠와 갈등을 빚다가 정신병원에 입원해야 했던 과거가 있습니다. 리키가 또다시 대마초에 손댈 것을 염려한 대령은 잠시도 아들에게서 감시의 눈을 떼지 못합니다. 그런 대령이 아들과 레스터 사이를 동성애로 오해하면서 주인공은 비참한 최후를 맞습니다.

우리나라는 물질주의의 삶이 얼마나 허망한 것인지 집단으로 학습하는 과정에 있습니다. 산업화와 고도성장이 빛이라면, 피폐한 지금의 정신문화는 그림자에 해당합니다. 인간의 삶에서 '먹고사는' 것만큼 중요한 일은 없습니다. 여기에 필요한 게 '돈'입니다. 돈이 없으면 삶이 고단해지는 것은 사실입니다. 그렇다고 돈이 많으면 삶이 행복해질까요. 이탈리아 룸사 대학교의 루이지노 브루니 교수는 "돈이 많다고 다 행복한 건 아니다"라고 단언합니다. 그는 유엔이 매년 발표하는 〈세계행복보고서World Happiness Report〉 작성에 참여하는 학자입니다. 〈세계행복보고서〉는 유엔이 전 세계 156개국별로 행복지수를 산출해 2012년부터 발간하고 있습니다. 그는 "한국의 경제력은 세계 13위인데 행복지수는 58위에 불과하다. 세계 자본주의가 직면한 도전은 이런 행복의 역설"이라고 말합니다.

브루니 교수는 "미국에선 이미 1970년대부터 부가 축적되어왔는데도 행복지수가 떨어졌다"고 합니다. 대표적인 연구가 1974년 리처드 이스털린 서던캘리포니아 대학교 교수가 발표한 '이스털린 패러독스'입니다. 당시 30개국을 대상으로 조사한 결과 행복도와 1인당 국민총생산GNP 사이에 관련성을 찾을 수 없었습니다. 예를 들어

자료: IMF · UN

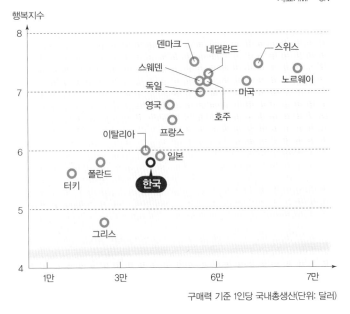

[소득과 행복의 관계]

1960년 서독의 1인당 국민총생산은 나이지리아의 스무 배였는데, 행복도는 오히려 낮았거든요. 브루니 교수의 주장도 이런 흐름과 궤를 같이합니다. 그는 기업가나 경영자 홀로 부를 쌓는다고 행복해지지 않는다는 주장을 폅니다. 가장 필요한 건 공동체 전체가 향유하는 행복이라는 것입니다. 그는 "경제학의 관점도 시장논리를 중시할 것이냐, 시장을 필요악으로 보고 국가가 나서야 할 것이냐, 하는 이분법에서 벗어나 행복을 어떻게 추구할 것인지에 초점을 맞춰야 한다"라고 말합니다. 대한민국은 지난 반세기 동안 근대화, 산업화, 민주화 모든 것을 모두 찜통에 넣고 한꺼번에 쪘습니다. 그 과정에서 세상이 크게 요동을 쳤고 당연히 가치관도 요동을 칠 수밖에 없었습니다. 하지만 머지않아 극복되리라고 생각합니다. 미치지 않으려면 고쳐야 합니다. 고치지 않으면 다들 미쳐서 〈아메리칸 뷰티〉의 주인공들처럼 함께 파멸할지도 모릅니다. 사람들은 바보가 아니라서 어떤 문제가 임계점이 가까워지면 해결책을 찾아냅니다. 이 문제는 좋은 국가 지도자가 뽑히면 해결될 수 있습니다. 솔루션이 있는 문제이지요. 그렇게 어려운 문제가 아니기에 너무 비관적으로 볼 일은 아닙니다.

경제불황의 장기화로 사회 전반에 퍼진
비관적인 분위기를 해소하는 방법

우선 질문을 던져보겠습니다. 한국인은 낙관적인 민족인가요, 아니면 비관적인 민족인가요? 함께 생각해볼 문제입니다. 나는 한국인들이 낙관적 민족이라고 확신하지 않습니다. 비관적 민족이라고 단언할 수도 없지만, 그렇다고 천부적으로 낙관적 유전인자를 가지고 태어났다고 보이지 않기 때문입니다.

흔히 반쯤 채워진 물잔을 보고 아직도 반이나 남았다고 생각하면 낙관론자이고, 반밖에 남지 않았다고 생각하면 비관론자라고 합니다. 이 둘은 같은 사물이라도 해석하는 각도가 다르기 때문에 일을 풀어나가는 방법도 다르게 마련이고 따라서 일의 결과도 사뭇 다르다고 하지요. 같은 물이라도 소가 마시면 우유가 되고 뱀이 마시면 독이 된다는 말로 낙관론자와 비관론자의 차이를 설명하기도 합니다.

'학습된 낙관주의'로 유명한 마틴 셀리그먼 박사가 보험회사 메트라이프의 영업사원들을 상대로 낙관과 비관의 효과를 연구한 적이 있습니다. 그의 조사에 따르면, 최고의 성공을 거둔 영업사원들은 콜럼버스의 달걀처럼 낙관적인 태도를 갖고 있었으며 고객에게 거절을 당하더라도 좌절하지 않는 낙관주의가 영업에서 성공을 가져오는 것으로 밝혀졌습니다. 예를 들면 신입사원들 가운데 75퍼센트가 수년 내에 사표를 냈는데, 그 이유는 거절당할 때마다 느끼는 좌절감을 견디지 못했기 때문이라고 합니다.

이 조사에 따르면, 낙관의 정도가 높은 사원들은 입사 후 처음 2년 동안 동료들보다 40퍼센트나 높은 실적을 올렸습니다. 이 연구 결과에 고무된 메트라이프는 신입사원 채용의 평가기준에 '낙관적 태도'를 추가하기에 이르렀습니다. 그랬더니 낙관적 태도로 선발된 사원들은 일반 적격 심사에는 통과하지 못했지만, 심사를 통과한 '덜 낙관적인 사람'들보다 입사 첫해에는 20퍼센트, 그다음 해에는 60퍼센트나 높은 실적을 올렸습니다.

인간의 심리를 연구한 학자들이 공통으로 동의하는 사실 중 하나는 비관적인 사고는 의욕을 꺾어버리기 때문에 비관적 결과를 낳는다는 것입니다. 비관주의자들은 성공이 눈앞에 보이는데도 작은 역경이라도 닥치면 쉽게 포기해버립니다. 그들은 대체로 머피의 법칙을 믿는 경향이 있어서 승리가 눈앞에 있는데도 실패의 현관문을 열곤 합니다. 그러나 낙관주의자들은 직장에서, 학교에서 그리고 스포츠에서 보다 나은 성과를 거둡니다. 또한 감기나 기타 질병에 대해서도 탁월한 저항능력을 보이며 병에 걸리더라도 회복이 빠릅니다.

낙관과 비관을 가르는 것은 상황을 해석하는 눈입니다. 좋지 않은 일이 생길 때 자신의 무능력을 탓하며 스스로의 의욕을 꺾고 모든 노력을 중단할 상황으로 해석할 것인가 아니면 그것을 새로운 성공을 위한 밑거름으로 해석할 것인가에 따라 사람의 장래가 달라집니다. 어느 모로 보나 낙관주의적 입장에 서는 것이 수지맞는 일입니다. 어차피 인생은 기회비용의 게임입니다. 생각을 낙관 쪽에 두느냐 아니면 비관 쪽에 두느냐에 따라 먼 훗날 인생의 결산서가 완전히 달라질 것입니다.

오래전부터 나는 한국의 노래를 주목해왔습니다. 대중가요든 가곡이든 대부분 슬픔이 들어 있습니다. 노래방에 비치된 책을 분석해본 적도 있는데 단조의 노래가 장조보다 더 많았습니다. 크게 히트하고 장수하는 노래일수록 구슬픈 단조가 많습니다. 이런 노래들은 대체로 가사도 쥐어짜듯이 아프거나 구슬픕니다. 그러다가 놀라운 사실 하나를 보았습니다. 슬픈 노래를 부른 가수들이 대체로 단명하거나 비극적인 삶을 살았다는 사실입니다. 그래서 이런 가설을 하나 만들어냈지요. "슬픈 노래를 부르면 자신도 슬퍼진다."

이 가설은 아직 학문적으로 검증되지는 않았습니다. 다만 한 가지 유의해야 할 대목은, 지난날 구슬픈 노래를 부른 배호, 차중락, 김정호, 김현식, 김광석 등이 모두 단명하거나 슬픈 인생을 살다 갔다는 점입니다. 슬픈 운명을 타고난 사람이라서 슬픈 노래를 하다 갔을까요? 아니면 자꾸 슬픈 노래를 부르다가 자신의 운명마저 그렇게 바뀐 것일까요?

다른 나라의 경우를 보아도 노래와 운명이 무관하지 않아 보입니다. 미국의 노래들은 흑인 영가를 빼놓고는 대체로 밝고 활기찬 장조가 주류입니다. 이런 노래를 들으면 힘이 솟고 기분이 쾌활해집니다. 러시아의 노래들은 군대 행진곡에 이르기까지 대부분 구슬픈 단조입니다. 이런 노래는 기운이 빠지게 하고 음울한 분위기에 젖게 합니다. 두 나라가 한때 세계 최강국이었으나 지금은 서로 다른 길을 가고 있습니다.

중국 고전 《시경詩經》에도 구슬픈 노래가 종종 등장합니다. 슬픈 노래에는 현실에 대한 비탄, 위정자에 대한 원망 등이 담겨 있습니다. 〈하늘을 우러러〉라는 시도 그런 노래입니다. 분위기가 요즈음 우리 시대를 풍자한 노래처럼 느껴지기도 할 것입니다. 이 시의 일부를 소개합니다. 암울한 시기는 인류 역사에 종종 나타난다는 사실을 이 시를 통해 배울 수 있습니다.

하늘을 우러러보니 우릴 사랑 않으시네

오랫동안 편치 않아 큰 재앙을 내리시네

나라가 안정되지 않아 백성들이 병들었고

해충이 들끓어서 그칠 날이 없으니

죄의 그물 거두지 않아 나을 수가 없구나

남이 가진 논밭을 네가 빼앗아가며

남에게 있는 사람 네가 되레 빼앗으며

죄 없는 사람을 네가 되레 구속하며

죄 있는 사람을 도리어 풀어주네

(중략)

사람을 곤궁하게 해치니 참소로 시작해서 마침내 배반하네

옳지 않다 말을 하자 어찌 이것을 악하다 하나

장사꾼의 세 배 이익 사람들이 앎과 같네

여자는 나랏일 없거늘 어찌 길쌈 쉬고 있나

하늘은 어이하여 해치며 어찌 귀신도 부유하게 하질 않나

저 큰 원수 버려두고 나를 서로 꺼린다네

나쁜 일 못 본 체하고 행동도 착하지 못해

백성들이 모두 망해 나라가 병들었네[*]

일을 하다 보면 유달리 부정적인 사람들을 만날 때가 있습니다. 별
일도 아닌데 큰 난리라도 난 양 한숨을 쉬는 사람도 있고, 어떤 과제

---

[*] 《시경》〈아雅〉 편에 나오는 노래로 주나라 유왕의 실정을 풍자. 유왕은 포사에게만 빠져 있다가
   견융의 침입을 받아 목숨을 잃고 나라를 위태롭게 만들었다.

가 주어지면 하기도 전에 안 될 것이라는 선입견에 사로잡혀 미리 기가 죽는 사람도 있습니다. 안 될 것이라든가, 어려울 것이라든가 따위의 부정적 생각은 마이너스의 에너지입니다. 그런 사람들은 인생의 레이스에서 남에게 뒤처지거나 조기에 탈락하여 낙오자가 되기 쉽습니다. 미국의 통계에 따르면 무료 양로원에서 노후를 외롭게 보내는 노인들에게는 다음의 몇 가지 공통점이 있다고 합니다.

첫째, 스케이트를 탈줄 모른다(다칠까 봐).

둘째, 자전거를 탈줄 모른다(무서워서).

셋째, 수영을 배우지 못했다(죽을 수도 있으니까).

넷째, 먼 곳을 여행해보지 못했다(겁이 나서).

비록 미국이 부자나라이기는 하지만 국가가 운영하는 무료 양로원은 노인들이 달가워할 환경이 못 됩니다. 아마도 이들이 젊은 시절 자신의 노년기를 미리 내다보았더라면 자전거도 배우고 스케이트도 타고 수영과 여행도 즐겼을 것입니다.

캘리포니아 대학교의 소냐 류보미르스키 교수는 "행복을 조정할 수 있는 능력의 40퍼센트가 본인에게 달려 있다"는 연구결과를 미국 심리학 전문지 〈사이콜로지 투데이〉에 게재한 바 있습니다. 그의 연구는 사람이 스스로 행복과 불행을 선택할 수 있다는 가능성을 보여주는 것입니다. 이것은 앞에서 소개한 정신분석학자 빅터 프랭클의

견해와도 일치합니다.

　얼마 전 미국의 라이프 코치인 타마라 스타가 코칭을 통해 터득한 노하우를 정리한 글을 〈허핑턴포스트〉에 올렸습니다. 그는 라이프 코치로서 행복에 대한 강의를 많이 하는데 그가 만나는 사람들 중에는 만성적으로 불행하다고 느끼는 사람들이 있으며, 이들은 기본적으로 삶은 힘든 것이라고 생각하거나, 대부분의 사람을 믿지 못하고, 세상의 어두운 면에 집착하거나 다른 사람과 자신을 비교하며 시기하고 자신의 삶을 통제하려고 한다고 합니다. 또 머릿속이 걱정과 공포에 휩싸여 있고, 대화의 주요 내용은 불만과 타인에 대한 험담이라고 합니다. 타마라 스타는 이 글의 마지막에 이렇게 적었습니다. "걷고, 넘어지고 다시 일어서기를 반복하라. 다시 일어서느냐 못 일어서느냐가 모든 것을 결정한다."

　한국사회의 우울한 기운, 어두운 세상 분위기를 바꿀 수 있는 해법은 무엇일까요? 청년 두 사람 중 하나가 공황장애를 경험하는 이 험악한 세태를 바꾸는 방법이 무엇일까요. 이것은 쉽지 않은 숙제입니다. 이것이 문화의 문제이기 때문입니다. 알다시피 문화는 하루아침에 형성되는 것이 아니라서 하루아침에 바뀌지도 않습니다. 따라서 사람들이 이런 문제를 인식하는 것이 문제 해결의 첫걸음이라고 생각합니다. 특히 젊은이들이 이런 부정적 문화유산에 대해 관심을 가지고 이를 개량하려는 노력을 해야 합니다. 기성세대로는 문화 개량

작업이 불가능합니다.

 문화의 문제를 푸는 데는 지식인과 언론, 교육 그리고 종교의 역할이 매우 중요합니다. 이중에서도 대중에게 큰 영향력을 행사하는 언론의 기능이 가장 중요합니다. 〈허핑턴포스트〉를 창간하여 10년 만에 미국에서 가장 영향력 있는 미디어로 성장시킨 아리아나 허핑턴은 2015년 초 '긍정적인 뉴스를 더 보도해야 하는 이유'라는 글을 자신의 미디어에 실었습니다. 이 글에서 그녀는 언론의 보도 행태에 대해 비판하는 말을 쏟아냈습니다.

 "언론매체들은 지난 수십 년 동안 '피가 나는 기사가 주목 받는다'는 말을 보도의 기준처럼 생각해왔다. 폭력, 비극, 부정부패 등이 신문이든 컴퓨터나 휴대폰 화면이든 상단에 실려야 한다는 것인데, 이런 뉴스가 대중의 관심을 끄는 가장 효과적인 방법이라고 믿기 때문이다. 하지만 이런 생각은 틀렸다. 윤리적으로는 물론 실질적으로도 그렇다. 우리는 언론인으로서 정확한 상황을 독자들에게 알려야 한다. 세상이 어떻게 돌아가는지 총체적인 그림을 보여줘야 한다는 뜻이다. 비극이나 폭력, 혼란만을 조명한다면 총체적 해석은 불가능하게 된다. 폭력, 빈곤 등에 맞서는 사람들의 이야기는 어떤가? 또 혁신과 창의력, 열정과 품위에 대한 이야기는 어떤가? 세상의 어두운 면만을 부각한다면, 우리는 언론인으로서 실패하고 있는 것이다. 더 중요한 문제는 그런 보도는 정작 독자들도 원하지 않는다는 사실이다.

그러면서 그녀는 〈허핑턴포스트〉가 '제대로 돌아가는 세상 이야기'와 긍정적 보도를 배로 늘리겠다고 밝혔습니다. 앞으로는 어려운 현실 속에서 새로운 해법을 찾거나 문제를 극복하는 단체와 사람들의 이야기에 좀 더 중점을 둘 것인데, 이런 사례에서 얻은 지혜와 지식이 더 넓게 활용되기를 바란다는 내용도 함께.

그녀는 또 하버드 대학교 스티븐 핑커의 저서 《우리 본성의 선한 천사》의 한 대목을 인용하면서 "우리가 역사상 가장 덜 잔인하고 비폭력적인 시대에 살고 있다"고 주장합니다.

> 우리가 매일 접하는 끔찍한 보도에 비하면 '내전, 집단학살, 테러 등이 꾸준히 줄고 있다'고 그는 얘기한다. 언론이 현실과 얼마나 괴리되었는지를 보여주는 좋은 예가 있다. 미디어와 사회 문제 센터에 따르면 1990년대 살인사건 뉴스는 5백 퍼센트 늘었는데, 정작 같은 기간 살인율은 40퍼센트 감소했다. (중략) 언론이 세상의 전체적인 그림을 제시하지 못하면 그만큼 기회비용이 낭비된다. 이 때문에 초래되는 사회적 비용은 냉소, 자포자기, 절망 등으로 나타난다.

선정성과 하찮은 가십과 말초적 흥미 위주의 보도와 연예가 소식으로 그득한 한국 언론에도 좋은 충고가 아닌가 생각됩니다.

—

대기업 붕괴나 고용불안, 대규모 구조조정을
어떻게 견딜 수 있을까요

요새 젊은 직장인들이 많이 하는 걱정일 것입니다. 이 문제에 대한 세 가지 답변을 제시하겠습니다.

먼저, 구조조정 때 가장 마지막까지 살아남는 직종은 무엇인지에 대한 의견입니다. 그동안의 경험칙으로 본다면 최후까지 남을 직종은 바로 영업직입니다. 영업직이 잘릴 정도라면 그 회사는 사실상 망한 단계입니다. 그만큼 회사에서 영업직은 탄탄한 위치를 차지합니다. 그러므로 입사 후 직종을 선택할 때 영업직으로 가는 것이 유리합니다. 영업을 배우면 나중에 자기 사업을 창업하는 데도 도움이 됩니다. 스카우트 제의도 가장 활발한 게 영업직입니다. 한 가지 품목의 영업을 배우면 다른 품목의 영업에도 써먹을 수 있습니다. 가령 전자제품 영업에 능숙한 사람은 자동차 영업에도 이내 능숙해집니다. 영업의 원리가 같기 때문입니다. 이런 이유에서 아름다운서당 졸업생들에게는 항상 영업직으로 가라고 권유하고 있습니다.

혹시 이미 영업직으로 일하고 있는 사람이라면 빌 포터의 일생을 다룬 영화 〈도어 투 도어〉를 꼭 한번 보기를 권합니다. 선천적 장애를 가진 빌 포터가 천신만고 끝에 취업하여 마침내 판매왕에 오르는 실화를 다루고 있습니다. 이 영화를 보면 아무리 열악한 환경에 처한 영업사원일지라도 빌 포터보다는 행복하다는 생각을 하게 될 것입니다.

두 번째 이야기는, 구조조정 같은 것을 아예 의식하지 않고 사는 방법입니다. 그것은 탁월한 프로페셔널이 되는 것입니다. 영국의 컨설팅 회사 앱터 인터내셔널은 이런 프로페셔널을 '선수'라고 부릅니다. 이 회사는 '성과Performance = 능력Ability × 사고방식Mindset × 기회Opportunity'의 함수라고 합니다. 성과의 80퍼센트 이상은 능력이 아니라 의지와 기회에 좌우된다는 것입니다. 그들의 생각을 따라가 보면 사원들에게 적절한 동기부여와 기회를 제공하는 것이 무엇보다도 중요하다는 주장과 만나게 됩니다.

앱터 인터내셔널이 제시한 209쪽의 표에는 네 가지 타입의 인간, 즉 '선수, 구경꾼, 냉소자, 걸어 다니는 시체'가 등장합니다.

먼저 '선수'는 사고방식이 긍정적이며 동시에 에너지가 많기 때문에 주변을 밝고 따뜻하게 만들며 열심히 일하는 분위기를 만들어냅니다. 그들이 추진하는 일은 대체로 성공으로 이어지며 설혹 실패하

[인간의 네 가지 타입]

더라도 좌절하지 않고 실패를 경험삼아 더 큰 목표에 도전합니다. 다소 덜렁거리는 단점이 예상되기는 하지만, 이런 사람을 많이 보유한 조직은 그것이 영리조직이든 비영리조직이든 간에 활기를 띠게 마련입니다.

두 번째 인간형인 '구경꾼'은 사고방식은 긍정적이지만 실천력이 부족하기에 큰 성과를 내지 못합니다. 조직에 해를 끼치지 않는다는 점은 위안거리가 되겠지만 조직 발전에 크게 기여하지 못한다는 점에서는 아쉬움을 남기는 사람입니다. 이런 사람은 보통 때는 직장에서 쫓겨날 염려가 없으나 구조조정의 바람이 불면 자리보전을 기약하기 어려울 것입니다.

반면 '냉소자'는 호황 때라도 위태롭습니다. 그들은 항상 구석에 앉아 상사에 대한 불평을 늘어놓거나 조직의 방침을 비판하는 일에만 열을 올리며 마침내 다른 사람의 의욕까지 빼앗습니다. 그래서 두 배로 조직을 해치지요. 첫째는 자신의 몫을 다하지 않는 해로움이고 둘째는 일하려는 사람까지 가로막는 해로움입니다. 이들은 에너지가 많음에도 불구하고 사고방식이 부정적이라서 에너지 역시 부정적인 일에 허비되는 경우가 보통입니다.

이보다 심한 사람이 '걸어 다니는 시체'입니다. 매사에 부정적인 사고방식을 가진 데다 에너지마저 없습니다. 그러니 아무 의욕도 없고 희망도 없이 월급이나 축내며 살아가게 됩니다. 얼마나 딱한 인생인가요. 아마 자선단체일지라도 이런 사람을, 구호의 대상으로 삼을지는 모르나, 조직원으로 채용하지는 않을 것입니다.

그런데 이 매트릭스에서 우리가 놓쳐서는 안 될 중요한 사실이 있습니다. 그것은 사람이 천부적으로 이 네 가지 부류 중 하나로 태어나는 것이 아니라는 사실입니다. 사람들은 자라면서 그렇게 학습되거나 혹은 스스로 그런 상황으로 자신을 몰아갑니다. 대부분이 후천적 요소이며 가변적입니다. 따라서 학습과 동기부여에 의해 언제라도 냉소자가 선수로 탈바꿈할 수 있고 반대로 오늘의 선수라도 내일에는 구경꾼이 될 수 있으며, 심지어 걸어 다니는 시체라도 일순간 선수의 반열에 오를 수가 있습니다. 문제는 얼마만큼 동기를 부여하느냐에 달려 있습니다.

세 번째로 할 이야기는, 아직 일어나지 않은 일을 너무 앞질러 걱정하지 말라는 것입니다. 영향력이 미치지 않을 일에 과도하게 관심을 쓰는 것은 에너지 낭비입니다. 대규모 구조조정의 바람이 불면 일개 직원으로서 속수무책일 것입니다. 따라서 미리 걱정을 해서 무엇인가를 대비할 수도 없습니다.

　근세 영국을 완성한 인물은 조지 5세입니다. 그는 왕위에 오르면서 다음과 같은 글을 벽에다 붙여놓고 재임 기간 내내 좌우명으로 삼았습니다. "하느님, 나로 하여금 달의 세계나 이미 엎질러진 우유로 인해 울지 않게 하소서." 대영제국의 기틀을 닦은 거인의 좌우명 치고는 다소 심플하다는 생각도 없지 않으나 되새겨보면 고개가 끄덕여집니다. 미국의 저명한 신학자 라인홀드 니버는 이런 기도문을 남겼습니다. "주여, 제가 변화시킬 수 없는 일에 대해서는 그것을 받아들이는 평정을 주시고, 제 힘으로 고칠 수 있는 일에 대해서는 그것을 고치는 용기를 주시며 그리고 이 두 가지 차이를 분별할 수 있는 지혜를 허락하소서."

한반도의 평화
그리고 통일의 가능성

경제학 개념 중에 '죄수의 딜레마'가 있습니다. 범죄 공모자 두 사람이 체포되어 서로 격리되었습니다. 두 사람 모두 함구하면 각각 징역 1년씩이고, 두 사람 모두 자백하면 징역 2년씩이며, 한 사람이 자백하고 다른 사람이 함구하면 자백한 사람은 석방되고, 함구한 사람은 징역 3년입니다. 이럴 경우 죄수는 함구할까요, 자백할까요? 누구나 자신의 구속만큼은 피하고 싶습니다. 그러나 공모자를 배신하기도 쉽지 않습니다. 그래서 딜레마에 빠집니다.

오래전 로버트 액설로드라는 정치학자가 유명한 '죄수의 딜레마'를 실전에 적용하기 위해 두 차례 대회를 열었습니다. 열네 개 팀이 참가한 이 대회에서 쟁쟁한 경쟁자를 물리친 우승자는 아나톨 라포포트라는 심리학자였습니다. 서로를 믿지 못한다는 전제 아래 진행된 이 시합에서 그가 사용한 전략은 불과 넉 줄짜리의 간명한 것이었습니다.

1. 처음에는 협조로 시작한다.
2. 상대가 협조하면 다음번에도 협조한다.
3. 상대가 배반하면 나도 곧 바로 배반한다.
4. 이것을 반복한다.

이것이 '팃포탯 Tit-for-tat' 전략입니다. 《롱맨 사전》은 팃포탯을 "자신이 당한 불쾌한 고통에 대한 앙갚음 something unpleasant done in return for something unpleasant one has suffered"이라고 설명하고 있습니다.

팃포탯 전략으로 상대를 이기지는 못합니다. 잘해야 비길 뿐입니다. 평소에는 협조를 계속해야 하는 무척 따분한 게임입니다. 대부분의 사람들은 상대에 끌려가는 굴욕적 상태를 싫어합니다. 특히 먼저 자신이 협조의 카드를 써야 하는 상황에서는 자존심이 상합니다. 누구나 이기고 싶은 승부욕이 있기 때문입니다. 사람들은 대체로 단기적인 승리를 탐합니다. 하지만 힘없고 인기 없어 보이는 팃포탯이 최선의 작전임을 라포트는 증명해 보였습니다. 화려해 보이지 않지만 종합해보면 최고의 승자가 된다니, 이것이야말로 무서운 전략이 아닐 수 없습니다.

국제문제에 정통한 하버드 대학교의 조지프 나이 박사는 일찍이 북한을 이렇게 평가한 바 있습니다.

"불타는 고층 건물이 있는데 뛰어내리면 살 수 있는 확률이 5퍼센트에 불과하다. 건물에 그대로 남아 있을 경우 살아남을 가능성은 없다. 사람들은 이런 급박한 상황이 되면 5퍼센트의 가능성을 믿고 충분한 안전장치 없이도 뛰어내릴 것이다."

상황이 어려워지면 북한은 모험주의 노선을 취하게 될 것이라는 진단입니다.

남북관계는 남녀관계보다 훨씬 복잡하고 미묘합니다. 믿을 수도 없고 믿지 않을 수도 없는 고약한 관계입니다. 그래서 필경 죄수의 딜레마에 자주 부딪치게 되어 있습니다. 북한의 미사일 실험은 지금까지 협조의 카드를 내민 한국 정부와 우리 국민에 대한 배반입니다. 따라서 북한의 미사일에 대해 정부가 엄중한 카드를 내밀어야 팃포탯이 됩니다. 예측 불허의 집단이 배반을 하는데도 협조만을 계속한다면 그것은 게임을 포기하는 것보다 더 못한 결과를 가져올 겁니다.

우리는 대북 정책에서 계속 갈지자걸음을 걸어왔습니다. 어떤 때는 온탕 또 어떤 때는 냉탕을 왔다 갔다 했습니다. 이산가족 상봉으로 눈물 흘리고 서로 끌어안다가도 비무장지대에서 스피커로 대북 방송을 하고 전단지를 뿌리기도 합니다. 이렇게 줏대 없는 대북 정책으로 북한의 내성만 키우고 나쁜 근성만 키웠습니다. 그 과정에서 국민들은 과도하게 북한을 불신하고 의심하게 되었습니다. 경계할 필요는 있지만 과도하게 불신하면 대북 문제를 해결할 수 없습니다. 지금까지의 정책들은 보수와 진보 사이의 건널 수 없는 크레바스 현상을 만들었고 결과적으로 국론이 분열되기에 이르렀습니다. 지금부터는 철저히 틋포탯으로 관리해야 합니다.

지난 1994년 5월 말, 미국의 합동참모본부는 전 세계 지역사령관과 4성 장군들을 워싱턴으로 불러 모았습니다. 한반도 문제를 토의하기 위한 특별지휘관 회의였습니다. 이날 주한 미군사령관이던 개리 럭 장군은 한반도에서 전쟁이 터질 경우 예상되는 상황을 브리핑했습니다. 럭 장군은 새로운 전쟁이 일어나면 미군은 8만에서 10만 명이 사망하고 한국 군은 수십만 명이 사망할 것이라고 보고했습니다. 당시 주한 미군의 숫자가 3만 5천 명 수준이었으니까 럭 장군의 추정이 틀리지 않았다면 한국에 와 있던 주한 미군보다 두 배가 넘는 전사자가 생긴다는 이야기입니다. 비용 면에서도 규모가 엄청나 제2의 한국전쟁은 걸프전에 소요된 6백 억 달러를 훨씬 초과하는 1조 달러에 이를 것으로 추산했습니다. 우리 정부 예산의 2년치가 넘는 돈입니다.

우리는 미국이 우리나라 문제에 많은 관심을 가지고 있을 것이라고 생각합니다만, 사실이 아닙니다. 우리에게는 미국이 큰 나라이고 중요하지만 우리가 느끼는 중요도와 비교할 때 미국이 한국에 느끼는 중요도는 다릅니다. 미국은 긴밀하게 연계된 다른 나라들이 많아서 n분의 1의 중요도만을 우리에게 보일 뿐입니다. 어쩌면 한국인들이 미국에 대해 갖는 감정은 짝사랑일 수도 있습니다.

한 나라가 독립국가가 되기 위해서는 국토와 국민과 주권, 이 세 요소가 필수적입니다. 전쟁을 결정하는 권리는 중요한 주권입니다. 1994년의 경우 미국이 북한을 무력으로 응징했더라면 한반도에서는 우리의 뜻과는 상관없이 제2의 한국전이 일어났을 것입니다. 북한은 긴장을 늦출 수 없게 만드는 고약한 이웃입니다.

유아기부터 대학까지,
너무 많은 돈이 드는 기형적인 교육구조

대학생 한 명을 키우기까지 많은 돈이 듭니다. 생활비까지 하면 1억 원 이상 들 것입니다. 이런 기형적인 구조는 '좋은 대학＝좋은 직장 ＝좋은 인생'의 등식이 있는 한 해결이 어렵습니다. 국민 각자의 자기 철학이 중요하나 국민적 각성은 하루아침에 이루어지지 않습니다. '돈＝성공' 또는 '성공＝돈'의 등식이 깨져야 교육이 제자리로 돌아갑니다.

실추된 교권 확립도 시급한 과제입니다. 지금은 누구도 교사를 존경하지 않습니다. 부모가 교사를 우습게 알면 자녀들은 더 날뛰고 교사들은 말썽을 피하기 위해 가장 소극적 태도를 보이게 됩니다. 이는 결과적으로 아이들에게 손해입니다.

지금 초등학교 교사들이 굉장히 힘들어합니다. 아이들이 통제가 안 될뿐더러 조금만 뭐라고 하면 부모가 전화나 문자로 싫은 소리를 합니다. 심지어 교장에게 담임을 바꿔달라고 거칠게 요구하기도 합니다. 초등학교 교사 둘 중 한 사람이 담임 바꿔달라는 학부모의 요구를 경험했다는 조사가 있습니다. 물론 교양 있는 학부모들은 여전히 교사들을 존중하지만 모든 부모가 교양 있는 것은 아닙니다. 세상에는 사회에 불만을 가진 사람들, 혹은 과도하게 권리 주장만 펴는 사람들이 있습니다. 그런 집에서 자란 아이들이 학교 생활에 어울리지도 못한다고 합니다. 그러나 교사들은 잘못 개입했다가 학부모로부터 엉뚱한 소리라도 듣게 될까 봐 어린이의 잘못을 외면해버린다는 것입니다. 이런 구조라면 방관하는 교사를 나무랄 수만은 없습니다.

내가 교육에 관해 오래전부터 주장해온 것이 있습니다. 학술원이나 예술원이 있는 것처럼 교육원을 만들자는 것입니다. 인품이 훌륭한 교육계의 원로들로 교육 전담 기구를 만들고 거기서 입시, 교육 시스템 등을 신중하게 검토하여 결론을 내도록 해야 한다는 생각입니다. 그럴 경우 정부는 교육원에서 결정한 방침을 집행만 하면 됩니다. 그렇게 하면 교육제도는 훨씬 선진화되면서 안정감 있게 교육할 수 있을 것입니다. 현재는 정권이 바뀔 때는 물론이고 교육부장관만 바뀌어도 교육방침이 바뀌고 입시제도가 바뀝니다. 장기적 관점에서 일관되게 교육정책을 세워야 합니다.

교육제도는 국가 경쟁력의 근본입니다. 세계화 시대에 국가가 경쟁력을 갖는 것만큼 중요한 일은 없습니다. 경쟁력이 있으면 어느 나라나 1등이 될 수 있습니다. 나라의 크기가 문제가 아니라 경쟁력이 중요하며 경쟁력은 교육과 직결됩니다. 교육문제는 미래사회를 이끌어갈 인재를 기르기 때문에 백년대계를 놓고 생각해야 합니다.

—

우리 아버지 세대를 어떻게
정의하고 이해하는 것이 좋을까요

마지막 질문이 참 좋군요. 아들 세대가 아버지 세대를 제대로 이해하는 것은 세대간 화합을 위해 매우 긴요한 일이니까요. 세대끼리 화목하고 서로 협력해야 사회가 전진합니다. 아버지 세대는 베이비부머 세대라고도 불리지요. 한국전쟁 뒤에 태어나 최초로 우리말 교육을 받고 자란 세대인데 총인원은 약 6백만 명쯤입니다. 물론 이것은 베이비부머를 기준으로 한 통계이고, 범위를 조금 넓혀 해방 이후부터 전쟁 전까지 태어난 사람을 포함하면 그 숫자가 더 늘어납니다. 이 세대는 다음과 같이 정의할 수 있겠습니다.

  1. 후진국의 마지막 세대
  이들이 태어났을 때 한국은 세계에서 제일 가난한 나라였습니다. 문맹률이 높고 국민소득은 1인당 1백 달러도 되지 않았으며, 전기,

도로, 통신 등의 인프라는 형편없고 사회 시스템도 작동하지 않아 미국의 원조로 근근이 살아가는 나라였습니다. 한국 정부가 예산의 홀로서기를 한 것은 1972년입니다. 그전에는 미국의 원조가 있어야만 공무원 월급을 줄 수 있었습니다. 이들은 후진국에서 태어났으나 열심히 노력하여 자신의 자녀 세대를 선진국의 제1세대로 만든 위대한 세대입니다.

2. 권리보다 책임이 더 무거운 세대

이들은 대부분 36개월의 군대생활, 35세까지의 예비군 복무, 50세까지의 민방위대 등 국가와 사회를 위해 많은 의무를 짊어졌습니다. 세금을 국민의 기본 책무로 받아들여 지난 50년 동안 단 한 번의 조세 저항도 일으킨 적이 없는 세대입니다. 가정에서는 부모를 부양한 마지막 세대이며 동시에 자녀에게는 무한책임을 다하는 세대입니다. 자기에게는 엄격하고 자신을 위해서는 돈을 거의 쓰지 않는 특징을 보입니다. 많은 의무를 수행하면서도 권리 주장은 적은 세대이기도 합니다.

3. '하면 된다'는 세대

아버지 세대의 두드러진 특성 중 하나는 '하면 된다 정신can do spirit'입니다. 어쩌면 이 점이 지금 아들 세대와의 가장 큰 차이점일 것입니다. 아버지 세대는 자수성가가 대세입니다. 부모에게 물려받은 것 없이 모든 것을 자신의 노력만으로 해결하기 위해서는 '하면 된다'는 정신력이 필수였습니다. 한강의 기적이라 불리는 현상은 사실상 개인 집집마다에서 만들어진 기적의 집합체이기도 합니다.

4. 한국판 카우보이

한국에도 카우보이가? 이렇게 생각할 수도 있겠지만 아버지 세대는 사실상 한국판 카우보이였습니다. 대서양 연안에 조그맣게 터를 잡은 미국을 태평양 국가로 성장시키기까지 카우보이들의 서부 개척이 한 몫을 했습니다. 1970년대 가발, 신발, 와이셔츠, 카세트 등 수출할 수 있는 물건이면 무엇이든 짊어지고 전 세계 구석구석을 누빈 그들은 한국판 카우보이입니다. 다소 거칠고 까칠한 그들 덕분에 한국의 장터가 전 세계로 확장되었습니다.

5. 무에서 유를 창조

경제개발 초창기에 한국은 아무것도 가진 것이 없는 나라였습니다. 자본, 설비, 기술, 시장, 상품, 판매능력, 그 어느 것도 없었습니다. 완전한 무無의 시대였습니다. 그런 혹독한 조건 아래서 아버지 세대는 국민소득 2만 달러를 만들어냈습니다. 이제는 한국에서 못 만드는 상품이 없고, 한국에 없는 기술이 없고, 한국인의 발길이 닿지 않는 곳이 없는 풍요한 유有의 시대입니다. 그 중심에 아버지 세대가 있습니다.

6. 극한 노동

10여 년 전 세계노동기구가 발표한 통계에 따르면, 한국인의 연평균 근로시간은 2,500시간입니다. 10여 년 전이면 아버지 세대가 현역으로서 열심히 일할 때입니다. 같은 시기 일본은 2,200시간, 미국은 2,000시간, 독일이 1,800시간, 프랑스는 1,600시간이었습니다. 휴가도 제대로 못 가고 야근은 기본이요, 휴일 근무도 다반사였던 세대가 만들어낸 통계입니다. 그들은 왜 그렇게 많은 일을 했을까요? 아들 세대가 연구해야 할 과제입니다.

7. 애국심

전쟁 뒤 혼란한 사회상을 보며 자란 영향으로 어려서부터 국가의 중요성을 몸으로 체득한 세대였습니다. 전란 중 죽을 고비를 수없이 넘긴 할아버지 세대로부터 배운 교훈은 '국가가 정말 중요하다'는 것이었습니다. 그래서 아버지 세대는 '제아무리 무능한 국가라도 없는 것보다는 낫다'고 생각합니다. 아버지 세대가 이룩한 놀랄 만한 성장의 업적은 사실상 그들의 애국심에 힘입은 바가 큽니다. 아버지 세대의 컨센서스는 이것이었습니다. "다시는 가난을 후손에게 물려주지 말자. 한 톨이라도 더 생산하고 수출하여 달러를 벌어들이자. 이것이 애국하는 길이다."

8. 물질 중심의 부작용

아버지 세대가 만들어낸 부작용은 물질 우선의 풍조입니다. 보다 직설적으로 말하자면 돈이 최고라는 사조입니다. 무엇이든 가능하다는 신념으로 경제개발에 매달리고, 열심히 일해서 자수성가하고, 무한한 가능성에 도전할 때만해도 이런 부작용을 예상하지 못했습니다. 열심히 살다 보니 어느새 돈이 지배하는 세상, 돈이면 무엇이든 된다는 풍조가 만연한 세상이 된 것입니다. 아버지 세대가 이런 세상을 원한 것은 결코 아닐 것입니다. 스스로 만들어낸 부작용에 대해 당혹해하고 있습니다.

9. 자녀에 대한 과잉보호

아버지 세대는 자랄 때 누구로부터도 제대로 된 보호나 관심을 받지 못했습니다. 정부는 전쟁의 후유증 치료에 매달리고 가정은 호구지책에 여념이 없었습니다. 교실은 60명이 넘는 학생들이 바글거리는 콩나물 시루였으니, 교사가 학생 개개인에게 관심을 줄 겨를이 없었습니다. 이런 보상심리 때문일 것입니다. 아버지 세대가 병적일 정도로 자녀들을 과잉보호한 까닭이. 여기에 좋은 학교에 가야 출세가 보장된다는 강박관념이 가세해 자녀의 성적 외에는 다른 관심을 쓰지 않았습니다. 지금 그런 것들의 후유증을 아들 세대가 겪고 있는 것입니다.

10. 결과중심주의

아버지 세대는 목적과 목표의 전성시대이기도 했습니다. 어디서 무슨 일을 하든지 누구에게나 주어진 목표가 있었습니다. 생산이든 수출이든 농사든 목적은 하나, 잘살아보자는 것이었지요. 목표에 집착하다 보니 수단과 과정이 조금씩 무시되기도 했습니다. 그래서 결과 중심적 사고방식이 사회에 널리 퍼지게 되었고, 이것은 민주적 사회문화에 장애가 되었습니다. 민주주의는 과정도 중요하게 생각하니까요. '목적이 수단을 정당화한다'는 것은 공산혁명가들의 사고방식입니다. 그런데 반공을 국시로 삼은 아버지 세대가, 혐오하는 공산주의자들의 일하는 스타일을 베낀 것은 하나의 아이러니입니다.

5장

청년이 살기 좋은 나라를 위하여

- 오자협력론

청년실업 문제를 제대로 해결하기 위해서는 정부, 기업, 가정, 학교, 청년 등 다섯 개의 관련 그룹이 협력해야 합니다. 이 다섯 그룹이 한 방향을 향해 노력하고 협력해야 합니다. 마치 손가락 하나씩을 떼어 놓으면 힘이 약하지만 다섯 손가락을 모아 주먹을 쥐면 힘이 강해지는 것과 마찬가지입니다. 지금처럼 각자 따로 움직이는 방식으로는 해결이 멀기만 합니다. 이를 '오자협력론'이라고 부르겠습니다.

정부의 역할

《리바이어던》의 저자 토머스 홉스는 "우리 시민이 평화와 안전을 향유할 수 있는 것은 불멸의 영원한 신 하느님 아래서 우리를 통치하는 유한한 신, 곧 리바이어던 덕분이다"라고 했습니다. 리바이어던이란, 시민의 생명을 폭력적인 죽음에서 보호하는 정부를 지칭합니다. 홉스는 인간의 본성이 자만이 가득하고 교만하기 때문에 서로 협력하여 질서 있는 사회생활을 영위하기 어렵다고 보았습니다. 그래서 '거대한 힘을 가진 괴물 리바이어던을 불러내는 것'이 필요하다고 생각했습니다. 사람들이 정부의 역할을 논할 때마다 《리바이어던》을 자주 인용합니다.

홉스의 영향 때문일까요? 우리 국민도 크고 작은 문제가 터지면 우선 정부를 생각합니다. 그래서 국민들이 정부 수장인 대통령에게 요구하는 덕목을 다 합치면 신에 가까운 초인이라야 해낼 법합니다.

또한 국민들이 정부에 요구하는 바를 모두 더하면 정부는 만능선수라야 합니다. 국민들의 요구는 일면 당연하기도 합니다. 국가는 국민을 위해 존재하는 것이니까요. 청년실업 문제에 대한 국민의 요구도 이에서 크게 다르지 않습니다.

정부도 '지옥 같은 한국'이라는 뜻의 '헬조선'을 알고 있을 것입니다. 유신시대 같으면 유언비어로 단속의 대상이 되었을 법한 자극적 표현입니다. 그런데 대학생과 직장인 열 명 중 아홉 명이 이 신조어에 공감하고 있습니다. 잡코리아가 청년 3,100명을 대상으로 조사한 결과입니다. 조사에서 66퍼센트의 대학생들이 헬조선에 공감하는 이유로 취업난을 꼽았습니다. 뒤집어보면, 청년들의 취업문제를 풀면 헬조선이라는 풍자어도 사라진다는 이야기입니다.

정부도 청년실업 문제를 풀기 위해 나름 고심한 흔적이 있습니다. 지난 20여 년 동안 예산을 지렛대 삼아, 청년을 채용하는 기업에 보조금을 주고, 청년들의 창업에 자금을 지원하고, 취업률이 높은 대학에 지원금을 더 주는 정책을 펴온 것입니다. 정부는 OECD 국가의 평균보다 두 배가 넘는 고용보조금을 지급하고 있으며, 7퍼센트 포인트가 높은 직업훈련비를 지출하고, 평균을 상회하는 취업 알선 서비스를 제공하고 있습니다. 실제로 정부는 2004년 이후 매년 6천억 원이 넘는 돈을 청년실업 대책에 쓰고 있습니다. 거기에 더하여 2014년부터 3년간 5조 5천억 원의 예산을 썼습니다. 10년 전에 비해 무려 세 배나 늘어난 액수입니다. 급기야 2016년에만 2조 8천억 원을 편성하며 3조 원을 바라보게 되었습니다.

　이런 처방으로 청년실업 문제가 풀릴 수만 있다면, 정부는 예산을 더 많이 쓰면서도 국회나 국민의 눈치를 보지 않아도 좋을 것입니다. 그러나 현실이 그렇지 않기에 문제입니다. 청년 일자리 예산의 효과는 사상 최악입니다. 지난해 1조 9천8백억 원을 쏟아부어 만든 일자리 수는 4만 8천여 개에 그쳤습니다. 일자리 한 개당 4천만 원 이상을 투입했으나 그 일자리 가운데 대다수는 연봉 3천만 원에 못 미치고 있으며, 셋 중 하나는 연소득이 2천만 원 이하입니다.

　가슴 타는 것은, 2백만 실업자들이 있는 청년 계층입니다. 대학생들은 입학 이전부터 취업이 큰 관심거리입니다. 처음부터 취업이 잘 되는 학과를 찾아가는 것은 보통이고 취업에 도움이 되리라는 기대 하에 복수전공, 어학연수, 배낭여행, 봉사활동, 자격증 취득 등 다방면으로 안간힘을 쓰고 있습니다. 졸업자의 취업이 상대적으로 더 불리하다고 믿어 졸업을 기피하는 '졸피생'들이 수두룩한 현실입니다. 현재 우리나라의 청년실업 문제는 마치 전쟁 같습니다. 하지만 정부는 이 일을 제대로 풀지 못하고 있습니다. 전쟁이라면 전선이 계속 밀리는 것이지요. 이런 난세에도 불구하고 아름다운서당을 졸업한 제자들은 취업이 잘 되고 있습니다. 그 실적에 힘입어 이런 대안을 제시하게 되었는지도 모릅니다.

　청년실업은 대통령이 나서서 풀어야 한다는 것이 내 생각입니다. 한두 개 부처에 맡겨서 풀 수 있는 문제가 아니기 때문입니다. 그동안 우리 정부가 하는 것을 보면 정말로 청년실업의 심각성을 인식하고 있는지 의심될 때가 많았습니다. 나는 대통령이 이 문제를 국가안보에 버금가는 내셔널 아젠다로 인식하는 것이 문제 해결의 첫걸음이라고 생각합니다.

대통령이 이런 의지를 가지고 청년실업을 전담할 컨트롤타워로서 대통령 직속의 '청년일자리위원회'를 만드는 것이 첫 단추입니다. 현재는 열 개가 넘는 정부 부처가 일자리 문제에 관련되어 있고, 여기서 추진하는 일자리 사업이 무려 40가지가 넘습니다. 그러나 관료주의가 우심한 내각에 통상적인 방식으로 이 문제를 맡겨서는 소기의 성과를 거둘 수 없습니다. 지난 20여 년 동안의 정책이 효과가 없다는 사실이 바로 그 방증입니다. 대통령 직속의 전담기구가 만들어져야 비로소 국민들도 일자리 정책에 대한 믿음과 희망을 가지게 될 것입니다.

이 위원회는 최소 10년은 존속할 수 있어야 합니다. 5년 임기의 대통령 두 사람이 지속적으로 이 문제에 매달리도록 법적 의무를 부과하자는 뜻입니다. 위원회는 기업과 대학에 채찍과 당근을 모두 제시할 수 있어야 합니다. 그리고 기업, 노조, 대학 등 3자간의 일자리 창출 협약을 맺게 하여 관련 주체들이 수수방관하지 않도록 고삐를 죄는 역할도 수행합니다. 산하에 취업, 창업, 해외진출 등 세 개 소위원회를 설치하는 것도 필요합니다. 위원회는 기업, 노조, 대학, 연구소, 정당, 공무원 등으로 구성합니다. 관련 집단이 모두 참여하는 컨센서스를 만들기 위함입니다.

위원회는 청년 일자리 관련 정부 및 지방정부 예산을 모두 통합해서 운용하는 권한을 행사할 수 있어야 합니다. 쓸데없는 곳으로 돈이 새지 않고 일자리 만들기에 집중되도록 하자는 뜻입니다. 또 위원회는 일자리 만들기 5개년 계획을 수립하여 국민 앞에 공개하고 분기별로 대통령 보고회를 갖습니다. 이와 함께 일자리 만들기 목표 대비 분기별 달성률을 언론을 통해 낱낱이 국민에게 공개합니다. 대통령이 이 정도의 강력한 의지를 가지고 덤비지 않으면 앞으로도 청년 일자리는 만들어지지 않을 것입니다. 정작 고용의 당사자인 기업들에게 그런 의지가 거의 없기 때문입니다.

청년실업을 해결하기 위해서는 대통령의 관심과 함께 대통령의 리더십도 한몫해야 합니다. 1960~70년대 박정희 대통령은 기업인들을 따로 불러서 자주 격려했습니다. 개별적으로 만나 술 한잔을 건네며 수출 실적이나 노사 화합을 칭찬하면 기업인들은 대통령의 칭찬에 화답하는 의미에서 더 잘하려는 마음을 먹게 되었고, 이런 기운은 말단 사원들에게까지 퍼져나갔습니다. "대통령이 우리 회사를 칭찬했다. 우리는 하반기 수출목표를 더 늘리기로 했다"는 신바람이 불었던 것이지요. 대통령의 리더십이 기업을 춤추게 한 것입니다. 직원들의 사기가 올라 좋은 결과를 이끌어냈습니다.

청년 일자리에 관련해서도 같은 방식으로 대통령이 재벌 총수를 개별적으로 만나 "당신의 자손들은 앞으로 오랫동안 모두 부유하게 잘살 것이다. 하지만 아직 취직도 안 되고 어렵게 사는 청년들은 어떡하느냐? 정부도 노력은 하지만 정부의 노력과 발맞춰 기업이 적극 나서주면 좋겠다. 대한민국의 수많은 대학생들은 변변한 일자리 하나 구하지 못해 고군분투하고 있다. 서울에 있는 대학교에 재학하는 대학생이 전체 대학생의 7퍼센트인데 이렇게 우수한 대학생마저 취직이 안 된다면 이건 국가적 과제다"라는 식의 말을 하면, 기업인들은 대통령이 무슨 걱정을 하고 있으며 무슨 말을 하는지 금방 알아차릴 것입니다.

꿩 잡는 게 매입니다. 우선은 청년실업 문제를 해결해야 합니다. 이래서 안 되고 저래서 안 된다며 핑계를 대기엔 상황이 너무 심각합니다. 국제 경제가 저성장이고, 세계시장이 안 좋다는 말은 해결책이 없는 무능한 사람들이 즐겨 사용하는 변명일 뿐입니다. 정부는 기업을 탓하고, 기업은 경기나 교육을 탓하며 서로 핑퐁 치듯 해서는 해결이 요원합니다. 국가의 힘은 아직도 크고 대통령이 발휘할 수 있는 파워는 큽니다. 이것을 발휘해서 풀어야 합니다. 일자리를 늘리기 위한 대통령과 기업의 논의는 협박도 아니고 공갈도 아닙니다. 대통령이 나서서 기업의 인식을 바꿔야 합니다. 일 없어서 안 뽑는다는 변명은 무능한 기업인의 구실에 불과하다는 여론을 만들어내야 합니다.

정부가 정신을 바짝 차려할 이유가 또 있습니다. 국제적 표준에서 비교해볼 때 한국이 점점 살기 나쁜 나라로 변해가고 있기 때문입니다. OECD 국가들을 상대로 평가했을 때 한국은 다음의 열두 가지 분야에서 꼴찌 수준입니다.

1. GDP 대비 복지예산 비율

2014년 기준으로 한국의 국내총생산GDP 대비 사회복지 지출 비율이 10.4퍼센트로 OECD 28개 조사 대상국 가운데 28위 차지.

2. 국민행복지수

한국보건사회연구원의 '국민복지수준의 국제비교'에 의하면, 한국의 국민행복지수는 34개 회원국 가운데 최하위권인 33위로 나타남.

3. 아동의 '삶의 만족도'

보건복지부가 조사한 한국 아동의 '삶의 만족도'는 100점 만점에 60.3점으로 OECD 회원국 가운데 최하위.

4. 부패지수

국제투명성기구가 발표한 2014년 한국의 부패지수는 55점으로 OECD 34개국 평균인 68.6점에 한참 못 미침.

5. 조세의 소득불평등 개선 효과

한국의 세전 빈곤율은 0.173퍼센트로 OECD 27개국 가운데 가장 낮았으나 세후 빈곤율은 이스라엘, 칠레, 스페인에 이어 네 번째로 높아짐. 한국의 세전 빈곤율과 세후 빈곤율 차이는 0.024퍼센트로, 조세를 이용한 소득 불평등 개선 효과가 거의 없다는 뜻임.

6. 출산율

2014년 기준으로 한국의 합계 출산율은 1.25명에 그쳐 OECD 국가 가운데 꼴찌.

7. 노조 조직률

2013년 기준으로 한국의 노조 조직률은 10.3퍼센트로 OECD 30개 회원국 가운데 28위.

8. 평균 수면 시간

2013년 기준으로 한국인의 수면 시간은 7시간 49분으로 OECD 18개국 평균인 8시간 22분보다 33분 적음.

9. 성인의 학습 의지

한국직업능력개발원의 '한국 성인의 학습전략 국제비교 및 역량과의 관계 분석'에 따르면, 한국 성인의 학습 전략 수준은 5점 만점에 평균 2.9점으로 OECD 23개국 중 꼴찌임.

10. 정부 신뢰도

한국 국민 열 명 중 일곱 명은 정부를 신뢰하지 않는 것으로 나타남. 인도네시아, 터키, 브라질보다도 낮은 수준임. OECD는 한국 정부에 대한 국민의 신뢰도가 34퍼센트며 OECD 평균은 41.8퍼센트라고 밝힘.

11. 사법제도의 신뢰도

사법제도에 대한 국민 신뢰도는 27퍼센트로 OECD 국가 중 밑바닥 수준임. 조사 대상국 42개국의 평균 신뢰도는 54퍼센트로 한국보다 두 배나 되었음.

12. 사회적 지원 네트워크

사회적 지원 네트워크 점수는 10점 만점에 0.2점으로 OECD 회원국 중 꼴찌. "만약 당신이 곤경에 처해 도움받기를 원할 때 의존할 가족이나 친구가 있느냐"는 질문에 "그렇다"고 답변한 한국인의 비중이 가장 낮음.

어느 마을을 지나던 나그네가 갑자기 날아온 화살을 맞고 쓰러졌습니다. 동네 사람들이 모여들었고, 조용하던 시골 마을은 갑자기 소란스러워졌습니다. 화살을 맞은 사람의 용태로 보아 화살에는 강한 독이 묻어 있음이 분명해 보였습니다. 이런 경우 마을 사람들이 취해야 할 조치는 무엇일까요? 부처님의 설법 중 유명한 '독화살의 비유'입니다.

답은, 우선 화살 맞은 나그네를 의원에게 보내 필요한 응급조치와 치료를 받게 하는 것입니다. 누가 쏘았느냐, 어떻게 하다가 맞았느냐, 독의 종류는 무엇이냐, 도대체 이 나그네는 누구냐, 누구의 잘못이냐 따위는 일단 환자를 살려놓은 다음에 따져도 늦지 않으며 설령 그것이 중요해 보여도 쓰러진 환자의 목숨을 구하는 것보다는 급하지 않다는 것이지요.

비록 사람이 한없이 어리석을지라도, 화살 맞은 현장에 있다면 대부분의 경우 틀림없이 환자를 의사에게 보내는 일부터 착수할 것입니다. 그러나 만약 독화살의 비유가 아닌 다른 문제에 부딪친다면 그때도 올바른 수순대로 문제를 풀어나갈 수 있을까요? 청년 일자리 문제는 지금 우리에게 독화살 맞은 환자에 해당합니다. 그렇기 때문에 대통령이 화급한 마음으로 청년실업 문제를 당장 풀어야겠다고 결심하는 것이 중요합니다.

아인슈타인은 "우리에게 당면한 문제가 안 풀릴 때는 기존의 방법으로는 그 문제를 풀 수 없는 것이다"라고 했습니다. 정부가 지난 20년간 청년실업 문제를 해결하기 위해 써온 정책들로 이 문제를 못 풀었다면 이제 새로운 방법을 찾아야 한다는 뜻입니다. 청년실업 문제가 어디서 발원했고 왜 심각해지고 있는지 원인을 찾아내고 원인에 맞는 새로운 처방을 해야 합니다. 그동안 써온 시책들이 효과가 없다는 것이 밝혀진 이상, 모두 중단하고 다시 생각해야 합니다. 일자리위원회 설립과 함께 정부는 창업지원기금과 벤처기금 등의 항아리를 많이 만들어서 젊은이들이 창업에 도전할 수 있는 기반을 만들어주어야 합니다.

해외 취업에 관해서도 정부가 할 일이 많습니다. 젊은이들이 인식만 바꾸고 도전하면 해외에도 기회가 많습니다. 그러나 과거에는 '무작정' 밀고 나갔지만 지금은 용기만 가지고 나가서는 실패합니다. 해외시장에 맞게 훈련된 사람들이 진출해야 제대로 된 취업을 할 수 있습니다. 해외 취업을 원하는 사람을 정부기관들이 체계적으로 다시 교육시켜야 합니다. 지역별 전문가 과정, 직능별 전문가 과정 등을 만들어 IT, 마케팅, 지역 전문가, 언어교육 등 맞춤형 교육을 시켜야 합니다. 미국, 중국, 프랑스를 비롯하여 인구가 많고 자원이 풍부한 나라 그리고 교역 규모가 큰 나라별로 지역 전문가를 양성해야 합니다. 해외 취업 초반 1~2년 정도 개인이 자립할 수 있을 때까지는 정부가 후원하고 나중에 취업이나 사업이 성공하면 천천히 갚을 수 있도록 해야 합니다. 먼저 해외 취업 교육을 무료로 시키고 해외 활동을 지원해준 뒤 성공하면 그 돈을 돌려받으면 됩니다. 낮은 이자율로 천천히 갚을 수 있게 해야 합니다.

요컨대 대통령과 정부가 문제를 심각하게 인식하는가가 중요합니다. 심각성을 알면 좋은 정책을 만들어낼 수 있습니다. 하지만 요즘 우리 정부를 보면 국가의 리더십이 관료주의의 함정에 빠져버린 것 같습니다. 프랜시스 베이컨은 인류가 만들어낸 위대한 발명품으로 인쇄술, 화약, 나침반을 꼽으면서, 이 세 가지의 기원이 모호하여 알 수 없다고 했습니다. 시간이 지나면서 이 발명품들은 모두 중국이 탄생지임이 밝혀졌습니다. 그렇다면 중국인들은 왜 예전의 빛나던 혁신을 잃어버리게 되었을까요? 중국의 과학기술이 지속되지 못한 이유는 국가를 통치하는 황제들의 리더십이 폐쇄형으로 작동한 것과 함께 행정을 이끈 관료들의 관료주의 때문이었음이 밝혀지고 있습니다. 시공을 막론하고 국가발전의 최대 장애물은 다름 아닌 관료주의인 것입니다.

관료주의를 이야기하자면 파킨슨 법칙을 빠뜨릴 수 없습니다. 이연구는 당초 영국의 공무원 조직을 분석 대상으로 삼았습니다. 그러나 이 법칙이 공무원 사회뿐만 아니라 대기업과 같은 관료조직에 모두 적용되기 때문에, 정치학에서 출발한 이 법칙이 경영학에서도 자주 인용되곤 합니다. 파킨슨은 일의 분량과 일하는 공무원의 수효 사이에는 아무런 관계가 없는데 그것은 두 가지 이유 때문이라고 밝혔습니다. 첫째, 공무원은 휘하에 부하가 많은 것을 좋아하기 때문에 틈만 나면 사람을 늘리려 하고, 또한 (동업자처럼) 공무원들을 위해 필요하지도 않은 일을 자꾸 만들어내기 때문입니다. 그 예로 영국 해군을 들 수 있습니다. 1914년부터 1928년까지 15년 사이에, 영국 해군의 함정 수는 64퍼센트가 줄었고 장병 숫자는 31퍼센트나 줄었는데도 해군본부의 관리자 수는 오히려 78퍼센트나 늘어났습니다. 이런 현상은 식민지성에서도 나타나 1935년 372명이던 직원이 20년 만에 1661명으로 급격히 늘었습니다. 제2차 세계대전을 겪으면서 식민지가 대거 독립해, 식민지성 자체가 없어져도 될 판국이었는데 직원의 수는 네 배나 증가했던 것입니다.

청년실업과 관련해 정부가 해야 할 마지막 일은 공공부문의 투자를 늘리는 것입니다. 투자가 확대되면 경제성장이 촉진되고 일자리도 늘어납니다. 제프리 삭스 컬럼비아 대학교 경제학 교수는 '투자 확대'가 현재 전 세계가 맞닥뜨린 저성장을 깨뜨릴 해법이라고 강조하면서 먼저 공공부문이 투자의 물꼬를 터줘야 하며 교육, 기술, 인프라에 대한 투자에 각국 정부가 적극적으로 나서야 한다고 역설합니다. 그는 케인스 경제학자들이 주장하듯이 소비가 위축되어서 저성장이 온 것이 아니라고 진단합니다. 투자만이 저성장에서 벗어나는 길이라는 것입니다. 삭스 교수는 〈타임〉지가 선정한 '전 세계 가장 영향력 있는 지도자 1백 명'에 두 번이나 들었고, 최근 〈이코노미스트〉지에서는 살아 있는 3대 경제학자 중 한 명으로 꼽혔습니다.

그는 공공투자의 중요성을 강조하면서, "민간기업은 이익이 보이면 투자하는데, 글로벌 민간기업들의 현금 보유가 늘어나는 것은 각국 정부가 정책 방향을 명확히 하지 않아 민간이 이익을 낼지 확신하지 못하기 때문"이라며 미국의 경우만 해도 민간기업들이 아프리카 등의 빈곤국가에 투자를 하고 싶어도 미국의 에너지 정책, 국제 정책 등이 투명하지 않아 투자를 주저하고 있다고 비판합니다. 정부가 공공투자로 정책 방향을 확실히 보여주면 민간투자는 자연스럽게 따라온다는 것입니다. 정부의 공공투자 확대를 이야기하다 보니 영국의 고고학자 커트 멘델슨 박사가 생각납니다. 그가 얼마 전 피라미드에 대한 새로운 해석을 내놓았기 때문입니다. 멘델슨에 따르면, 피라미드 건설은 당시 파라오가 주도하는 공공 프로젝트였다는 것입니다. 멘델슨 박사는 아인슈타인의 제자로 생리학을 전공했으나 57세부터 피라미드 연구에 천착하여 10년 만에《피라미드의 수수께끼The Riddle of the Pyramids》를 저술했습니다. 그의 연구에 따르면, 피라미드는 4개월에 이르는 나일강 범람 기간 중 농부들에게 일감을 주기 위한 공공 프로젝트였다는 것입니다. 피라미드 건설 기간 중 왕은 농부들에게 먹을 것을 제공하였고 농부들은 안정된 일자리를 구할 수 있었습니다. 피라미드는 백성들의 일자리와 먹을 것을 해결하고 이들을 일치단결시킬 범국가적 프로젝트였던 것입니다.

피라미드에 대한 새로운 해석은 정부와 위정자의 역할이 과연 무엇이냐에 대한 새로운 해석을 요구합니다. 일거리가 없어 생계가 어려워진 농민들을 위해 파라오들이 거대하고 장기적인 프로젝트를 만들어 이를 실행에 옮김으로써 민생문제를 해결했다면, 오늘날 민주정부는 민생에 대한 책임감을 더 느껴야 합니다. 루스벨트보다 수천 년 앞서 파라오들이 뉴딜을 실행했다면, 우리 정부도 거기서 교훈을 얻는 것이 마땅할 것입니다. 청년실업이 정말 문제라고 인식한다면, 정부가 옛 파라오들에게서 지혜를 빌려서라도 이를 해소해야 합니다.

기업의 책무

재벌로 통칭되는 한국의 대기업은 청년실업 문제를 두 가지 관점에서 접근해야 합니다. 하나는, 한국사회를 구성하는 주요한 인자로 마땅히 지닌 '사회적 책무'로서입니다. 다른 하나는, 자신들이 탄생할 수 있었던 근본을 돌아보는 성찰입니다. 전자가 현 주소라면 후자는 본적에 해당합니다.

먼저 본적에 관한 회고입니다. 재벌이 탄생하고 또 오늘날처럼 막강한 힘을 축적할 수 있었던 것은 오로지 박정희 정부가 '불균형 성장전략'을 택한 덕분입니다. 그러므로 재벌의 본적은 불균형 성장정책입니다. 박정희 정부 이후 오늘에 이르기까지 역대 정부는 모두 재벌에 우호적인 시책을 펼쳐왔습니다. 심지어 이명박 정부는 '비즈니스 프렌들리'라는 구호를 내걸기도 했지요. 정부는 재벌의 내수시장 보호를 위해 관세장벽으로 수입품의 국내진출을 막아주고, 장사가 안 되면 세금을 깎아주며, 은행을 통해 돈을 많이 빌려주고, 필요하면 환율을 조정해서 수출 경쟁력을 북돋아주었습니다. 그뿐 아니라 사채로 재벌들이 힘들어하면 사채동결까지 해주어 그들의 짐을 덜어주었고, 노동운동을 억압하여 기업인들이 안심하고 사업을 확장하도록 도와주기도 했습니다. 이 과정에서 이익이 생기면 재벌들은 이를 '사유화'하고 부실이 발생하면 이를 '사회화'하는 진풍경이 벌어지기도 했습니다.

불균형 성장전략은 가난한 아버지가 모든 자식을 대학에 보낼 수 없어서 큰아들만 대학에 보낸 집안의 경우와 똑같습니다. 부모는 허리띠를 졸라매고 논도 팔고 소도 팔아 학비를 댔고, 도시로 간 아들은 열악한 환경 아래서 고학을 해가며 졸업을 했습니다. 어린 동생들은 형이 대학을 졸업하고 출세하면 자신들도 모두 좋아질 것이라는 희망으로 어려운 시절을 견뎌냈습니다. 모든 식구에게 큰아들은 소망이자 메시아였습니다. 세월이 흘러 큰아들은 대학을 졸업한 뒤 취직도 하고 마침내 꿈에 그리던 출세도 했습니다. 재벌과 국민경제의 관계를 이렇게 설명하면 이해가 쉽습니다.

그런데 이렇게 성공한 큰아들이 가족의 희생을 잊어버리고 자신의 노력과 재주만으로 성공했다고 착각한 나머지 식구들을 외면하고 동생들을 거두지 않는다면 어떻게 될까요? 사람들은 그 아들의 인간성을 의심하게 될 것입니다. 재벌 1세대가 퇴장하고 2세, 3세 경영자가 등장하면서 이들은 선대 창업자가 어떻게 부를 축적하고, 어떻게 사업에 성공했는지 그 역사를 망각한 것처럼 보일 때가 많습니다. 모두 자기네가 잘나서 이룬 부로 착각한다는 뜻입니다. 그러기에 국가와 사회에 아무런 책임감을 느끼지 않고, 오히려 가족경영을 공고히 하면서 자신들이 대를 이어 부자로 살기 위한 잔꾀에 몰두하는 것입니다. 청년실업 문제가 이렇게 심각하다면 제일 먼저 재벌이 이를 아프게 생각해야 합니다. 그리고 선대 창업자가 국가와 사회로부터 은혜를 입고 도움을 받은 바를 이 기회에 갚아야겠다는 자발적 채무의식이 발동해야 온당합니다. 그런데 안타깝게도 어느 재벌 그룹에서도 이런 인식의 발로를 찾아볼 수 없습니다. 참으로 무정한 각자위심各自爲心의 어리석음이 묻어납니다.

대기업들이 청년실업 문제에 관심을 두어야 하는 두 번째 이유는 그것이 기업의 사회적 책무이기 때문입니다. 이런 사회적 책무를 다하기 위해서는 대기업 오너들의 인식의 변화가 선결과제로 보입니다. 오너들은 모두 자기 자녀들의 장래를 위해 열심입니다. 후손들이 대를 이어 부자로 살도록 공을 들이는 것입니다. 심지어 위장계열사를 만들어 일감을 몰아주기도 합니다. 비록 최고경영자라 할지라도, 주식의 5퍼센트 정도만을 소유하면서, 회사의 자산을 자기 아들딸에게 빼돌리는 것은 명백한 도둑질입니다. 도둑질을 해서라도 자식을 부자로 만들려는 것이 지금 재벌들의 자식 사랑입니다. 그러나 그 자식 사랑하는 마음의 천분의 일, 아니 만분의 일도 이웃의 아들딸에게 쓰지 않습니다. 얼마나 천박한 행태입니까! 자기 아들딸이 귀한 것처럼 남의 집 아들딸도 충분히 소중하다는 사실을 기업 총수들이 인식해야 합니다.

그러나 기업의 현실은 반대로 가고 있습니다. 한 언론사가 상장기업을 대상으로 분석한 자료를 보면 한국을 대표하는 상장기업에서도 고용 사정은 급격히 나빠지고 있음이 나타납니다. 전체 직원 수는 소폭 늘었지만, 이는 일부 대기업의 고용 증가분에 따른 착시현상에 불과합니다. 직원이 20퍼센트 이상 줄어 사실상 인력 구조조정을 단행한 기업도 적지 않습니다. 이런 현상은 대·중견·중소기업과 산업·업종을 불문하고 전방위로 확산되고 있습니다. 2013년 6월부터 1년간을 분석해보면 삼성전자와 현대자동차를 제외하면 국내 상장기업이 늘린 일자리는 고작 252명에 불과합니다. 사실상 '제로 고용'입니다. 고용은커녕 오히려 규모와 업종을 불문하고 인력 구조조정이 광범위하게 진행되는 것으로 나타났습니다. 정리해고 등의 강도 높은 구조조정은 드물지만 덜 뽑고 더 내보내는 식으로 감원을 한 상장사가 많았습니다. 이런 방식으로 직원 10퍼센트 이상이 줄어든 회사가 243곳에 달합니다. 상장기업 열 곳 중 네 곳은 1년 사이 고용이 줄어 상장사에서만 5만 명 가까이 감소했습니다.

기업 경영이 어렵다는 이유로 혹은 불경기를 내세워 청년실업 문제를 외면하는 것은 기업의 사회적 책무를 외면하는 처사입니다. 이는 나중에 부끄러운 역사로 기록될 것입니다. 지금의 대기업 총수들은 아버지를 잘 만나서 부자가 된 사람들이기 때문에 대부분 경영

능력이 부족합니다. 경영 능력이 떨어지면 도덕성이라도 있어야 하는데 그렇지도 못합니다. 아직은 그들이 호된 비판을 받지 않고 있으나 머지않아 지금과 같은 행태를 유지하기 힘들 것입니다. 정부가 경제 민주화만 확실히 치켜들어도 지금 같은 재벌의 행위는 모두 처벌 대상이 될 것이니까요. 언젠가는 미국의 카네기나 록펠러처럼 재산의 대부분을 사회에 환원하게 될 수도 있습니다. 록펠러나 카네기가 갑자기 견성見性해서 깨달음을 얻은 것이 아니고, 홀연히 신의 계시를 받아 성인처럼 행동한 것이 아닙니다. 정부의 압박과 언론과 노조의 끊임없는 비판과 저항을 받아 기업을 처분하고 공익재단을 만들었던 것입니다. 더 이상 악덕 기업인으로 남을 수 없는 사회적 압력이 작용한 것입니다. 한국도 그런 날이 곧 오리라고 봅니다.

이제 대기업은 일감에 맞춰서 사람을 뽑는다는 생각을 버리고, 사람을 먼저 뽑고 사람에 맞춰 사업을 확장하겠다는 콘셉트로 경영 전략을 바꿔야 합니다. 이런 발상을 하지 않으면 청년실업 문제를 해결할 수 없습니다. 지금은 일에 맞춰서 인력을 뽑으니 사람을 계속 줄여나가는 것입니다. 사람을 뽑고 그 사람들이 일할 수 있는 사업을 만드는 것, 이것이 기업가 정신이기도 합니다. 팔팔한 청년들을 뽑아 하늘로도 가고 땅속으로도 가고 바다로도 가야 합니다.

이 논지를 뒷받침하기 위해서 최근 미국에서 펼쳐지고 있는 기업가 정신의 발현 사례를 살펴보는 것이 좋겠습니다. 등장하는 주인공들이 제법 화려합니다. 이름만 대면 다 알 수 있는 IT업계 거물들이 약속이라도 한 듯 새로운 사업에 열을 올리고 있기 때문입니다. IT사업에서 번 돈을 바탕으로 새로운 사업에 도전하는 것입니다. 이런 모습이 기업가 정신의 표본입니다. 미국사회의 활력을 성공한 기업가들이 계속해서 증가시키는 것입니다. 이들은 미래의 블루오션을 선점하면서 동시에 인류의 꿈도 현실화시키겠다는 야무진 각오를 펼쳐 보입니다.

아마존 창업자인 제프 베조스는 최근 자신이 세운 민간 우주개발회사 '블루 오리진' 공장을 언론에 처음으로 공개했습니다. 2017년 시험비행을 거쳐 2018년에 우주관광을 시작하는 계획을 구상 중입니다. 블루 오리진이 개발한 로켓 '뉴셰퍼드'는 6인승 유인 우주선으로 1백 킬로미터 밖 우주로 올라가 무중력을 체험할 수 있습니다. 베조스에게는 두 명의 경쟁자가 있습니다. 두 사람 모두 억만장자인데 테슬라 창업자인 엘론 머스크와 버진 그룹 회장 리처드 브랜슨입니다. 머스크는 우주개발업체인 '스페이스X'를 세워 이미 국제우주정거장ISS에 우주인과 화물을 실어 나르고 있습니다. 머스크는 "2030년 화성과 지구를 인터넷으로 연결하겠다"고 공언합니다. 이미 미국 연방항공청에 우주 인터넷 구축 계획을 제출해 승인 절차를 밟고 있거든요. 한편 브랜슨이 우주관광을 위해 설립한 버진 갤럭틱은 비행기처럼 생긴 우주선 '스페이스십'을 개발하고 있습니다. 비행기처럼 타고 110킬로미터 상공에 올라갔다가 자유낙하하면서 무중력 상태로 와인을 마시고 우주를 관광하는 것이 사업의 콘셉트입니다.

이들 세 사람의 구상은 즉흥적인 발상도, 부자들의 돈놀이도 아닙니다. 베조스는 다섯 살에 아폴로 11호 발사 장면을 본 뒤 "지구를 떠나 다른 행성을 찾겠다"라고 입버릇처럼 말했다고 합니다. 그는 언론과의 인터뷰에서 아마존의 성공은 인생의 최종목표가 아니었고, "우주탐사라는 더 큰 꿈을 이룰 수 있도록 한 로또"라고 밝힌 바 있습니다. 어려서부터 악한 세력에게서 지구를 구하는 문제에 관심을 보인 머스크 역시 비슷한 입장입니다. 20대에 이미 억만장자가 된 머스크는 지금까지의 성공은 모두 서곡에 지나지 않으며 최종적인 꿈은 화성으로 이주하는 원대한 프로젝트라는 것을 공개적으로 밝혀왔으니까요. 실제로 그는 "전기차는 환경오염을 늦춰, 화성으로 이주할 시간을 벌기 위한 수단"이라고 말하였으며 돈을 벌자 가장 먼저 착수한 일이 스페이스X를 세운 것이었습니다.

머스크는 교통수단의 변혁도 꿈꾸고 있습니다. 그는 차세대 초고속 교통수단 '하이퍼루프' 사업에 이미 참여했습니다. 머스크가 구상 중인 하이퍼루프는 고속전철보다 훨씬 빠르지만 설치비용은 훨씬 저렴한 초고속 교통수단입니다. 지상이나 지하에 튜브처럼 생긴 도로를 깔아서 공기압 방식으로 승객을 실어나르는 사업입니다. 공기마찰이 없는 진공 튜브 안에서 자기부상열차를 띄우면 비행기보다 훨씬 빠른 속도로 달릴 수 있다는 생각에서 하이퍼루프 개발이 시작되었습니다. 평균 시속 960킬로미터 이상으로 달려 미국 LA에서 샌프란시스코까지 35분 만에 주파할 수 있다고 합니다. 미국의 기존

열차로는 열두 시간, 자동차로는 여섯 시간이 소요되는 거리니까 가히 혁명적이라 말해도 좋을 것입니다.

인류의 장래에 변화를 가져올 신규사업에 뛰어든 사람은 이들 세 사람만이 아닙니다. 마이크로소프트의 빌 게이츠는 차세대 원자로와 백신사업에, 마이크로소프트의 공동창업자인 폴 앨런은 뇌과학과 암 정복에, 페이스북 창업자인 마크 저커버그는 인공지능과 우주 인터넷 사업에, 구글의 세르게이 브린은 암 정복과 노화방지에, 벤처 투자가 유리 밀너는 외계 생명체 탐험에, 페이팔의 피터 틸은 노화방지와 재생의학에 과감하게 도전하고 있습니다. 이들 중 폴 앨런은 국제학술지 〈사이언스〉 기고를 통해 "우리는 이제 지식의 핵심을 알기 위해 격이 다른 투자를 해야 한다"고 말하고 있습니다. 그는 "1975년 반도체 혁명이 시작되면서 나를 비롯한 수많은 젊은 창업가가 회사를 세우고, 모든 사람을 위한 프로그램을 만들어 혁명을 일으켰다"면서 "이제 우리는 또 다른 혁명을 준비해야 한다"는 포부를 밝히고 있습니다. 앨런은 새 혁명이 일어날 곳으로 생명과학을 지목합니다. 두 차례 암 투병을 한 앨런은 뇌과학, 생명과학 연구에 막대한 돈을 쏟아붓고 있는데 지금까지 그가 각종 연구소를 세우고 기부한 돈만 20억 달러가 넘습니다. 빌 게이츠는 질병 정복으로 세계 평화를 꿈꿉니다. 게이츠는 말라리아를 '인류의 비극'이라고 부르며 영국 정부와 함께 2016년부터 5년간 5조 원 이상을 관련 연구에 투자하기로 했습니다. 2020년까지 말라리아 모기를 박멸할 수 있는 살충제를 개발하고, 말라리아 백신의 효능을 높일 계획입니다. 게이츠는 드론을 이용해 말라리아 모기를 채집하는 '프로젝트 프리모니션'도 진행하고 있는데 그가 말라리아와 에이즈 등 질병 연구에 기부한 금액은 우리 돈으로 34조 원이 넘습니다. 구글 공동 창업자인 세르게이 브린과 래리 페이지는 노화와 암 연구를 위해 헬스케어 기업 '칼리코'를 세웠습니다. 이들 역시 질병 없는 세상이 목표입니다. 두 사람은 칼리코에 지난해에만 15억 달러를 내놓았습니다. 오라클 공동 창업자인 래리 앨리슨, 델 창업자 마이클 델, 이베이 창업자 피에르 오미디아르, AOL 공동창업자 스티브 케이스, 넷스케이프의 마크 앤드리슨 등도 생명공학과 질병 정복에 막대한 돈을 내놓고 있습니다. 이들이 꿈꾸는 우주개발, 질병 치료, 에너지 사업은 장차 막대한 이익이 보장되는 분야들입니다. 이들이 꿈꾸는 것은 혁명입니다. 우주 혁명, 에너지 혁명, 생명공학 혁명입니다. 한국에도 IT산업을 통해 스타가 된 젊은 기업인들이 있습니다. 대부분 게임을 통해 돈을 벌었고 큰 부자가 되었습니다. 그러나 미국의 기업들처럼 야심찬 신규사업에 도전한다는 뉴스는 들어보지 못했습니다. 벤처업계에도 좋은 롤모델이 필요한데 우리에게는 이 대목이 몹시 아쉽습니다.

이쯤 되면 자주 인용되는 구호처럼, "바보야, 문제는 기업가 정신이야!"라는 말이 튀어나올 법도 합니다. 실제로 우리에게 기업가 정신은 태부족이며 우리나라 기업가 정신 지수가 OECD 최하위권입니다. '세계 기업가 정신 발전기구'가 태도·법·규제 등을 통해 120여 개국의 기업가 정신을 평가한 결과가 그렇습니다. 최근 한국경제연구원은 〈한국 기업가 정신의 실상과 과제〉 보고서를 내놓으며 "OECD 국가에서 소득이 높으면 기업가 정신도 높게 나타났다"며 "경제성장을 위해 기업가 정신의 고양이 필요하다"고 밝혔습니다. 올해 세계 기업가 정신 평가에서 우리나라는 OECD 34개국 중 22위에 머물렀습니다. 아시아 국가 중 대만(8위), 싱가포르(10위)보다도 크게 뒤처지는 순위입니다. 기업가 정신 지수는 크게 '열망·능력·태도', 세 가지 항목을 기준으로 제품혁신·인적자본·신사업역량·문화적 지원 등 열네 가지 하위항목별 점수를 반영해서 매겨집니다. 그중 한국은 제품혁신·공정혁신·국제화·모범 자본 등을 포함하는 '열망' 항목에서 가장 낮은 순위를 기록했습니다. 보고서는 "한국경제가 더 성장하고 소득을 향상시키려면 반드시 기업가 정신을 높여야 한다"고 강조했습니다. 이제 청년 일자리를 위한 기업의 역할 중 중소기업의 몫을 생각해보고자 합니다.

중소기업의 고민은 예나 지금이나 우수한 인재가 모이지 않는다는 데 있습니다. 좋은 사람만 모을 수 있다면 중소기업도 빠른 시간 내에 발전합니다. 다만 중소기업의 처우나 근무여건이 대기업에 비해 현저히 떨어지기 때문에 인재 확보에 애를 먹는 것입니다. 그래서 생각한 대안이 하나 있습니다. '오레이버Olabor'가 바로 그것인데, 이 대안을 받아들인다면 중소기업의 인력문제를 획기적으로 개선할 수 있습니다. 만약 중소기업이 오레이버를 대대적으로 받아들인다면 청년실업 문제 개선에도 크게 기여할 수 있습니다. 중소기업을 꺼려하는 젊은이들도 오레이버에 대해서는 호의적 반응을 보일 것이니까요.

오레이버는 배당근로자 개념입니다. '소유주Owner'와 '근로자Labor'를 합성하여 만든 이름인데, 이것은 근로자들에게 두둑한 배당권을 준다는 뜻입니다. 현행의 종업원지주제나 사주조합과 다른 점은 기업주와 오레이버 사이에 맺은 대등한 계약 아래 배당을 해줌으로써 영업성과가 실질적으로 오레이버에게 돌아간다는 점입니다. 또 하나 오레이버의 특징은, 회사가 이들에게 일일이 간섭하지 않고 독립성을 보장해준다는 것입니다. 아웃소싱 계약을 맺고 목표한 생산량을 약속한 기일 안에 만드는 것입니다. 젊은이들은 중소기업에 취직한 것이 아니라, 스스로 생산팀을 만들어 중소기업에게서 아웃소싱을 받습니다.

여기 인력난에 시달리는 섬유공장이 하나 있다고 칩시다. 공장에는 현재 여덟 명의 외국인 근로자가 일하고 있으며, 이들의 월평균 급여는 150만 원입니다. 2백 퍼센트의 보너스를 주면 1년간 모두 1억 6천8백만 원의 인건비가 들어갑니다. 이들은 서툰 한국어로 인해 의사소통이 어려워 생산성이 떨어지고 품질에서도 가끔씩 불안함을 보입니다. 이들을 감독하기 위해 공장장을 고용하고 있으며 그에게 들어가는 비용은 1년에 5천만 원입니다. 따라서 회사는 연간 인건비로 2억 1천8백만 원을 쓰고 있습니다.

이런 생산라인은 한국 청년 여섯 명이면 거뜬히 감당할 수 있는 규모입니다. 마음에 맞는 친구끼리 팀을 짜서 라인 운영을 책임질 경우 다섯 명만으로도 충분히 감당할 수 있습니다. 문제는 한국의 청년들은 이런 공장에는 가지 않는다는 점입니다. 그러므로 청년들이 가도록 조건을 맞추자는 것이 오레이버의 착상입니다. 회사로서는 기왕에 들어가던 인건비를 여섯 명에게 주면 1인당 한 달에 363만 원을 줄 수 있습니다. 중소기업으로서는 결코 작은 월급이 아니지요. 여기에 더하여 1년에 한 번 생산라인에서 벌어들인 이익을 배당금으로 나눠주는 것입니다.

이익을 3등분하여 오레이버에게 3분의 1을 주고, 3분의 1은 재투자를 위한 적립금으로, 마지막 3분의 1은 주주의 배당에 씁니다. 오레이버는 노사분규가 없고 퇴사도 없습니다. 이익이 많아야 배당도 크므로 가능한 한 모든 비용을 아끼며 주인이 자기회사 경영하듯 혼신을 다해 노력하게 될 것입니다.

회사는 이익의 3분의 1을 내놓지만 생산 안정, 품질 유지, 사고율 저하로 전체 파이가 커지므로 외국인 근로자를 쓰는 것보다 결과적으로 이익입니다. 여기에 오레이버 제도를 도입하는 중소기업에 정부가 인센티브를 제공한다면 효과가 더욱 좋을 것입니다. 이런 발상의 전환을 하면 중소기업이 살아날 수 있습니다. 더하여 청년들의 일자리도 많이 만들어낼 수 있습니다.

이 밖에도 기업이 할 수 있는 일이 많습니다. 기업의 주도로 노조와 대학이 참여하는 협약을 체결하여 일자리 창출에 앞장설 수 있습니다. 노조는 청년 일자리 수급이 안정될 때까지 과도한 임금인상이나 노사분규를 자제하는 방식으로 힘을 보탤 수 있습니다. 대학은 기업이 원하는 인재상을 교육과정에 피드백할 수 있으며 산학협력 교육에 기업 경영진이 참여하는 것도 좋은 방법입니다. 기업과 정부의 매칭으로 청년 해외정착 펀드를 운용한다면 해외로 뻗어나가는 청년들이 많아질 것입니다.

장학금 제도를 이용하여 인재도 키우고 기업이 필요한 인력을 확보하는 방법도 권장할 만합니다. 현재의 장학금은 취업과 연계되어 있지 않습니다. 장학금 따로, 취업 따로입니다. 그러면 장학금이 학비를 대주는 역할 이상을 수행하기 어렵습니다. 처음부터 장학금을 취업과 연계하여 학생을 관리한다면 상황이 달라질 것입니다. 입학 초기부터 기업이 장학생을 선발하여 장학금을 지급하면서 이들이 건전한 직장인으로 성장할 수 있도록 정기적으로 관리한다면, 장학금도 빛나고 좋은 인재도 많이 확보할 수 있습니다.

요즈음 나는 '최소량의 법칙'을 자주 생각합니다. 독일의 화학자인 유스투스 폰 리비히가 발견한 이 원리가 어쩌면 오늘의 한국사회에 너무도 잘 들어맞는다는 생각 때문입니다. 리비히는 식물생장에 필요한 열 가지 원소 중 어느 하나라도 부족하면 비록 다른 원소들이 충분해도 그 식물의 생장은 부족한 원소에 의해 제약을 받는다는 사실을 알아냈습니다. 가령 질소와 인산이 충분해도 가리가 부족하면

식물의 생장은 가리의 흡수량에서 결정된다는 것이지요. 이 법칙은 개인은 물론 국가와 같은 거대한 조직의 경우에도 적용해볼 수 있습니다.

한국은 제2차 세계대전 이후 독립한 신생국가 중 가장 눈부신 경제 건설을 이룬 나라입니다. OECD 24개국의 일원으로 선진국 반열에 올랐고, 올림픽에서는 10위권대의 성적을 거두고 있으며, 월드컵 축구에서는 4강의 기적을 만들어냈고, 무역 규모는 세계 12위에 이르며, 경제 규모는 세계 14위를 자랑하는가 하면, 살기 좋은 나라의 순위에서 18위이고, 어머니들이 살기 좋은 나라에서는 21위를 차지하고 있습니다. 아직 양에 차지 않은 점도 있고 불만족스러운 점수도 있지만 건국 반세기 만에 세계 120여 나라 중 이만한 위치를 차지하기란 결코 쉬운 일이 아닙니다.

이렇듯 여러 부문에서 골고루 상위권에 근접해 있으면서도 국민들의 생활은 별로 행복해 보이지 않습니다. 여러 지표는 호전되는데도 오히려 국민들은 자꾸만 사나워지고 세상은 날마다 시끄럽고 뒤숭숭합니다. 마치 만인을 향한 만인의 투쟁이라도 벌어지는 느낌입니다. 많은 사람들이 위기감을 느끼고 있기에 경제는 위축됩니다. 왜 이렇게 되었으며 그 원인은 무엇일까요. 우리에게 최소량의 법칙을 강요하는 요소는 과연 무엇일까요.

나는 정직성이라고 생각합니다. 국제투명성기구가 발표한 한국의 부패지수는 지난 10년을 평균한다면 세계 40위권입니다. 사회의 정직성은 흔히 사회적 자본이라고 합니다. 있으면 좋고 없어도 그만인 요소가 아니라 국가 발전을 위해 반드시 있어야 하는 요소입니다. 그런데 우리의 사회적 자본은 빈약하기 짝이 없습니다. 앞서 열거한 여러 지수와 상당한 차이로 뒤떨어진 성적입니다. 정직성이 이렇게 나쁘게 나오는 한국의 자화상을 우리 국민들도 잘 알고 있습니다. 걱정도 하고 한숨도 쉬지만 정작 이렇다 할 획기적 실천이 뒤따르지 않기 때문에 부패척결은 더디기만 합니다. 대통령의 가족을 포함한 측근들이 돈에 얽혀 감옥에 가는 나라는 OECD 국가 가운데 우리나라밖에 없습니다. 대기업들이 추문에 얽혀 사법처리를 받는 나라도 우리뿐입니다. 사회 지도층 인사들의 행태가 이렇다면 국민은 누구를 닮아야 하는 겁니까. 이런 사회 분위기를 일신하기 위해서라도 재벌 총수들이 자신의 위치를 다시 한번 돌아봤으면 합니다.

대학의 의무

    기업이 원하는 인재상과 대학이 배출하는 인재상 사이에 불일치가 있다는 것은 전 국민이 알고 있습니다. 그런데 왜 대학은 이를 해결하려는 노력을 하지 않을까요? 대학 구성원들은 '대학은 상아탑이요 학문의 요람이다'라는 방패를 앞세웁니다.

    그러나 대학 졸업자들의 심각한 실업율을 생각한다면 그렇게 한가하게 말할 때가 아닙니다. 금강산도 식후경입니다. 교수들의 자녀가 취업이 안 되어 고통을 받아도 그렇게 고고하게 말할 수 있습니까? 기업이 원하는 인재상과 대학이 배출하는 인재상의 불일치는 건너지 못할 정도의 거대한 간극이 아닙니다. 조금만 노력하고 관심을 가지면 이 불일치를 해결할 수 있습니다. 노력도 하지 않고 자꾸 "대학은 대학의 길이 있다. 대학은 취직시키는 곳이 아니다"라고 이야기하는 것은 소아병적인 태도입니다. 대학의 구성원은 자기들이 가르친 제자들이 세상에 나가 활동을 할 수 있게 해줄 의무가 있습니다. 대학으로서는 학생들이 대학의 주인이자 동시에 대학이 서비스해야 할 고객입니다. 대학은 건전한 민주시민을 양성하고 차세대 리더를 양성하는 것이 존립 목적입니다. 결코 학문이라는 목적을 부인하는 것이 아닙니다. 학생들이 취업하고 정상적인 사회활동을 해야 이상적인 목표 실현도 가능합니다. 지금처럼 학생들이 취업을 못할까 봐 졸업마저 기피하는 실정인데도, 대학은 취직시키는 기관이 아니라는 낡은 권위주의를 앞세워서는 안 됩니다.

그렇다고 해서 대학을 압박하는 정부의 취업률 평가도 좋은 시책은 아니라고 생각합니다. 공무원들은 자기들이 이렇게 압박해서 취업률이 가시적으로 오른다고 좋아하고 있을 것입니다. 그런데 이런 것이 바로 관료적 발상입니다. 청년실업 문제를 풀려면 근본적으로 인재상의 불일치를 해소하는 쪽으로 정책이 작동해야 하는데, 지금은 취업률이 얼마냐를 가지고 대학 지원금을 결정합니다. 대학은 지원금을 잘 받아야 하므로 울며 겨자 먹기로 취업률에 매달리게 되고, 급기야는 보직 교수를 중심으로 제자들을 아무 데고 취직시키려는 비정상적인 상황까지 노정되고 있습니다. 달을 보라고 하니 손가락을 보는 것과 다를 게 하나도 없습니다. 그렇게 해서 얻는 일자리가 과연 좋은 것이겠습니까?

인재상의 불일치가 대학이 해야 할 단기적 과제라면, 중장기적으로는 변화된 사회환경에 맞도록 대학교육의 일대 개혁을 해야 합니다. 세상이 엄청난 속도로 변하고 있는데 대학이 세상 변화를 따라가지 못합니다. 이상적인 교육이 되려면 대학이 사회 변화를 선도하고 지식으로 리드해야 합니다. 선진국은 다 그렇게 합니다. 대학 소재지를 중심으로 연관된 산업이 자연스럽게 꽃을 피우고, 기업은 대학과 피드백을 서로 주고받으면서 해당 분야에서 세계 제일의 경쟁력을 유지하는 것이 보통의 일입니다. 그러나 아직까지 한국에서는 대학에서 개발한 기술이 산업을 리드하는 사례가 하나도 없습니다. 사업의 성공을 거둔 사례도 찾아볼 수 없습니다. 대학이 보유한 기술이라는 것이 대부분 시간이 경과한 구식이거나 탁상공론의 지식이기 때문입니다.

요즈음 미국에는 제2의 저커버그를 꿈꾸며 벤처창업에 도전하는 대학생이 연간 무려 40만 명에 달합니다. MIT 캠퍼스엔 '예비 창업자들의 요람'이라 불리는 마틴 트러스트 기업가 정신센터가 있어, 이곳에서 학생들은 스스럼없이 어울리며 서로의 사업 아이디어를 교환하고 열띤 토론도 벌입니다. MIT 창업지원 교육의 특징은 '실용성'입니다. 단지 지식을 전수하는 게 아니라 학생들이 스스로 창업해서 배운 것을 실현할 수 있도록 지원한다는 것입니다. 그 결과 이 대학은 동문이 만든 기업 4만 개, 매년 졸업생이 새로 창업하는 기업수 9백 개라는 기록을 보유하고 있습니다. MIT는 스탠퍼드 대학교와 1~2위를 다투는 미국 내 '스타트업 사관학교'로 꼽힙니다. 한국의 대학과는 사뭇 다른 풍경이 아닐 수 없습니다. 우리 대학이 취업에 목을 매고 있을 때, 미국의 명문대학들은 창업자를 양산해내고 있으니까요. 〈뉴욕타임스〉는 얼마 전 "미국 대학들이 제2의 저커버그를 배출하기 위해 치열한 경쟁을 벌이고 있다"고 보도했습니다. 보도에 따르면, 프린스턴 대학교는 2015년 11월 3백여 평 규모의 '기업가 단지'를 개설했습니다. 창업을 목표로 하는 학생들을 적극 지원하기 위해 기존 기업가 센터를 여섯 배 이상 확대했습니다. 또 매년 여름마다 예비 창업자들이 신생기업에서 실제 사업 경험을 쌓을 수 있는 인턴십 프로그램도 운영합니다. 코넬·펜실베이니아·UC버클리·예일·컬럼비아·뉴욕주립대 등도 이와 비슷한 대규모 창업지원 단지를 조성하고, 다양한 창업지원 프로그램을 운영 중입니다. 비교적 보수적인 하버드 대학교 역시 2011년 기업가육성센터를 열어 이미 75개 스타트업을 배출했습니다. 기업가 정신 육성재단인 '유잉 매리언 카우프만 재단'에 따르면, 1985년 미국 전체 대학에 250여 개에 불과했던 창업지원 교육프로그램은 2013년 5천여 개로 크게 증가했습니다. 〈뉴욕타임스〉의 보도에 따르면 미국 대학이 이렇게 창업교육에 열의를 쏟는 이유는 학생들의 수요에 부응하기 위해서라고 합니다. 2015년에 스타트업 지원을 위해 수백만 달러를 투자하겠다고 밝힌 라이스 대학교의 데이비드 리브론 총장은 "요즘 대학생 상당수가 '나는 세상을 바꿀 아이디어가 있고 대학에 가서 그걸 현실화시키겠다'는 꿈을 갖고 진학한다. 대학은 그런 학생들을 위해 무엇을 해야 할지, 어떻게 그들을 이끌어야 할지 고민해야 한다"고 말합니다.

순위	대학교	지원 내용
1	스탠퍼드	융합적 사고, 창의적 아이디어 창출 돕는 d스쿨 운영
2	MIT	예비 창업자에게 최고 2만 달러 창업자금 지원
3	UC버클리	스타트업 경연대회를 열어 약 1백만 달러 상금 수여
4	코넬	금융계와 연계한 벤처 생태계 조성 위해 뉴욕에 IT 캠퍼스 개설
5	UCLA	학생들이 2백만 달러 사업자금 운영할 기회 부여
6	캘리포니아 공대	예비 창업자 캠프 열고, 실리콘 밸리 현장실습 기회 부여
7	브라운	실리콘 밸리 기대주 스타트업 일군 동문 다수 보유
8	프린스턴	스타트업 경연대회 개최. 1만여 명 기업가 동문 네트워크 보유
9	다트머스	졸업생들이 미국 내 유명 프랜차이즈 다수 설립
10	페퍼다인	사회적 기업가 과정 석사 등 특화된 프로그램 운영

[창업지원을 많이 하는 미국 대학 톱 10]

대학이 상아탑 이미지를 허물고 스타트업 산실로 탈바꿈하는 추세는 일본 최고 명문인 도쿄 대학교에서도 발견할 수 있습니다. 얼마 전 〈월스트리트저널〉은 "수많은 총리와 관료를 배출한 보수적인 도쿄 대학교가 실리콘 밸리의 도전정신을 캠퍼스에 도입하려 한다"고 보도했습니다. '아베노믹스'를 추진하는 아베 신조 총리는 "교육기관을 혁신의 중심으로 삼겠다"고 공언하고 있습니다. 도쿄 대학교 교수나 학생들이 창업한 스타트업은 작년 8월 기준 240여 개로 5년 전과 비교해 두 배가 넘게 늘었습니다. 이중 열여섯 개가 기업공개를 했고, 이들의 시가총액만 총 80억 달러에 달한다고 〈월스트리트저널〉은 전했습니다. 도쿄 대학교 졸업생으로, 벤처캐피털인 '도쿄 대학교 에지 캐피털'을 창업한 도모타카 고지 회장은 "과거엔 도쿄 대학교 졸업생 진로가 대개 대기업 취업이나 관료였다면, 최근엔 스타트업 설립을 목표로 하는 학생들이 늘었다는 것을 피부로 느낀다"고 말합니다.

창업과 벤처비즈니스에 관련해서 하버드 대학교의 〈창업백서〉를 우리 대학들이 참고할 필요가 있습니다. 하버드 대학교 경영대학원에서 11년간 창업가 정신 강의를 한 대니얼 아이젠버그 교수는 세계 45개국의 창업 사례를 연구하고 나서 "창업가라고 해서 꼭 혁신적일 필요는 없다. 전문가가 아니어도 상관없고, 젊지 않아도 얼마든지 창업에 성공할 수 있다. 엔지니어들이 차고에 앉아 첨단 기술을 개발하는 게 다가 아닐 뿐 아니라 처음부터 대단한 아이디어라는 찬사를 받아야 성공하는 것도 아니다"라고 결론지었습니다. 아이젠버그 교수는 이런 주장과 사례들을 담아 2013년《하버드 창업가 바이블》(국내 2014년 출간)이라는 책을 냈습니다. 더 깊이 공부하기 위해 일독을 권합니다.

지금 한반도 주변에는 두 개의 격랑이 몰아치고 있습니다. 이것은 우리에게 기회이자 동시에 위험이기도 합니다. 격랑의 첫 번째는 정보통신의 혁명으로 일컬어지는 제3의 물결이요, 다른 하나는 국경이 사라지는 국제화의 물결입니다. 두 개의 격랑은 우리에게 결단을 요구합니다. 지식정보산업에 건곤일척乾坤一擲의 승부를 걸라는 요구와 함께 이 물결에서 낙후되면 국제사회에서 1등 국가가 될 수 없다는 엄중한 경고도 발하고 있습니다. 여기에 우리 대학이 어떻게 응전할 것인지 답을 내놓아야 합니다. 새로운 변화의 물결에 효과적으로 응전하려면 콘텐츠가 필수적이고 콘텐츠는 인문고전에서 길어 올릴 수 있습니다. 지금처럼 수동적이고, 소극적이고, 무사안일한 대학 운영으로는 이런 거대한 도전에 아무것도 기여할 수 없습니다. 그야말로 대오각성이 필요한 순간입니다. 그런데 대학에서는 지난 20여 년간 총장 직선제를 도입함으로써 정치력 좋고 수완 좋은 사람들이 총장에 선출되는 진풍경이 벌어졌습니다. 그 바람에 덕망과 실력으로 교수들을 리드하는 총장은 자취를 감추었습니다. 이대로 가면 대학이 정말 위험합니다.

간 질환을 앓아본 사람들이 공통적으로 고백하는 당혹감이 하나 있습니다. 발병하기까지 아무런 통각을 느끼지 못한다는 사실입니다. 통각을 느껴 병원에 가면 간암이라거나 간경변이라는 무서운 소리를 듣게 되는 것입니다. 큰일이 터져야 비로소 알게 된다는 점에 간질환의 치명성이 있습니다. 한국 교육의 현 주소가 이와 비슷합니다. 현실은 혁명을 부르고 있으나 정작 책임 있는 교육 당국자들은 아무런 통각이 없기 때문입니다.

독일의 교육 현실에 밝은 김누리 중앙대학교 교수는 한국 교육에 대해 비판의 수위를 높이는 사람입니다. 그는 언론 기고문을 통해 "한국의 교육은 차라리 반교육에 가깝다"고 비판하면서 본래 교육이란 '개인의 잠재력을 끌어내는 것'이며, '교육하다'를 뜻하는 영어의 'educate'나 독일어의 'erziehen'이나 본뜻은 '밖으로 끌어내다'라는 의미라고 말합니다. 세상의 온갖 지식을 '안으로 욱여넣는' 것이 아니라, 저마다 다른 개인의 재능을 이끌어내는 것이 교육이라는 것입니다.

김 교수의 의견대로 학교는 단순히 지식을 가르치는 곳이 아니라, 인간적 기품과 소양을 기르는 곳이라야 합니다. 오로지 '학습'에만 목을 맬 뿐, 정작 교육의 본령인 인간적 품성을 키우는 데 한국처럼 소홀한 나라는 지구상 어디에도 없습니다. 그는 "독일 교육은 한국 교육과 대척점에 서 있다는 점에서 눈여겨볼 가치가 있다. 독일 학교에서는 학생들을 등수로 줄 세우지 않는다. 아예 석차라는 것 자체가 없다. 경쟁이 아니라 협력이 교육의 기본정신이기에 부진한 학생의 첫 번째 도우미는 항상 동료 학생이다. 다양한 차이가 있을 뿐 획일적인 우열이 없으며, 다채로운 개성이 있을 뿐 일등도 꼴찌도 없다. 학생은 학교에서 행복감을 느끼고, 부모는 학교 교육에 만족한다"고 설명합니다.

그는 또 "지식의 습득만을 절대시하는 '학습기계'가 성숙한 인격체로 성장하는 것은 불가능하다. 오히려 최고의 학습기계는 최악의 괴물이 될 위험성이 높다. 우병우, 진경준, 홍만표, 나향욱…… 한국 교육이 키워낸 최우등 '괴물들'의 적나라한 비루함은 오늘 우리에게 교육혁명의 절박함을 증언하고 있다"고 지적합니다.

김 교수의 이런 문제제기는 그동안 한국 교육에 문제가 많다고 생각하면서도 막상 문제점을 체계적으로 적시할 수 없었던 수많은 학부모와 학생들의 머리를 정리해준다는 점에서 의미가 큽니다. 과연 교육이 무엇이냐는 기본 명제를 다시 생각하게 만들기 때문입니다.

대학의 근본적 변화를 이야기할 때 자주 등장하는 예화가 바로 시카고 대학교의 성공담입니다. 시카고 대학교는 석유 재벌 록펠러가 세운 학교인데 초기에 3류 취급을 받았습니다. 그러다가 1929년 5대 총장인 로버트 허친스를 만나면서 팔자가 바뀌었습니다. 허친스는 학생들에게 고전 1백 권을 공부시켰습니다. 학교 안팎의 반발이 심했고 느슨한 학습방식에 길들여져 있던 3류 대학생들은 비명을 질렀습니다. 초기에는 별다른 변화가 없었지요. 그러나 독서량이 50권을 넘어가면서 학교 분위기가 바뀌기 시작했습니다. 학생들은 질문했으며 토론하고 사색에 잠겼거든요. 학생들의 자신감이 높아졌음은 말할 나위도 없지요. 허친스가 개혁을 시작한 지 85년이 지난 현재 시카고 대학교는 85명이나 되는 노벨상 수상자를 배출했습니다. 단연 세계 최고 수준입니다. 2016년 미국 대통령 선거전에서 돌풍을 일으킨 버니 샌더스도 이 대학교 출신입니다. 이런 놀랄 만한 사례는 세인트 존스 대학교에서도 찾아볼 수 있습니다. 그 대학교는 학과나 전공이 아예 없고, 커리큘럼이라고는 4년간 고전 1백 권 돌파가 전부입니다. 세인트 존스 대학교 신입생 가운데 중고교 성적이 상위 10퍼센트 안에 들었던 사람은 10퍼센트에 불과합니다. 그런데 고전 명작으로 세례를 받고 나면 4년 뒤 큰 변화가 일어납니다. 학자와 사상가들이 쏟아져 나오는 것입니다. 그런데 수재들의 요람이라고 하는 아이비리그에서는 월급쟁이들이 쏟아져 나옵니다. 이런 교육개혁의 사례는 한국의 대학들에게 주는 큰 울림이 아닐 수 없습니다.

싱가포르의 발전이 가능했던 이면에는 정치지도자 리콴유 수상의 리더십이 있었음을 부인하기 어렵습니다. 비록 반대자들에게 독재자라는 욕을 먹는 일도 있지만, 그는 고독한 섬나라를 선진국으로 변화시킨 기적의 리더입니다. 싱가포르는 마시는 물까지 이웃 말레이시아에서 사다 먹는 자원 빈국입니다. 제2차 세계대전 이후에 독립한 가난한 신생국이었습니다. 그런 싱가포르가 리콴유의 리더십에 힘입어 기적을 이룬 것입니다.

언젠가 리콴유 수상은 싱가포르 대학교에서 행한 강연에서 미국을 이렇게 평가했습니다.

"세계 최강자는 미국이다. 어떻게 강할 수 있는가? 거기에는 분명한 네 가지 답이 있다. 첫째는 개인의 자립과 자존심이다. 둘째는 기업가에 대한 존경심이다. 셋째는 실패에 대한 과감한 수용이다. 넷째는 소득격차에 대한 사회적 관용이다."

같은 맥락에서 리콴유 수상은 싱가포르 국민들에게 이런 충고를 남겼습니다. 우리 대학도 참고할 이야기입니다.

1. 유능한 사람은 기업으로 가라.

2. 국민들은 창업자를 존경하라.

3. 사회는 빈부격차를 받아들여라.

4. 학계 인사들은 기업으로 가라.

5. 기업 실패를 과감히 수용하라.

6. 국민들은 자립정신을 함양하라.

7. 다국적 기업의 활동을 도우라.

—

가정의 변화

취업문제로 고민하는 부모 몇 사람이 이름 있는 기업인을 찾아갔습니다. 기업인은 여러 회사를 소유하고 있었고 사원만 줄잡아 10만 명에 이르렀으므로 부모들은 자기네 자녀 몇 명쯤이야 쉽게 받아줄 것이라고 기대했습니다. 부탁을 받은 기업인은 이렇게 말을 시작합니다.

"제가 몇 가지 질문을 여러분들께 드릴 터이니 확실히 답해주시기 바랍니다."

운을 뗀 기업인은 이야기를 이어나갔습니다.

"여러분들이 조그만 가게를 하나 냈다고 가정해봅시다. 직원 한 사람을 채용하려는데 어떤 사람을 고르실 것인지 답하시면 됩니다.

첫째, 부지런한 사람과 게으른 사람 중 누구를 뽑겠습니까?

둘째, 시키지 않아도 자기 일을 알아서 척척 하는 사람과 시키는 일만 하는 사람 중 누구를 뽑겠습니까?

셋째, 매사 정직한 사람과 가끔씩 눈속임을 하는 사람 중 누구를 뽑겠습니까?

넷째, 주인이 사나흘 가게를 비워도 평소처럼 일하는 사람과 주인이 없으면 근무자세가 풀어지는 사람 중 누구를 뽑겠습니까?

다섯째, 동료나 고객, 거래선 등과 기분 좋게 협력하는 사람과 주위와 자주 충돌하는 사람 중 누구를 뽑겠습니까?

마지막으로, 출근시간을 잘 지키는 사람과 가끔씩 지각하는 사람 중 누구를 뽑겠습니까?"

여섯 가지 질문이 이어지는 동안, 부모들은 한 번도 정답을 놓치지 않았습니다. 부지런하고, 자기 일을 알아서 하며, 정직하고, 주인이 없어도 성실하게 일하며, 주위 사람들과 잘 협력하고, 시간을 잘 지키는 사람을 뽑겠다고 거침없이 답했습니다. 그러자 기업인은 이제 마지막 한 가지 질문에만 자신 있게 답하면 당장이라도 자녀들을 채용하겠노라고 약속했습니다.

기업인이 마지막 질문을 던졌습니다. 그러나 부모들은 마지막 질문에 아무도 입을 떼지 못했습니다. 대신에 그들은 고개를 숙이고 말았습니다. 마지막 질문은 이것이었습니다. "여러분의 자녀는 여섯 가지 질문에 모두 합격점을 받는 사람들입니까?"

한참의 침묵 끝에 기업인이 입을 열었습니다. 회사의 리더로서 자신이 가장 신경 쓰는 일은 좋은 일꾼을 확보하고 키우는 일이라고 털어놓았습니다. 길을 가다가도 믿음직스러워 보이는 사람이 있으면 혹시 저 사람이 인재가 아닐까 상상해본다고 했습니다. 거래 업체의 임직원을 만날 때도 함께 일할 만한 인재인지 은밀히 관찰한다고 했습니다. 자기의 유일한 취미가 낚시인데 낚시터에 가서도 어디 좋은 인물이 없을까 살펴본다고 했습니다. 그가 애써 찾는 일꾼은 학부형들도 이미 동의한 그런 유형의 사람이라는 것이었습니다. 기업인은 마지막으로 이렇게 당부했습니다. "자녀들에게 이 말을 꼭 전해주세요. 세상에 일자리가 부족한 것이 아니고, 세상이 필요로 하는 좋은 일꾼이 부족하다는 것을."

어느 각도에서 보더라도 한국사회는 지금 정상이 아닙니다. 일일이 사례를 열거할 필요도 없이 각계각층이 문제투성이입니다. 어디 한두 군데라야 해결할 수 있을 텐데 총체적 문제가 여기저기서 드러나 그야말로 혁명적 수준의 '국가개조'가 필요합니다. 국가를 개조하려면 사람이 중심이 되어야 하는데 그러자면 사람을 낳고 기르는 가정이 제일 중요합니다. 가정교육이 모든 교육의 기초이니까요. 교육학계에서는 '어머니 무릎학교'를 가장 위대한 학교로 간주합니다. 그런데 한국의 무릎학교는 제대로 작동하지 않습니다.

그다음은 학교 교육인데, 이 역시 문제투성이임을 우리 모두가 알고 있습니다. 알면서도 고치지 못한 채 오랫동안 이리저리 표류해온 문제이기도 합니다. 교육은 왜 문제가 되었을까요? 교육자들이 진단하기로는 한국 교육의 비정상적 과열현상은 부모가 자식을 통해 대리 보상을 받으려는 '한풀이' 구조 때문이라고 합니다. 최근 한국대학총장협회와 한국학중앙연구원이 주최한 '한국사회의 위기 진단과 대응 전략' 세미나에서 나온 이야기입니다. 이날 학자들은 "입시 지상주의 교육관에서 벗어나지 못한 부모들이 자신의 소원을 자식을 통해 성취하려는 '한풀이'가 고착화되어 있다"고 지적했습니다. 이들은 또 "이 같은 한풀이 교육이 '입시지옥'을 낳는다"고 주장했습니다. 대학입시에 모든 교육이 집중되면서, 입시의 성패가 마치 인생의 성패인 것처럼 비약되고, 직업 선택조차 자아성취의 의미가 아닌 인생 성패의 과정으로 인식한다는 것이지요. 교육 전문가들은 왜곡된 교육문화를 바꾸기 위해 부모들의 양육 태도에 변화가 필요할 뿐 아니라 '교육 패러다임의 전환'이 필요하다고 주장합니다. 단순히 '학위'가 사회적 성공이 아닌 창의성과 도전정신, 도덕이 결합된 '학력'을 갖춘 사람이 우대받는 체제로 전환하자는 주장입니다.

"한국인은 숨쉬는 것처럼 거짓말을 일삼는다."

얼마 전 일본의 한 잡지가 보도한 기사의 제목입니다. 이 잡지는 경찰청 통계를 인용하며 "2000년에 한국에서 위증죄로 기소된 사람은 1198명, 무고죄는 2956명, 사기죄는 5만 386명이었지만, 2013년에는 위증죄가 3420명, 무고죄 6244명, 사기죄 29만 1128명으로 급증했다"면서 "이는 일본과 비교하면 66배나 많은 수치이며 인구 규모를 감안해보면 무려 165배가 많은 것"이라고 했습니다. 특히 사기

피해액은 43조 원에 이르는데, 이는 한국이 세계 제일의 사기 대국이자 부패 대국이라는 증거라고 덧붙였습니다. 이어 잡지는 "한국 정치인이나 공무원들은 많은 뇌물을 받고 있으며, 특히 전두환 이후의 대통령들은 모두 본인이나 친족에게서 뇌물을 받거나 부정 축재를 한 혐의가 발각되었다"고 썼습니다. 잡지는 "나라 전체가 거짓말 학습장으로, 대통령 등 영향력이 큰 사회 지도층들이 대담하게 거짓말을 한다"고 전했습니다.

이 보도가 '독도를 자기네 땅'이라고 우기고, 종군위안부의 존재를 인정하지 않는 나라에서 나온 것이라서 찝찝합니다. 기분은 좋지 않으나 우리의 모습이 세계인들에게 어떻게 투영되고 있는지를 볼 수 있는 사례로 받아들여야 할 것 같습니다. 특히 국민의 정직성에 대해서는 앞에서도 문제를 제기했지만, 국제 표준을 놓고 본다면 심각한 수준입니다. 정직은 사회적 자본이기 때문에 나라 발전에 꼭 필요한 영양소입니다. 정직하지 않으면 결국 망한다는 것이 인류가 그동안 밝혀낸 역사적 법칙입니다. 이 법칙을 거스르고도 발전하기를 기대할 수 있을까요? 정직성도 가정에서 그 씨앗이 심어지는 중요한 덕목입니다.

그뿐이 아닙니다. 우리 가정교육은 여러 가지로 병들어 있습니다. 소파 방정환이 어린이날을 만든 지 반세기 만에 자녀들은 이 땅의 완전한 주인이 되었습니다. 대부분의 가정에서 주인은 어린 자식들이고 어른들은 자식들을 위해 봉사하는 일꾼에 가깝습니다. 휴일도 바캉스도 대부분 어린이를 중심으로 짜고 부쩍 잦아진 외식도 어린이의 입맛이 향방을 결정합니다. 어린이가 무엇을 갖고 싶다고 하면 최대한 빨리 그 소원을 들어주려고 애쓰는 부모가 늘고 있지요.

집에서 잘못 가르친 어린이들은 작은 폭군이 되어 공공질서 같은 것은 안중에도 없고 기차를 타도 무례한 아이들 천지요, 음식점에 가도 버르장머리 없는 아이들 세상입니다. 한 나라의 제일 고급 기차에서 어린이를 동반한 부모들에게 어린이 단속을 잘하라고 방송하는 경우는 아마도 우리나라뿐일 것입니다. 만약 소파가 다시 태어난다면 이번에는 어린이를 방목하듯이 놓아 키우지 말고 사람이 되는 교육을 시키자고 외치게 될지도 모릅니다.

40여 년 전 사회생활을 갓 시작할 때 알게 된 이웃집이 있습니다. 부부가 모두 명문대학교를 나왔고 좋은 직업을 가지고 있었으며 슬하에 삼남매를 두고 다복하게 살고 있었습니다. 그런데 단 한 가지 그 부모의 행동 중에 납득이 가지 않는 것이 있었는데 그게 바로 익애溺愛에 가까운 자식 사랑이었습니다. 한번은 식사 초대를 받아 갔는데 초등학교 다니는 아이가 밥 먹기 싫다고 떼를 쓰자 어머니가 밥그릇을 들고 쫓아다니면서 밥을 떠 먹여주는 것이었습니다. 시간이 흘러 그렇게 자란 아이들이 모두 명문대학을 나왔고 그중에는 외국에 유학하여 박사가 된 자식도 나왔습니다. 부모들의 유난스러운 자식 사랑은 그 이후에도 계속되어 조상의 제사까지도 유학간 아들의 귀국에 맞춰 날짜를 변경했다는 소식을 들었습니다.

얼마 전 그 아버지의 부음을 듣고 찾아간 상가에서 많은 사람들이 수군거리는 소리를 들었습니다. 자식들 교육시키랴 시집 장가보내랴 부모는 이제 재산도 없는 노인이 되었고 그나마 병을 얻어 심한 고생을 했다는 것이었지요. 그런데도 자식들이 한 달에 한 번도 들여다보지 않는다는 이야기였습니다. 자식을 우상처럼 받들어 모신 부모의 쓰라린 귀결이었습니다.

태산이 아무리 높아도 하늘 아래 있듯이 자식이 아무리 사랑스러워도 부모의 권위까지 침범하게 해서는 안 됩니다. 자식을 사랑하되 법도에 맞게 키우는 것은 부모의 의무입니다. 자식을 우상처럼 키우면 부모와 자식이 함께 공멸의 길로 가기 때문입니다. 한국인의 자식 사랑, 그 익애의 행렬을 멈추고 한 번 돌아볼 때가 되었습니다.

가정교육의 문제를 생각하다 보면 부모 역할처럼 소중한 일에 면허가 없다는 아이러니를 발견하게 됩니다. 유치원 선생님도 면허가 있어야 합니다. 초중고 교사도 국가면허 소지자입니다. 그런데 대학교수는 면허가 없습니다. 물론 교수 임용에 따른 기본적인 자격요건이라는 것이 있기는 하지만 국가의 면허는 없습니다. 고학년이 될수록 교육이 중요하다고 인식되는데 정작 대학교수에게 면허가 없는 걸 보면 면허와 교육의 중요성은 큰 관계가 없는 모양입니다.

세상에는 이렇듯 중요한 일에 면허를 요구하지 않는 경우가 종종 있습니다. 그중의 하나가 바로 부모의 자격입니다. 한 생명을 낳아서 길러 세상에 내놓는 과정이 얼마나 중요하고 소중합니까! 또 그

기나긴 세월이 얼마나 힘들고 어렵습니까! 그런데 부모 되는 일에는 면허가 없습니다. 그래서 모두 무면허입니다. 오토바이 하나만 몰고 길에 나가려 해도 면허가 필요한 판에, 소중한 자식들을 몰고 세상에 나가는데 면허가 없으니, 자식 키우는 일에서 부모들이 넘어지고, 부딪혀 깨지고 다친 상처가 오죽 많습니까! 무면허 부모가 입는 상처도 그렇거니와 면허 없는 부모 때문에 함께 깨지고 다쳐 상처 입는 자식들의 아픔은 또 오죽 많겠습니까! 지금 가던 길을 멈추고 우리의 가정교육이 옳은 것인지, 그렇게 교육시킨 아이들이 오늘날 어떤 인간으로 성장했는지 돌아봐야 합니다.

한 언론기관의 조사에 따르면 기성세대 가운데 돈이 최고라고 생각하는 사람들이 70퍼센트에 이릅니다. 매우 경도된 생각이지요. 돈이 신이고 왕이며, 모든 것이 된 것은 부모 시대의 가치관 때문입니다. 자라나는 아이들은 그런 생각을 가진 부모에게서 영향을 받을 것입니다. 벤저민 프랭클린은 '돈으로 무엇이든 할 수 있다고 생각하는 사람은, 돈을 위해서라면 무엇이든 할 사람'이라고 했습니다. 부모가 솔선수범하여 올바른 가치를 세워야 합니다. 밥상머리 교육의 부활도 필요합니다. 가령 주 1회 가족 대화의 시간을 정하고 그날만큼은 모든 식구가 밥상에 둘러앉아 대화를 나누면서 인생의 가치에 대해서 토론하고, 더불어 사는 지혜를 추구한다면 좋은 가정교육이 될 것입니다.

"너만 1등해라. 너는 살아남아라." 오늘날 가정들은 대개 이렇게 교육을 시키고 있습니다. "더불어 살자. 친구들하고 사이좋게 지내라. 같이 발전해라"라고 교육시켜야 합니다. 이렇게 교육하는 집이 극소수입니다. 이렇게 교육을 시키려다가도 우리 애만 손해 보면 어떡하지 하는 두려움에 올바른 교육을 포기합니다. 이렇기에 대부분 아이들이 수단과 방법을 가리지 않고 1등을 하려고 하고 세속적 의미의 성공을 하려고 합니다. 성공의 개념도 잘못 세워져 있습니다. 가정에서 자녀들의 독립심을 길러주고 전도된 가치관을 바로 세우는 교육을 시켜야 합니다. 아버지의 역할을 회복하여 사회생활에 필요한 덕목을 전수하고 성품에 기반한 사회교육을 해야 합니다. 가정에서부터 책임감과 도전의식을 고취시켜야 아이들이 실패를 두려워하지 않고 도전하는 젊은이로 성장할 수 있습니다.

얼마 전 국책기관 임원 한 분을 만났더니 최근에 채용한 신입사원들 때문에 고민이 많다고 털어놓더군요. 대한민국 최고의 대학을 졸업하고 3백 대 1의 경쟁을 통과해 들어온 청년들이 사회에 대한 인식이 부족하고 시대정신이 무엇인지에 대해서는 관심도 없더라는 것이었습니다. 앞으로 이 사람들이 대한민국의 경제에 중요한 역할을 감당해야 할 것인데 과연 그럴 수 있을지 걱정이 앞선다는 것이었습니다. 무엇부터 가르쳐야 제대로 된 사회인을 만들 수 있을지 막막하다는 이야기도 덧붙이더군요. 이분은 이런 현상이 가정에서의 과잉보호와 스펙에만 매몰된 학교 교육이 빚어낸 결과물이라고 해석하시더군요.

책을 쓰는 도중에 한 신문에 서평이 실렸습니다. 스웨덴 교육학자 다비드 에버하르드가 쓴《아이들은 어떻게 권력을 잡았나》라는 책입니다. 아이들의 요구에 무조건 끌려가는 교육은 잘못된 것입니다. 부모들이 아이들에게 "노no"라고 말할 수 있어야 한다는 것이 이 책의 골자입니다. 일독을 권해봅니다.

성경은 말합니다.

"어떤 것이 사람답게 사는 길인지 어린아이에게 가르치라. 그러면 늘그막에도 그 가르침이 머릿속에서 떠나지 않으리라."

청년이 나아갈 길

미국이 오늘날 세계 최강국이 되기까지 세 번의 국민적 각성기를 거쳤다고 합니다. 첫 번째는 18세기 후반의 독립운동기입니다. 미국은 이때 대영제국을 상대로 독립전쟁을 벌여 독립을 쟁취했습니다. 두 번째는 19세기 중반의 흑인 노예해방기입니다. 미국은 이때 북부 연방군과 남부 연합군으로 갈라져 남북전쟁을 치렀습니다. 세 번째는 20세기 초엽의 경제개혁기입니다. 시어도어 루스벨트 대통령의 주도로 안티 트러스트 법이 만들어지고 이때 재벌회사를 강제로 쪼개는 개혁을 단행함으로써 경제 민주화를 이루었습니다. 이 세 번의 각성기가 없었더라면 미국은 아직도 대서양 연안에 붙어 있는 영연방 국가에 불과하거나, 아직도 흑인 노예들을 부리는 미개한 나라로 남아 있거나, 혹은 사실상 재벌들이 나라를 좌지우지하는 물신주의의 나라로 남아 있을지도 모릅니다.

만약 한국의 근대사를 국민적 각성의 프리즘으로 들여다본다면 어떻게 될까요? 나는 우리 청년들이 이런 역사인식에 관심을 가져주기를 바라고 있습니다. 이와 함께 청년들에게 각박한 현실문제에서 눈을 돌려 더 큰 눈으로 세상을 보기를 권합니다. 지금까지의 좁은 시야가 아닌, 거인의 눈으로 인류 역사를 일별하기를 권한다는 이야기입니다. 이를 위해서는 미국의 천체물리학자 칼 세이건이 만든 우주달력을 소개하는 것이 좋겠습니다. 《코스모스》의 저자로 친숙한 세이건은 《에덴의 용》이라는 책에서 '우주달력'을 소개했습니다. 우주달력은 1월 1일 0시를 대우주의 탄생으로 잡고, 현재 우리가 살고 있는 이 순간을 12월 31일 밤 12시로 삼아, 우주 138억 살의 역사를 1년짜리 달력으로 만든 것입니다. 우주달력을 보면 인간이 이룩한 문명이나 역사가 유구한 우주의 시간에 비해 짧은 찰나에 불과함을 실감하게 됩니다.

은하계가 혼돈 속에서 자취를 나타낸 것이 5월 1일이며, 8월 31일에 태양이 출현하고, 지구는 가을학기가 시작되는 9월 1일경에 생겨납니다. 9월 21일에 지구상에 생명이 태동하고, 11월 9일에 와서 미생물이 출현하며, 12월 17일에 동식물이 등장하고, 12월 28일에 최초의 꽃이 핍니다. 한때 지구를 주름잡던 공룡들은 크리스마스인 12월 25일에 나타났다가 닷새 뒤에 사라집니다. 12월 31일 밤 11시 55분경에야 사람들이 농사짓는 법을 배우고 이때부터 인류가 정착생활을 하게 됨으로써 '제1의 물결'이라 일컫는 농경시대가 열립니다.

그 막강했던 로마제국은 12월 31일 밤 11시 59분 58초에 망하며, 르네상스는 11시 59분 59초에 일어납니다. 자정 7초 전 모세가 출현했고, 6초 전 석가가 탄생했으며, 5초 전 예수가 태어납니다. 자정 1초 전에 와서야 인류는 과학을 통해 자연의 비밀과 법칙을 발견하기 시작합니다. 59분 59초를 지나는 순간에 인류는 제2의 물결인 산업혁명을 경험했고, 연이어 제3의 물결인 정보화 사회를 겪고 있습니다.

우리들의 역사란 실로 마지막 1초 사이에 일어나고 있는 사건들이며, 대우주의 장엄한 역사에 견주어볼 때 스쳐 지나가는 찰나에 불과합니다. 청년들은 이런 거대한 스케일의 우주달력을 가끔 생각해 봐야 합니다. 그러면 지금까지 보아온 세상이 새롭게 느껴질 것이니까요.

그런 거대한 눈을 가지고 직업과 가치의 관계를 생각해보기로 합시다. 이 대목이 매우 중요합니다. 청년실업 문제의 가장 중요한 해법이 이와 깊이 관련되어 있으니까요. 먼저 업業의 핵심가치에 대한 이야기입니다.

월스트리트의 역사를 뒤져보면 누구나 J. P. 모건이 대단한 인물이었음을 금세 알게 됩니다. 그는 에디슨 전기와 톰슨휴스턴 사를 합병하여 오늘날의 제너럴일렉트릭을 만들고, 카네기 철강과 몇 개의 회사를 묶어 US스틸을 탄생시키는 등, 미국 경제의 기반을 튼튼히 함으로써 금융이 나라 발전에 기여하는 모범을 보여주었습니다.

그를 더욱 유명하게 만든 것은 비즈니스 방식이었습니다. 탐욕과

투기꾼들의 농간이 극성을 부리던 월가에서 모건은 원칙과 정도를 지킴으로써 사업은 물론 금융계의 문화를 바꾸는 일에서도 성공을 거두었거든요. 나이 들어 의회 청문회에 나갔을 때 모건은 자신의 첫 번째 성공요인은 신용이었다고 회고했습니다. 이때 그가 남긴 '신용 없는 사람과는 비록 예수님 나라에서 발행한 채권을 내놓아도 거래 하지 않을 것'이라는 증언은 월가의 잠언이 되었습니다.

모건이 활동하던 시기만 해도 미국은 '성품 윤리Character Ethics'의 사회였다고 학자들은 진단합니다. 연구자들이 미국독립 2백 주년을 앞두고 건국 이래 미국사회에서 성공을 다룬 연설, 논문, 책자, 신문 보도를 분석해본 결과, 건국 초기 150년간은 성품 윤리가 강조되다 가 이후 50년간은 '성격 윤리Personality Ethics'가 강조되고 있음이 밝 혀졌습니다. 성품 윤리는 근면, 성실, 정직, 책임감, 신용 같은 고전적 가치를 중요시합니다. 반면 성격 윤리는 대인관계를 원활하게 해주 는 대중적 이미지, 연설법, 차림새 등 겉모양과 스타일에 무게를 둡 니다. 예를 들자면 전반기에는 조지 워싱턴이 아버지의 나무를 잘라 놓고 정직하게 잘못을 고백했다든지, 링컨이 빌려온 책에 문제가 생 겼을 때 수십 리 길을 찾아가 용서를 빌었다는 일화가 성공의 교훈 이 되었습니다. 그러나 후기에 와서는 선악이 뒤범벅된 무법자가 영 웅이 되고, 목적을 위해 수단방법을 가리지 않는 풍조를 보이기 시작 했다는 것입니다.

모건이 월가를 떠난 지 85년 되는 지난 2008년 월가에서 사상 최악의 금융사고가 터졌습니다. 그 여파로 세계경제는 아직도 정상 궤도에 오르지 못하고 있습니다. 이 사고가 나기 10년 전 한국에서 IMF사태로 불리는 외환위기가 터졌을 때 하버드 대학교에서 로런스 서머스 당시 미국 재무차관의 강의를 들을 기회가 있었습니다. 이때 서머스는 한국의 외환위기를 "가난뱅이가 부자의 돈을 빌려 더 가난한 사람에게 돈놀이하다 터진 사고"라고 비유하더군요. 가난뱅이는 한국이고, 부자는 미국이며 더 가난한 사람은 동남아 국가를 뜻합니다. 월가의 금융사고를 서머스 식으로 풍자하자면 "난쟁이들이 별을 따보겠다고 장대를 메고 성벽을 오르내리다 추락한 사건"입니다. 난쟁이는 투자은행을, 별은 많은 돈을, 장대는 과도한 차입금을 그리고 성벽은 위험한 자본시장을 뜻하지요.

왜 이런 문제가 터졌을까요? 드러난 현상만을 놓고 보면 영리한 금융공학도들이 만들어낸 현란한 파생상품이 초래한 재앙입니다. 그러나 그 현상 너머에는 금융이라는 업業의 기본과 금융인이라는 직업의 핵심가치를 망각한 월가의 윤리의식이 도사리고 있습니다. 그동안 월가에서는 실물경제의 동반자라는 금융업의 기본이 외면되었고 정직과 신용이라는 금융인의 핵심가치가 홀대되었습니다. 이런 분위기는 성격 윤리가 강세를 띠는 세상 분위기와도 무관치 않았으리라 짐작됩니다. 땀 흘려 부지런히 일하려는 자세보다는 쉽게 일하고 많이 벌려는 풍조가 팽배하기 때문이지요.

여러 징후로 보아 한국도 의심의 여지가 없는 성격 윤리의 사회입니다. 신용, 정직, 근면, 성실 같은 단어는 사선 속으로 퇴장하고 한 국사회를 이끄는 각계각층의 지도자들을 보더라도 그들에게서 성품 윤리의 모범을 찾기 어려운 것이 현실입니다. 셋 중 두 사람의 한국 인은 인생에서 돈이 최고라는 반응을 보입니다. 선진국 대열에 들어 선 나라에서 이렇게 돈을 우선시하는 나라는 없습니다. 한국인들은 돈이 좋으니 돈을 벌기 위해 좋은 직장을 가야 하고, 그러기 위해 명 문대학을 가야 하고, 그러기 위해 좋은 고등학교를 가야 하고, 그러 기 위해 영어를 잘 해야 하고, 그러기 위해 초등학교 때부터 과외를 받고 조기 유학도 보내야 하고, 그러기 위해 다시 돈이 있어야만 합 니다. 이렇게 사회 전체가 돈에 코를 꿴 상태입니다.

이런 상황이 세상을 더욱 살기 어려운 곳으로 만들고 삶의 질을 저 하시키고 있습니다. 몇년 전 미국의 인터내셔널리빙 사가 발표한 '삶 의 질 평가'에 따르면, 한국은 조사대상 193개국 중 57위였습니다. 이 평가는 생활비, 문화레저, 경제, 환경, 자유, 건강, 인프라, 안전, 기 후 등 삶의 질에 영향을 주는 아홉 가지 항목을 종합한 것이었는데, 평균 65점의 한국은 우크라이나, 그레나다, 라트비아, 모리셔스, 모 로코와 비슷한 수준이었습니다. 세계 10위권의 경제력을 자랑하는 OECD 회원국이 삶의 질에서는 낙후된 나라들과 동렬에 서 있는 것 입니다.

더욱 염려스러운 것은 이런 사회 분위기가 직업을 선택하는 청년들 에게도 나쁜 영향을 준다는 사실입니다. 직업 선택에는 크게 보아 세

가지 차원의 방식이 있습니다. 이것은 내가 10여 년 전부터 아름다운 서당에서 만난 청년들에게 반복해서 강조해온 내용이기도 합니다.

먼저 제1차원은 인기와 근무조건을 따져서 직업을 택하는 방식인데, 직설적으로 말하자면 직업 선택에서 돈이 결정적 역할을 합니다. 오늘날 청년들의 9할 이상이 이 방식을 따릅니다. 공무원 시험에 청년들이 몰리고 중소기업은 구인난에 시달리는데 청년들은 큰 회사만을 고집하는 것도 이런 현상과 관련 있습니다. 그 결과 청년 실업자가 2백만 명에 다다르게 되는 사회문제를 낳았습니다. 1차원의 선택에 매달리는 청년들에게 한번쯤 이완용과 백범의 인생을 비교해보기를 권유하고 싶습니다. 그것도 '우주달력'의 넓은 시각에서 비교해보면 좋겠습니다. 생전의 이완용은 돈과 권력과 명예를 모두 움켜쥐었고, 백범은 풍찬노숙하는 궁핍한 삶을 살았습니다. 그러나 사후 두 사람의 평가는 하늘과 땅처럼 달라지지 않았습니까.

2차원의 직업 선택은 자신의 소질과 소망을 찾아가는 방식입니다. 2차원의 진로 선택은 성공 = 소질×소망×노력이라는 공식에 근거합니다. 20세기에는 스포츠, 예능, 과학기술, 산업현장, 기업경영 등 각 분야에서 수많은 스타들이 배출되었습니다. 누구나 소질과 소망이 받쳐주는 일을 선택하면 그 일이 재미있고, 업무능력도 발전하며, 물질적 풍요도 누리게 될 것입니다. 다만 2차원 선택의 단점은 자칫 철학의 빈곤으로 인해 인생을 '재미있게'는 살아도 '의미있게' 살기는 어렵다는 사실일 것입니다. 실제로 영화배우, 탤런트, 가수, 운동

284

선수들은 외형적인 화려함에도 불구하고 재인才人이나 인기인의 범주를 벗어나지 못하는 경우가 대부분입니다. 여기서 역사적 위인이 만들어질 수는 없습니다. 이따금 스타들이 일탈행위를 하여 애써 쌓은 명성을 한순간에 무너뜨리기도 하는데, 이것은 모두 2차원의 직업 선택 방식에는 가치에 대한 고려가 빠져 있기 때문입니다.

그러므로 모름지기 인생의 큰 꿈을 가진 청년이라면 1차원이나 2차원 선택이 아닌 3차원 방식을 택하라고 권합니다. 사는 동안은 행복하고, 죽어서는 특별한 삶을 살았다는 평가를 얻는다면 진정 성공한 사람일 것입니다. 이런 성공을 보장하는 방식이 바로 3차원의 직업 선택입니다. 역사에 이름을 남긴 인물들은 예외 없이 가치를 좇는 인생을 살았습니다. 가치라는 말을 들으면 먼저 떠오르는 단어에 진, 선, 미, 자유, 평등, 박애, 봉사, 사랑, 정의, 민주, 창조, 도전, 용기, 명예, 지식, 성실 등이 있습니다. 이런 가치 가운데 정말로 자신이 옹호하고 지지하고 좋아하는 것을 따라 진로를 선택하면 인생을 후회 없이 살 뿐만 아니라 역사에 발자취도 남길 수 있습니다. 이것은 3차원 선택만이 가지고 있는 위력입니다.

직업마다 그 직업이 요구하는 핵심가치가 있습니다. 예를 들면 경찰관이라는 직업의 핵심가치는 정의입니다. 그리고 용기가 거기에 보태져야 합니다. 어떤 청년이 정의를 좋아하는데 또 용감하다면 그가 경찰관이 되었을 때 인생을 만족스럽게 살 것입니다. 소방관이라면 요구되는 핵심적 가치가 생명 그리고 용기입니다. 생명을 경외하고 생명의 가치를 옹호하는 그런 사람이 신체도 건강하고 용감하다면 소방관을 권장할 만합니다. 활활 타오르는 불구덩이 속에 들어가려면 생명에 대한 외경심과 용기가 절대적으로 필요합니다. 월급만으로는 그 어려운 일을 해낼 수가 없으니까요.

또 공무원은 어떤가요? 공직이란 영어로 '퍼블릭 서비스public service'인데 다수의 대중에게 봉사한다는 뜻입니다. 그러므로 공무원이 되려는 사람은 공직이 요구하는 핵심가치인 봉사를 신조로 삼고 그 가치를 실천에 옮기겠다는 의지가 분명해야 합니다. 그러므로 남에게 봉사하는 일이 즐거운 사람이라면 공직을 선택해도 좋습니다. 비록 하위직으로 들어가도 그런 사람은 자신의 일에 보람과 만족감을 느낄 것이므로 생활이 즐거울 것입니다. 만약 공직을 선택한 이유가 목에 힘을 주거나 큰소리를 친다든지, 철밥통을 끌어안고 정년까지 편히 살겠다는 생각이라면 빨리 바꾸는 것이 좋습니다. 국민의 민도가 올라갈수록 국민들은 공직자에게 수준 높은 봉사를 요구하게 될 것이고, 그 요구를 만족시키지 못한다면 조기퇴출의 위험성이 그만큼 높을 것이기 때문입니다.

이 책을 쓰고 있는 동안 한 신문에 '젊은이 40퍼센트 공시 준비, 꿈과 모험 사라진 우울한 대한민국'이라는 제목의 사설이 실렸습니다. 청년들도 충분히 공감할 내용이라서 여기 그 내용을 옮깁니다.

직업을 구하는 청년(15~29세) 65만 2천 명 가운데 공무원 시험을 준비하는 젊은이가 25만 6천 명(39.3퍼센트)이라는 통계청 자료가 나왔다. 기업체 취업을 준비하는 청년은 14만 명이었다. 우리나라 전체 취업자는 2천만 명을 넘고 공무원은 1백만 명밖에 안 된다. 그런데도 공시생公試生이 기업 취업 준비생의 거의 두 배가 되었다는 것은 대한민국 사회가 뭔가 크게 잘못된 길로 가고 있다는 것을 말해준다.

이런 편향성은 무엇보다 경제가 활력을 잃으면서 민간 부문에서 좋은 일자리를 공급하지 못해 생기는 현상이다. 게다가 7·9급 공무원시험에 합격해 정년까지 일할 경우 대기업에 다니는 것보다 평생 수입이 더 많다는 조사 결과(한국경제연구원)까지 나왔다. 그동안 공무원직은 안정적이고 정년이 보장되는 장점은 있지만 민간 기업보다 수입은 적은 편이라고 알려져왔다. 하지만 공무원연금을 포함한 평생 소득을 따져봤더니 오히려 민간 기업보다 낫다는 것이다. 젊은이들이 너도나도 공무원시험에 머리를 싸매는 이유의 하나일 것이다.

민간 부문은 항상 경쟁에 노출되어 있다. 이 때문에 생산성이 뒷받침하지 못하면 도태된다. 기업 종사자들은 생산성을 초과하는 임금을 지속적으로 받기도 어렵다. 그러나 공공 부문은 조직이 절대 도산하지 않는 데다 성과보다는 과정·절차를 중시한다. 그런 공공 부문이 비대해지면서 과도한 급여를 받는다면 국민 세금으로 그 조직 운영을 부담해야 한다. 결국 비효율적 공무원들을 지탱해주느라 사회 전체 경쟁력은 떨어질 수밖에 없다.

공직은 젊은이들이 조직 틀을 뛰어넘어 포부를 맘껏 펼칠 수 있는 직장이라고 보긴 힘들다. 그럼에도 젊은이들이 공무원 시험으로 몰린다는 것은 사회가 그만큼 비전이 사라지고 역동성이 떨어졌다는 증거다. 젊은이들에게 꿈과 모험 정신을 되찾아주지 못한다면 10년, 20년 뒤 대한민국 미래는 보잘것없는 상태로 추락할 것이다. 사회 전체가 위기의식을 가져야 한다.

〈조선일보〉 2016년 7월 23일

지금 한국의 현실은 어떠합니까? 문과에서 머리 좋고 공부 잘하는 학생은 법과대학에 가서 법조인이 되려 하고, 이과에서 성적 좋은 학생들은 거의 의과대학에 줄을 섭니다. 그들에게 과연 의사나 법조인의 가치가 충분해서 그런 것일까요? 의사에게 요구되는 가치는 첫째가 생명에 대한 외경심이고 다음은 박애정신입니다. 영어로 병원은 '호스피탈Hospital'인데, 이 단어는 '이웃 대접하기'라는 의미의 '호스피탈리티Hospitality'와 연관이 있습니다. 따라서 의사가 출세의 길이고 돈을 잘 버는 직업이라는 이유에서 선택한다면 역사에 남는 의사가 되기는 어렵습니다. 현재 8만 명이 넘는 의사가 있어도 슈바이처 같은 의사가 나오지 않는 이유가 핵심가치를 벗어난 직업 선택 탓은 아닌지 살펴봐야 합니다.

같은 이야기를 법조인에게도 할 수 있을 것입니다. 법조인에게 요구되는 핵심가치는 정의와 공평입니다. 수많은 우수한 청년들이 어려운 시험을 통과해 법조인이 됩니다. 그런데 만약 그들이 정의와 공평이라는 가치에 맞지 않는 사람이라면 어떻게 될까요. 출세의 수단으로 사법시험을 통과하고, 좋은 집에 장가들고, 돈 많이 버는 입신양명의 수단으로 법조인의 길을 택했다면 그런 사람이 수만 명 있어도 정의사회나 공평사회가 이룩되지 않습니다. 최근 들어 법조계에 전관예우를 둘러싼 온갖 추문이 난무했습니다. 선진국에서는 찾아볼 수 없는 부끄러운 현상이 아닐 수 없습니다. 한국의 입시제도가 성적에만 기반하여, 가치가 배제됨으로써 파생된 부작용입니다. 얼마나 낙후된 사회상입니까.

직업의 가치가 왜 중요한지는 외국의 사례에서도 확인할 수 있습니다. 오래전 미국의 한 항공사가 승무원을 선발하면서 여행을 좋아하는 사람을 우대했습니다. 그랬더니 이들은 초기에 왕성한 근무 의욕을 나타냈으나 1년쯤 지나자 줄줄이 회사를 떠났습니다. 당황한 항공사는 승무원을 다시 뽑으면서 전문가의 조언을 받아 이번에는 남에게 친절 베풀기를 즐기는 사람을 채용했습니다. 그러자 이들은 자기 일을 즐기면서 오래 근무했습니다.

왜 그랬을까요? 승무원이라는 직업의 가치는 친절을 베푸는 것이기 때문입니다. 따라서 겸손하고 남에게 친절을 베풀고 대접하기를 즐기는 사람이 그 일에 맞습니다. 여행을 좋아하는 것은 별로 중요하지 않습니다. 외모는 혐오감을 줄 정도만 아니면 충분하고 성격이 화려하거나 자기 내세우기를 좋아하는 사람은 도리어 맞지 않습니다. 항공사가 처음에 실패한 이유는 여행을 즐기는 사람을 뽑았기 때문입니다. 이들은 처음에는 여행 다니는 재미에 열심히 비행기를 탔으나 구경이 다 끝나가니까 일에 흥미를 잃어버렸던 것이지요. 항공사는 좋은 고객을 직원으로 잘못 채용한 셈이었습니다.

이미 여러 직업의 사례를 살펴봤듯이, 직업과 가치는 궁합의 관계처럼 보입니다. 가령 예술은 미美를 가치로 하므로 예술가란 모름지기 아름다움을 궁극적 가치로 삼아야 합니다. 언론인은 공공선公共善과 정의라는 가치를 지향해야 옳습니다. 약사도 생명이 자신의 가치가 되어야 마땅합니다. 군인은 국가와 국민에의 충성심이 핵심가치라야 합니다.

가치를 중심으로 진로를 설계하는 사람과 그렇지 못한 사람 사이에 처음에는 큰 차이를 느끼지 못할 것입니다. 어쩌면 1차원적인 선택이 초기에는 더 화려하고 멋있어 보일지도 모릅니다. 그러나 시간이 흐름에 따라 양쪽 사이에는 큰 차이를 보이게 됩니다. 가치 중심의 진로를 선택한 사람은 자신의 일에 열정을 싣고 보람을 거둡니다. 그에게는 가치가 인생의 궁극적 목표요, 직업은 가치실현을 위한 수단입니다.

여기서 이해를 돕기 위해 생각해볼 사례 하나가 더 있습니다. 건국 이래 열두 명의 대통령들은 과연 성공한 인물들인가, 하는 문제입니다. 헌법 69조는 취임하는 대통령에게 다음과 같은 선서를 요구하고 있는데 그것이 곧 대통령직의 핵심가치입니다.

나는 헌법을 준수하고 국가를 보위하며 조국의 평화적 통일과 국민의 자유와 복리의 증진 및 민족문화의 창달에 노력하여 대통령으로서의 직책을 성실히 수행할 것을 국민 앞에 엄숙히 선서합니다.

지난 대통령들은 대통령직의 가치보다는 자신들의 이해관계를 더 앞세웠습니다. 권력을 탐하고 상당수는 부정한 돈도 챙겼지요. 그들은 개인의 이해관계에 매몰되어 있었기 때문에 대통령직의 가치를 방기했습니다. 그래서 실패한 대통령이라는 낙인이 찍혔습니다. 국민들로부터 진정으로 존경받는 대통령을 보기 어려운 까닭은 그들이 대통령직의 가치에 동의하지 않으면서, 권력욕에서 그 자리에 올랐기 때문입니다.

또 다른 예를 들어봅시다. 대학교수는 학자로서 진리 탐구를 핵심가치로 삼습니다. 학자는 진리에 충실하고 그것을 옹호하는 사람들이 가는 길입니다. 여기에 필요한 자질로서 머리가 총명하면 좋을 것입니다. 그렇다면 우리 사회를 시끄럽게 흔드는 대학교수들의 학력위조와 실험조작, 논문표절 그리고 책 표지갈이 사건을 떠올려봅시다. 이들은 학자라는 자리가 요구하는 가치와 개인이 추구하는 가치가 다른 사람들입니다. 진리가 아닌 출세와 권력과 인기를 더 탐한 사람들입니다.

이론으로는 쉽게 이해되나 막상 옹호하는 가치가 무엇이냐 물으면 확실히 대답하는 사람은 많지 않습니다. 청년층에서는 더욱 그렇습니다. 사람이 가치를 체화하는 방법은 두 가지가 있습니다. 하나는 유전적으로 가치를 가지고 태어나는 경우이며, 다른 하나는 후천적 학습으로 배양하는 것입니다. 최근의 유전학은 DNA가 사람의 모든 것에 영향을 끼칠 수 있음을 하나씩 증명해가고 있습니다. 아프리카 오지에서 40년 넘게 침팬지를 관찰하고 있는 제인 구달 박사에 따르면, 침팬지의 세계에서도 부모의 형질이 어김없이 새끼에게 유전된다고 합니다. 어떤 침팬지는 선천적으로 잔악하여 이웃 새끼를 까닭 없이 잡아먹기도 하는데 그 잔악성이 유전된다고 합니다. 사람도 마찬가지라서 조상의 가치가 유전됩니다.

어려서부터 가치를 심고 배양하는 학습의 역할도 매우 중요합니다. 사람은 어려서 배운 것이 일생을 지배하는 경향이 있으므로 어린 시절의 학습은 아무리 강조해도 오히려 부족합니다. 따라서 어린 시절부터 부모나 교사가 좋은 가치관을 아동들에게 심어준다면 사회 전체에 좋은 가치관이 넓게 퍼질 것입니다.

가치 선택의 혼란을 겪는 청년들에게 해주고 싶은 이야기가 있습니다. 자기의 가치를 찾기 어려울 경우, 기억나는 인물 중에서 닮고 싶은 사람이 누구인지 먼저 롤모델을 찾으라는 것입니다. 어떤 인물을 생각할 때 존경심이 우러나와 옷깃을 여미게 되거나 혹은 기분이 좋아진다면 그것은 자신의 가치와 그 인물의 가치가 공명하기 때문입니다. 충무공을 생각할 때 감동이 온다든지, 슈바이처를 생각하면 옷깃을 여미게 된다든지, 간디를 생각할 때 숙연해지는 사람이 있습니다. 이렇듯 닮고 싶은 롤모델이 있다면 가치를 확인하는 것이 어렵지 않습니다. 따라서 롤모델을 먼저 정하고 그 인물의 가치를 분석하기 바랍니다.

국민 네 사람 중 하나가 대학 졸업자이고 2~30대를 기준으로 보면 네 사람 중 셋이 대학에 진학하는 나라에서 아직도 가치 중심의 직업 선택을 찾아보기 어렵다는 사실은 우리 사회의 후진성과 함께 성격 윤리에 짓눌린 병약한 정신문화를 보여줍니다. 가치를 모르고 밥벌이에만 매달린 사람에게 찾아올 인생의 후반부는 회한뿐입니다. 가치를 등한시하는 사회는 무가치한 사회이며 혼돈칠규混沌七竅의 생태계입니다. 청년들의 오늘은 한국의 내일입니다. 그들이 돈이나 재미가 아닌, 가치 중심으로 직업을 선택한다면 한국은 장차 가치 있는 사회를 향유하게 될 것이나 지금처럼 돈을 좇는 직업 선택이 주류를 이룬다면 한국의 장래는 오늘처럼 여전히 어두운 모습일 것입니다.

성공하는 사람들에게는 포기하지 않는 끈질김이 있습니다. 엘리베이터 발명으로 인류사에 기여한 오티스도 그렇습니다. 나는 엘리베이터를 탈 때마다 오티스가 인류에게 바친 기여를 생각합니다. 그가 아니었더라면 미국의 마천루는 존재할 수 없었고 오늘날 전 세계의 고층건물은 태어나지 못했을 것입니다. 오티스가 세상에 머물다 간 시간은 비록 50년에 불과했으나 그가 인류에게 남겨준 유산인 엘리베이터는 시간이 갈수록 그 진가를 더 하고 있습니다.

그러나 훌륭한 아이디어라고 해서 항상 처음부터 좋은 대접을 받지는 않습니다. 오티스의 엘리베이터도 처음에는 홀대를 받았지요. 사람들은 그를 믿지 않았고 특히 안전성에 회의적이었습니다. 그러나 오티스는 자신의 발명품에 대한 확고한 비전을 가졌으며 장차 자신의 발명품이 가져올 세상의 변화를 꿈꾸고 있었습니다. 마침내 그는 1853년 뉴욕에서 열린 만국박람회를 계기로 자신의 비전을 입증해 보이기로 작정합니다. 많은 사람들 앞에서 안전을 입증하는 것만이 사람들을 안심시킬 수 있다는 판단 때문이었습니다. 오티스는 매일 밤 관중을 모아놓고 자신이 직접 엘리베이터에 탔습니다. 그는 이 기계가 안전하다고 외치면서 승강대가 높이 올라갔을 때 줄을 끊도록 명령했습니다. 숨을 죽이고 바라보던 관중들은 일시에 환호성을 질렀습니다. 줄이 끊겨도 공중에 안전하게 매달려 있는 승강기를 보고서야 그들은 의심을 물리칠 수 있었습니다.

참고로 연전에 외국 언론사들이 보도한 자료 하나를 소개합니다. 지금은 유명한 고전작품이 되었지만, 출간 당시 세상의 외면을 받고 홀대 받았던 문학작품들을 열거한 〈허핑턴포스트〉의 기사입니다.

1. 헨리 밀러의 《북회귀선》

"밀러는 어느 파리의 가로등 아래에서 매우 의기양양하게 그러나 다정한 취기를 뿜으며 아름다움과 시시함, 반복되는 외설을 미끼로 독자들을 낚고 있다. 그 모양이 한심한 이유는 이미 관광객을 위해 정해진 행로를 좇고 있는 자신을 뭔가 새로운 것을 발견한 사람으로 착각하고 있기 때문이다. 드디어 그가 욕심 많고 흥미진진하며 매력적인 촌놈이라는 것이 증명되었다." 〈뉴리퍼블릭〉

2. 어네스트 헤밍웨이의 《누구를 위하여 좋은 울리나》

"농축된 단편소설의 거장인 헤밍웨이도 장편소설에서는 어딘가 어색해 보인다. 《누구를 위하여 좋은 울리나》는 때로는 느슨하다가 때로는 너무 튀어나온 듯 불규칙한 느낌이다. 그리고 사실 너무 길다." 〈뉴리퍼블릭〉

3. 블라디미르 나보코프의 《롤리타》

"책의 세계에서 《롤리타》가 뉴스감인 것은 분명하다. 문제는 좋지 않은 뉴스라는 거다. 성인이 읽을 만한 책이 아닌 이유가 두 가지 있다. 우선 매우 지루하다. 그 지루함은 가식과 허세와 대단한 우둔함의 결과다. 두 번째는 매우 역겹다는 사실이다. 정신이상을 다루는 예술의 위험보다 더 큰 문제가 있다." 〈뉴욕타임스〉

4. F. 스콧 피츠제럴드의 《위대한 개츠비》

"스콧 피츠제럴드의 소설 《위대한 개츠비》는 개인적인 이야기인데, 사실 좋은 일화라고 하기는 좀 어렵다. 전혀 중요하지 않은 내용이지만 그렇다고 피츠제럴드 소설 세계에서 완전히 배제해야 할 작품은 아니다. 가장 큰 문제는 단지 이야기라는 것이다. 즉, 그 주인공들의 내면은 무시하고 스토리의 흥미만을 추구했다는 것이다." 〈시카고 트리뷴〉

5. 하퍼 리의 《앵무새 죽이기》

"이 책에서 하퍼 리가 하고자 했던 것은 자신이 말하고 싶은 것을 어린이의 사고로 설득력 있게 전달하는 것이었다. 하지만 그녀는 끝내 이 문제를 해결하지 못했다." 〈새터데이리뷰〉

6. 올더스 헉슬리의 《멋진 신세계》

"헉슬리는 불안증을 겪고 있다. 그의 커리어를 보면 늘 그런 현상을 보여왔다. 그는 선동적인 사안을 주저 없이 시도한다. 《멋진 신세계》는 매우 침울하고 인위적인 선전물이다." 〈NYHTBR〉

7. 잭 케루악의 《길 위에서》

"소설이라기보다는 비트족의 영감으로 집계된 장난감이라고 하는 것이 더 정확할 거다. 또 독창적인 작품을 고민한다는 핑계로 괴이하고 색다른 것이 얼마나 남용되는지를 보여주는 좋은 예다." 〈뉴욕타임스〉

8. 마거릿 미첼의 《바람과 함께 사라지다》

"개인적으로 책을 약 5백 페이지로 줄였으면 훨씬 더 좋은 작품이었을 거란 생각이다. 물론 매우 피곤한 문학평론가이자 이성적인 평론가가 되려고 노력하는 사람이 주로 이런 말을 하지만 말이다. 아무튼 거의 모든 독자가 좀 더 절제력 있는 스토리로 너무 여러 방면으로 분산되지 않는 작품을 썼으면 좋았을 것이라고 생각할 것 같다."〈뉴욕타임스〉

9. 커트 보네거트의 《제5도살장》

"짧고 담담한 문장이 그 어느 현실보다, 또 어떤 비통보다 더 효과적으로 놀라움과 절망을 묘사한다. 그런데 지나친 단조로움은 과한 화려함만큼 위험할 수 있다. 보네거트는 때로 지나치게 유치하다."〈뉴요커〉

10. J. D. 샐린저의 《호밀밭의 파수꾼》

"작가가 몰입하고 있는 주제를 다룬 책인데, 아무튼 전체적으로 실망이다. 홀든 콜필드는 자기 이야기를 직접 전개하는 주인공이지만 그에 대한 내용이 너무 넘친다. 독자는 그의 인생에서 적나라한 부분, 반복되는 말, 사춘기에 대한 짜증을 277페이지에 걸쳐 읽다가 넌더리를 낼 것이다."〈뉴리퍼블릭〉

'안 될 것이다' '어려운 일이다' '말도 안 된다'는 비판은 오티스의 발명품에만 쏟아지지 않습니다. 새로 선보인 명작소설에도 따가운 비판이 쏟아지기도 하는 것이 세상일입니다. 이런 저항에도 불구하고 인류 역사가 끊임없이 진보해온 것은 오티스의 경우처럼 비전을 가진 인물들의 확신에 찬 추진력 덕분입니다. 꿈을 꾸는 사람은 많으나 꿈을 이루는 사람이 작은 까닭이 바로 추진력의 유무 때문이기도 합니다. 지금 청년실업 문제도 같은 이치로 해결할 수 있다고 봅니다. 청년들의 확신에 찬 비전과 이를 관철하는 강한 추진력이 선결과제라는 뜻입니다.

그러자면 우리 청년들도 변해야 합니다. 부모의 사랑은 고맙게 받아들이되, 거기에 의존하고 기대려고 하지 않아야 합니다. 젊은이들은 집안의 과도한 보호와 안전망에서 벗어나 독립적 인격체로서의 의지를 다져야 합니다. 우리 사회는 제대로 된 교육을 받은 사회적 책무를 다하는 청년들이 필요합니다. 부모에게서 받은 교육 중 좋은 것은 실천하되 좋지 않은 것은 과감히 버릴 줄 알아야 합니다. 그래야 젊은이들이 만드는 새 역사가 열립니다. 젊은이들이 가치관에 의존한 직업 선택을 하는 것이 꼭 필요합니다. 부모가 권한다고 해서 월급 많이 주는 대기업에 목을 매거나 안전하다고 해서 공무원이나 공기업에 가려고만 한다면 자기 가치관이 없는 사람이 됩니다.

강조하고 싶은 한 가지는, 가치 있는 사람은 '자기 머리'로 '타인의 행복'을 꿈꾸는 삶을 살아간다는 사실입니다. 역사에 큰 족적을 남긴 인물은 모두 그런 삶을 살았습니다. 세종대왕, 충무공, 유관순, 김구, 간디, 테레사, 만델라 등 세상이 경의를 표하고, 역사가 평가하는 인물들은 예외 없이 자기 머리로 타인의 행복을 꿈꾸고 실천에 옮기려 노력했습니다. 자기 머리로 자기 행복을 꿈꾸는 것은 누구나 하는 일이고 심지어 동물들도 그런 본능에는 충실합니다. 오로지 사람만이, 그것도 탁월한 사람만이 타인의 행복을 생각합니다.

마지막으로 넬슨 만델라가 애송한 시 〈인빅투스Invictus〉를 소개하면서 글을 마치고자 합니다. '나는 내 운명의 주인이고, 나는 내 영혼의 선장이니'로 끝나는 〈인빅투스〉는 영국 시인 윌리엄 어니스트 헨리의 작품인데, 그는 소년기에 관절결핵을 앓다가 다리 하나를 잃었습니다. 18년을 감옥에서 지내면서도 용기와 희망을 잃지 않았던 불굴의 영혼을 가진 만델라가 사랑할 만한 시입니다.

인빅투스
———

나를 감싸고 있는 밤은
시작도 끝도 없는 어둠이나
나는 모든 신들에게 감사하리
정복당하지 않는 내 영혼에

잔인한 상황의 손아귀에서

움츠리거나 소리쳐 운 적 없고

운명의 매질 아래 피투성이가 되어도

머리를 숙인 적 없네

분노와 눈물로 얼룩진 세상 너머로

무서운 죽음의 유령이 솟아오르고

위협으로 가득 찬 세월이 이어져도

오늘도 내일도 두려워하지 않으리니

문이 얼마나 좁든

얼마나 많은 벌을 받든 상관없다네

나는 내 운명의 주인이고

나는 내 영혼의 선장이니

—

붓을 놓으며

과학의 법칙은 어떻게 만들어지는 걸까요.

누군가가 어떤 가설을 생각하고 그 가설을 실험하여 이를 증명합니다. 그후 다른 사람이 같은 조건에서 실험을 행하고 그 결과를 다시 확인합니다. 복수의 실험 결과가 동일하게 나올 때, 그것은 과학의 법칙이 됩니다. 《코스모스》의 저자 칼 세이건은 이런 말을 했습니다. "과학은 몇 세대에 걸친 협력을 요하는 일이며 스승이 제자에게, 다시 스승에게 횃불을 전달하는 일이다. 수많은 사람들의 생각이 교류하면서 과학은 앞으로 전진해왔다."

과학의 법칙만 그럴까요?

세상을 살아가는 인문의 법칙 역시 그런 과정을 거쳐 확립되어갑니다. 수천 년 동안 기라성 같은 사상가, 철학자, 교육자 들이 인간이란 무엇이냐, 어떻게 살아야 하느냐는 문제를 고민하고 나름대로 답을 도출했습니다. 이미 실험을 통해 인문의 법칙을 입증한 셈입니다. 그렇다면 인류는 이미 표준화된 정답을 가지고 있다고 볼 수 있습니다. 한 가정만 보더라도 할아버지가 아버지에게, 아버지가 다시 손자에게 삶의 원칙을 전수하고, 마땅히 해야 할 일과 해서는 안 될 일을 구분하는 교육을 이어갑니다. 때로는 직관에 의해, 때로는 시행착오에 의해 오랜 세월 동안 이런 원칙을 세워왔습니다. 인문의 법칙에서도 칼 세이건의 주장은 동일하게 적용되는 것입니다. 따라서 이미 앞선 세대가 어떤 법칙성을 발견했다면 다음 세대에서 그 법칙을 다시 실험할 필요가 없습니다. 이미 과학적 진실이 아님이 밝혀진 천동설을 누군가 또다시 입증하려 든다면, 그것은 쓸데없는 수고에 불과할 것입니다. 마찬가지로 인문의 법칙 역시 이미 증명된 것을 다시 실험할 이유가 없습니다. 증명된 인문의 법칙에 따라 진보의 사다리를 한 칸씩 올라가기만 하면 되는 것입니다. 공자는 이를 '온고이지신溫故而知新'이라 했습니다.

어찌 된 일인지 요새 젊은이들은 앞선 세대가 지켜온 한국의 강점이나 우리 역사의 장점, 아버지 세대에게서 물려받은 좋은 유산을 무시하는 경향을 보입니다. 선배들이 만들어온 인문의 법칙을 가볍게 여기고 이미 다 끝난 실험을 뒤집으려는 태도를 보이기도 합니다. 세대 간의 소통이 안 되는 데서 오는 문제도 있겠지만 오만한 무지에서 비롯된 행태는 아닌지 걱정됩니다.

경영학을 창시한 피터 드러커 박사는 살아생전 한국에 호의적이었습니다. 기회가 날 때마다 한국에 대한 긍정적 평가를 아끼지 않았습니다. 그는 "역사에 기록된 것 가운데 한국전쟁 이후 40년 동안 한국이 이룩한 경제성장에 필적할 만한 것은 아무것도 없다. 뉴욕 대학교에 있을 때, 나는 뛰어난 한국 학생들을 많이 가르쳤다. 졸업 후 그들은 귀국해서 우수한 교육자, 유능한 경영자, 훌륭한 정부관료가 되었다. 지난날 어떤 국가도 나라 바깥에서 얻을 수 있는 교육자원을 이렇게 현명하게 이용한 사례가 없다. 교육 투자에서 그렇게 풍성한 수확을 거둔 나라는 한국밖에 없다"고 극찬했습니다. 드러커는 한국에 대한 애정 어린 충고도 잊지 않았지요. 한국이 지난날 성공한 이유를 망각하고 다른 방식으로 성공을 이루려 해서는 안 된다는 것이었습니다. 그는 지난날 한국의 높은 교육열이 산업화를 리드했듯이 이미 투자된 정보통신의 기반 위에 평생학습의 노력을 기울인다면 정보화시대에도 성공할 것으로 내다보았습니다. 각 분야에서 사람을 가르치고 기르는 것이 얼마나 중요한가를 강조한 것입니다.

젊은 세대와 부모 세대의 단절로 다시 돌아가 보겠습니다. 예를 들면 자녀 교육을 어떻게 시킬 것인가, 부모와 관계를 어떻게 유지할 것인가, 이웃과의 관계는 어떻게 형성하는 것이 좋은가, 이런 질문들에는 이미 수많은 실험을 거쳐 표준화된 답이 있습니다. 그런데도 불구하고 21세기의 한국인들이 엉뚱한 답을 정답으로 오인하고 있지 않나, 생각합니다. 이미 앞선 세대가 물려준 정답을 무시하고 마치 특별한 답이 있는 것처럼 살아가는 모습도 보입니다. 젊은이들이 이런 풍조에 쉽게 휘둘리거나 나쁜 영향을 받는 것이 특히 우려스럽습니다.

이 책을 준비하며 나는 새삼 인간이 세 가지 법칙에 둘러싸여 살아가는 존재임을 깨달았습니다. 인간의 육체가 물질로 구성되어 있기에 '물리의 법칙'에 지배당하고, 생명체인지라 '생물의 법칙'을 따르며, 인간으로서 살아가기 때문에 '인문의 법칙'을 따르는 존재라는 자각이 바로 그것입니다. 지혜로운 독자라면 이미 이 책이 인문의 법칙을 자주 이야기하고 있음을 간과하지 않았으리라 생각합니다.

물리의 법칙, 생물의 법칙, 인문의 법칙. 이 세 가지는 인류가 존재하는 한 영원히 함께할 법칙들임에 틀림없겠으나 사람을 사람답게 만드는 것은 역시 인문의 법칙이 아닌가 생각합니다.

이제,
아름다운서당을
소개합니다

이제, 아름다운서당을 소개합니다

아름다운서당은 현역 생활을 마감한 시니어들이 자신들의 재능과 경험을 바탕으로 후배 세대인 대학생들을 가르치는 교육기관입니다. 초기 프로그램은 내가 만들었으나 10년이 지나는 동안 참여한 50여 명의 교수진이 집단지성을 동원해 여러 차례 수정을 거듭하여 지금은 커리큘럼이 완성되었습니다. 초기부터 지금까지 변함이 없는 것은 학습과목인데 인문학, 경영학, 봉사활동, 세 가지가 바로 그것입니다. 이 세 과목을 유지하는 까닭은 이들 과목이 각각 성품Character, 업무능력Competence, 소명의식Commitment 을 키우는 유효한 도구로 증명되었기 때문입니다. 고전 명작을 통해 성품을 강화시키고, 경영학 공부를 통해 문제해결 능력을 키우며, 봉사활동을 통해 소명의식을 개발한다는 뜻이지요. 우리는 이 세 가지 요소의 영문 머리글자를 따서 '3C형 인재'라는 개념을 창안했는데, 아름다운서당이 궁극적으로 양성하려는 인재상이 바로 3C형 인재입니다.

[3C형 인재 개념도]

교수들은 재능기부를 원칙으로 교육에 참여하며, 재능기부에 더하여 주머닛돈 기부도 마다하지 않습니다. 학생들은 전액 무료로 1년간 공부하며 아름다운서당이 제공하는 점심식사와 겨울캠프 합숙훈련을 받게 됩니다. 교실은 공공기관의 공간을 빌리거나 독지가의 후원에 의존하고 있는데, 지방정부의 예산으로 몇몇 지방도시에 클래스를 개설한 적도 있습니다.

수업은 매주 토요일 아침 9시에 시작하여 오후 6시에 마칩니다. 겨울캠프에 들어가면 아침 9시에 시작하여 저녁 10시까지 수업을 합니다. 그야말로 먹고 자고 공부만 하는 빡센 캠프입니다. 그러니 참을성 부족한 청년들은 이 과정을 마칠 수 없어 평균 30퍼센트가 중도에 탈락합니다. 탈락자는 적극적으로 붙잡거나 만류하지 않습니다. 어차피 아무나 리더가 될 수는 없는 노릇이고 그만한 뒷심도 없이 세상에 나가 무슨 큰일을 이루겠느냐는 생각 때문이지요.

학생들은 1년 동안 동서양의 문학, 역사, 철학, 과학서로 구성된 1백 권 내지 120권의 고전 명작을 공부합니다. 고전 명작은 서울대학교, 도쿄 대학교, 베이징 대학교 등 동양 3국의 명문대학 교수들이 추천한 필독서 리스트에서 선정합니다. 제목만 보아도 눈이 부십니다. 이 책들 중 학생 1인당 평균 8~10권이 배정됩니다. 학생들은 배정받은 책을 완독하고, 열 페이지짜리 요약본을 만들어 학우들에게 배포하고, 자기 차례가 오면 수업시간에 파워포인트를 이용해 책의 하이라이트를 발표합니다. 요약본을 읽은 학우들은 발표를 듣고 질문을 하며, 책과 관련된 특정 주제를 골라 토론을 벌이기도 합니다. 이 학습을 통해 학생들은 먼저 인류가 쌓아온 고귀한 정신유산을 만나게 됩니다. 인문학을 공부하는 까닭은 한마디로 사람답게 사는 길을 배우고자 함이 아닌가요! 이런 수준 높은 콘텐츠로 정신적 세례를 주는 교육은 단언하거니와 한국에서 아름다운서당이 유일합니다. 학생들은 A4용지 열 장의 요약본을 만드는 과정에서 방대한 볼륨의 텍스트를 읽고 핵심을 파악하는 기술을 습득하게 됩니다. 서머리 작성을 통해 제목을 뽑고 글을 쓰는 훈련도 받게 됩니다. 수업시간에 학우들을 상대로 발표하기 때문에 파워포인트 작성능력과 발표 능력이 증대됩니다.

경영학 공부는 기업의 현실을 파악하고 문제해결 능력을 키우는 케이스 스터디가 주류를 이룹니다. 현재 기업에서 실제로 발생하고 있는 골치 아픈 문제를 수집하여 학생들 수준에 맞게 케이스를 만들고 5~6명이 팀을 이루어 문제를 풉니다. 이 과정에서 학생들은 서로 협력하는 팀워크를 학습하게 됩니다. 적은 형제 속에서 자란 탓인지, 요즘 청년들은 남과 소통하고 협력하는 능력이 부족합니다. 이런 방식의 팀플레이는 팀워크 형성에 효과가 좋습니다. 학생들은 또 제시된 다양한 의견 가운데 합일을 도출하는 과정에서 민주주의를 배웁니다. 이 밖에도 과제를 통해 기업의 현실을 깨우치는 것도 좋은 공부입니다. 다른 팀은 동일한 주제에 어떤 해결책을 제시하는지를 보는 것만으로도 좋은 학습이 됩니다.

봉사활동은 손과 발을 필요로 하는 곳을 장려합니다. 머리 쓰는 봉사활동도 좋지만 정작 청년들의 손발을 필요로 하는 곳이 사회적으로 더 어려운 곳일 가능성이 높기 때문입니다. 봉사활동은 일주일에 네 시간으로 정해져 있습니다. 학생들에게 장려하는 봉사활동의 원칙은 다음 세 가지입니다.

첫째, 개별 봉사보다는 단체 봉사로 할 것
둘째, 여러 곳을 돌아다니기보다 한 곳에서 지속적으로 봉사할 것
셋째, 일정 기간 봉사하면 그곳에 어떤 변화가 일어나도록 힘쓸 것

이런 공부를 1년간 낙오 없이 완주한다는 것은 정말 어렵습니다. 그래서 끝까지 완주한 70퍼센트의 학생들에게 우리는 큰 기대를 걸고 있습니다. 우리나라의 미래를 담당할 새로운 리더십은 분명 3C형 인재일 것이라는 믿음 때문입니다. 아직도 한국은 제왕적 리더십, 장군형 리더십, 교조적 리더십 등 잘나고 똑똑하고 출세한 사람들에게 리더십을 허용하는 경향이 큽니다. 그러나 새로운 시대에는 자신을 낮추고 타인을 섬기는 리더십이라야 국민의 선택을 받게 될 것입니다. 3C형 인재는 섬기고 베푸는 리더십의 전형입니다.

그러면 3C형 인재는 구체적으로 어떻게 행동하는 사람일까요? 아름다운서당은 3C형 인재가 다음과 같은 특징을 보일 것이라고 상정하고 있습니다.

첫째, 자신의 머리로 타인의 행복을 생각한다.
둘째, 가치 중심의 직업을 선택한다.
셋째, 공공선에 기여한다.
넷째, 살기 좋은 세상 만들기에 관심을 갖는다.
다섯째, 플라톤의 책을 읽는 농부, 파스칼을 논하는 어부, 에머슨의 성공을 노래하는 빵집 주인처럼, 어떤 직업을 갖든 일상에서 사유하는 삶을 지향한다.

아름다운서당은 교육기간 내내 3C형 인재에 대해 반복해서 강조합니다. 그런 인재가 되는 길은 대학 8조목 중 앞부분 5조목을 철저히 실천하는 것이라는 사실도 자주 강조합니다. 대학 8조목은 다음과 같습니다.

격물格物 치지致知 성의誠意 정심正心
수신修身 제가齊家 치국治國 평천하平天下

어찌 된 셈인지 우리나라에서는 대학 8조목의 전반부 4개항은 건너뛴 채 후반부 4개항이 주로 인구에 회자됩니다. 노래로 치면 1절을 빼고 2절만 부르는 셈이지요. 대학 8조목을 잘 살펴보면 전반부 4개항의 철저한 실행 없이는 후반부 4개항을 달성할 수 없음을 알게 됩니다. 그래서 아름다운서당에서는 전반부 4개항과 후반부의 첫 항목인 수신修身까지를 실천 덕목으로 강조하는 것입니다.

아름다운서당의 교육은 기존의 교육과 차별화되는 몇 가지 특성이 있습니다.

우선 기존의 교육이 '복습 중심'인 것에 반하여 아름다운서당의 학습은 모두 '예습 중심'입니다. 학생들은 그날 공부할 내용을 사전에 미리 예습하고 수업에 참여합니

MK 뉴스

'아름다운 서당' 취업률 100% 비결은
대기업·금융권 고위직 등 은퇴자들이 인문학 강의·명 면설문 임승·발성법 교육
"스펙 쌓는대신 생각하는 힘 길러 자신감"

지난 29일 서울 대방동에 위치한 '아름다운 서당'에서 취업준비생 이연경 씨(판 왼쪽)가 인문학 시간에 노자의 '도덕경'을 읽고 느낀 내용을 발표하고 있다.

지난 29일 오전 9시 서울 대방동에 위치한 '아름다운 서당' 강의실. 대학생 33명이 4개 조로 나뉘어 책상에 둘러앉아 노자(老子)의 '도덕경(道德經)'을 읽고 있었다.

1년 과정으로 대학생들을 모집하고 매주 토요일마다 은퇴자들이 '교수'가 돼 학생들을 가르친다. 매주 5~6시간씩 진행되는 강의는 교수들의 재능 기부를 통해 학생들이 공짜로 들을 수 있다.

'기업이 원하는 인재'를 길러내기 위해 짜인 서당의 프로그램을 들여다보면 인문학과 경영학을 공부하는데 1년간 읽는 책만 100권이 넘는다. 영어 명문 암송, 발성 연습, 작문, 한자 공부도 한다.

아름다운 서당 관계자는 "업무능력(Competence)과 (Commitment)을 갖춘 3C형 인재를 지향한다"며
선 수단이기 때문에 책읽기와 글쓰기, 발성 연습을

출강생들의 반응은 폭발적이다. 극심한 취업난 속
교로 나타나기 때문이다.

아름다운 서당 설립을 주도한 서재경 씨(64)는 "1
서 학생 상황을 다면적으로 파악해 어떤 직무가 적
등 진로 설계상담도 하고 있다"고 전했다.

"취업률 70% 비결요? 20여년 기업 경험서
등록 2016-04-27 18:53 수정 2016-04-27 20:57

서재경 '아름다운 서당' 이사장, 사진 김정효 기자 flyse2@hani.co.kr

[짱] 교육봉사단체 '아름다운 서당' 서재경 이사장

서재경(69) '아름다운 서당' 이사장은 7년 전 언론 인터뷰에서 남은 삶의
완 숫자를 제시했다. 일흔이 되기 전에 300명의 인재를 길러내고 여든 살이 되기 전에 20권
의 책을 쓰겠다는 바람이었다. 그가 2005년 만든 아름다운 서당은 은퇴자 교육봉사단체
대기업이나 금융회사, 언론사 간부들이 사회적출을 앞둔 대학생들을 대상으로 1년
동안 집중교육을 해 사회가 필요로 하는 인재로 키운다는 취지다. 11년 전 단대에서 16명
의 학생을 뽑아 첫발을 뗀 서당은 지금은 서울(2)과 순천, 제주에서 4개의 반을 운영하고 있다.
지금까지 수료자는 650명가량 된다.

대기업 입원 등 퇴직자들이 시처선을 입은 대학생 지도
고전 100권 읽기에 봉사도 필수 · 20여년 이후 650여명 수료

대부 근무 40대째부터 봉사 욕며 패러디니어어퀴즈 첫 수상도

서 이사장은 이번 가을 책 한 권을 더 낼 생각이다. 학생 지도 등의 경험을 토대로 청년의 책임
을 제안하려 한다. 그의 아이디어는 학교·국가·가정·기업 같은의 5자가 함께 협력해야 한다는
것이다. 올챙 장사를 하더라도 다르게 할 수 있도록 5자가 함께 머리를 맞대야 한다는 게 그
의 출연이다.

장성민 선임기자 sungman@hani.co.kr

사회 일반

[사람과 이야기] "명사(名士)로부터 살아있는 취업노하우 배워요"
이산명 기자

입력 2009.11.18 05:44

전남 출신 1소학생용 기숙사 '남도학숙'의 아주 특별한 수업
CEO·대기업 임원 등 11명
고전서책·기업면접·실무 토요일마다 1년과정 강의·출업후 취업률 80% 넘어

지난 14일 서울 상도동 숙철모대학교 강의실에서 전남 출신 서울권 대학생들이
기숙사 '남도학숙' 학생들을 대상으로 한 취업 특강이 입혔다. 타우그룹 부사
성 출신인 서씨를 찾아 경영연구소 박용가 학생들을 지도하고 있다. /조병걸

2005년 수업을 들은 학생 13명은 모두 수도권 대기업 등에 취업했다. 이후 2006~2008년
까지 해마다 10여명씩 취업에 성공했다. 이 아카데미를 거쳐 올 1월 SK네트웍스 재무팀
에 취업한 홍남양(27)씨는 "입사 뒤에 누가 시키지 않아도 매일 이근을 하자 선배들이 신
입사원이 아니라 경력직 같다"고 칭찬했다"며 "아카데미에서 한번 같은 과제는 세세한 부
분까지 알뜰하게 마무리하는 습관을 몸에 덕분"이라고 했다.

이날 오후 6시 30분, 서 대표가 "다음 수업 때 더 준비된 모습으로 만나자" 수업을 마무
리했다. 학생들이 인계를 구벅 숙이며 화답했다. 서 대표는 "강사들이 다들 지식 가르치
는 기분이라고 한다"며 "당장의 면접 기술도 중요하지만, 고전 독서 등을 통해 원동력을
갖추는 게 더 중요하다고 강조한다"고 했다.

[각종 언론에 소개된 '아름다운서당']

다. 학생들은 스스로 터득한 것을 서로 나누는 방식으로 학습을 진행합니다. 이것은 교수님들에게 일방적으로 강의를 듣는 방식에 비해 학습내용을 오래 기억하게 만듭니다. 아름다운서당의 교수진은 대부분 사회생활을 통해 암묵지暗默知를 체득한 전문가들입니다. 학생들은 주어진 텍스트를 통해 형식지形式知를, 교수진에게서는 암묵지를 전수받는 행운을 누리게 됩니다.

아름다운서당 출신들의 취업률이 높은 것은 전혀 새로운 뉴스가 아닙니다. 1기 졸업생이 1백 퍼센트 취업을 기록한 이래 매년 졸업생들은 높은 취업률을 보이고 있습니다. 아름다운서당을 수료했으나 아직 대학을 졸업하지 못한 사람들도 있기에 정확한 취업률은 수료 뒤 몇 년이 지나야 집계됩니다. 그런 특성을 감안하더라도 아름다운서당 수료 직후의 취업률을 보면 평균 70퍼센트 선에 이릅니다. 아름다운서당을 수료하고 대학 졸업까지 마친 학생들은 거의 다 취업을 합니다. 요즈음 취업난을 생각하면 대단한 성과가 아닐 수 없습니다. 우리 제자들이 모두 세칭 상위권 대학을 다니는 것도 아닙니다.

그런데도 이런 높은 취업률이 어떻게 가능할까요? 지난 10여 년의 경험으로 보면 서류전형을 통과한 사람은 면접에서 거의 다 합격합니다. 졸업생들이 면접관의 눈에 잘 들기 때문입니다. 졸업생들은 면접관의 눈에 요즘 젊은이들과 무언가 다르게 느껴질 것입니다. 1년간 인문학 콘텐츠로 세례를 받고, 문제해결 능력을 쌓으며, 조건 없이 남을 돕는 일을 계속하다 보면 인격에 변화가 찾아옵니다. 내면의 변화는 응당 외모의 변화를 수반하는 법이고, '인상人相이 불여不如 심상心相'이니까, 노련한 면접관들이 이를 놓칠 리가 없습니다.

우리는 학생들에게 인생의 목표를 세우고, 삶의 방향을 정립하라고 주문합니다. 또 책임감을 가지고 선택하고, 선택했으면 그 문제에 집중하라고 가르칩니다. 선택하지 않은 것은 과감히 포기해야 함을 일깨워주기도 합니다. 그렇게 훈련된 사람이라야 인생의 기나긴 레이스에서 훌륭한 결과를 얻을 수 있기 때문입니다.

나는 대기업 임원생활을 하면서 면접관으로 자주 참여했고, 신입사원들을 대상으로 교육을 시킨 경험도 많습니다. 그러므로 기업이 어떤 인재상을 선호하고 어떤 사람을 싫어하는지 잘 압니다. 지난 2000년 외국어대학교에서 경영학원론을 강의할 기회가 있었는데 그때 보니까 대학은 기업이 원하는 인재상에 대한 이해가 부족했습니다. 이런 것을 소위 '공급자 중심 사고'라고 하지요. '수요자 중심 사고'에 반대되는 개념인데 수요자가 무얼 원하는지에 관심을 가지지 않고 공급자 자신이 만들고 싶은 물건을 시장에 내보내는 사고방식입니다. 우연히 공급자 중심의 상품이 시장에서 히트할 수도 있습니다. 그러나 시장에서 성공을 거두는 상품은 대체로 소비자들의 욕구를 채워주는 상품입니다. 인재양성도 마찬가지입니다.

기업이 선호하는 인재상은 이미 오래전부터 정해져 있습니다. 대학이 이 문제에 조금 일찍 관심을 가졌더라면 대학과 기업 사이의 인력 불일치 현상은 지금쯤 해소되었을 것입니다. 다행히 나는 이 문제에 일찍 눈을 떠 대학-기업 사이의 간극을 메우는 프로그램을 만들 수 있었던 것입니다. 이 프로그램으로 대학생들을 교육시키면 기업이 쌍수를 들어 환영하리라는 확신을 가지고 있었습니다. 그런 확신으로 지난 2004년 아름다운서당의 교육 프로그램을 디자인하게 되었습니다.

프로그램에는 자신이 있었으나 실천에 옮기는 데는 힘이 많이 들었습니다. 우선 프로그램을 최초로 만든 지난 2004년에 지방의 한 국립대학교에 제안했다가 정작 학생들이 관심을 보이지 않아 개강하지 못했습니다.

이듬해인 2005년 소년 시절 친구인 전남대학교 송인성 교수에게 내 생각을 털어놓았고 송 교수는 열여섯 명의 제자들을 모집해주었습니다. 학생 모집뿐만 아니라 송 교수는 나와 함께 1년 동안 학생들을 가르쳤습니다. 아름다운서당의 역사에 송 교수의 공로는 잊힐 수 없는 무게를 갖습니다. 그렇게 어렵사리 공부가 시작되었지요. 열여섯 명 중 세 사람은 중도 탈락하였고 열세 사람이 1년 과정을 완주했습니다. 그들은 모두가 자신들이 기대했던 좋은 직장에 취업했습니다. 프로그램이 임상실험을 거쳤으므로 나는 대학생들의 취업을 해결할 솔루션을 개발한 것으로 간주했습니다. 그

구분	전통적 학교	아름다운서당	비고
사회 구분	산업사회	지식정보화 사회	
인간상	상황 적응형	상황 주도형	
교육 체제	폐쇄적, 배타적	개방적, 참여적	
교육 기간	재학 기간	평생학습	
교육 목표	지식 정보의 전달	창의적 학습자 양성	
지식의 관리	교육자의 독점	지식 공유	
교육 방법	교육자 주도형	학습자 주도형	
학력 인증	학위와 졸업장	추천서	
교육과 훈련의 관계	교육과 훈련의 분리	교육과 훈련의 연계	
교육 주권	공급자 중심	수요자 중심	
교육비	수익자 부담	지식의 나눔	

[아름다운서당 교육의 특징]

리고 여러 대학이 이 프로그램을 앞다투어 도입할 것으로 기대했습니다.

그러나 정작 대학들은 관심을 보이지 않았습니다. 몇 군데 대학과 접촉하여 이야기를 건넸으나 그들은 이 프로그램이 대학생들의 취업에 얼마나 좋은 솔루션인지 알아보지 못했습니다. 심지어는 1백 개가 넘는 사립대학 총장에게 편지를 보내 프로그램을 소개하고, 원한다면 내가 찾아가 설명을 하겠노라고 제안했는데도 단 한 곳에서도 연락을 받지 못했습니다. 나는 마지막으로 교육부에 제안서를 보내, 시범대학을 정해준다면 거기서 교육을 시키고 성과를 입증할 것이니, 효과가 입증되거든 전국의 대학으로 이 프로그램을 확산시키자고 제안했습니다. 하지만 교육부 관리들은 대학이 자기네 말을 듣지 않을 것이라는 이유를 들어 내 의견을 거절했습니다. 그래서 정작 대학과의 협력은 아직까지 본격화되지 못한 채 지난 11년을 대안학교 형태로 운영해오고 있습니다. 지금까지 이 과정을 수료한 학생이 7백여 명을 넘어섰으니 지속성이나 규모 면에서 상당한 성과를 거둔 셈입니다.

이제 아름다운서당과 관련한 몇 가지 자료를 기록으로 남겨둡니다. 이 자료는 아름다운서당의 지난 12년간의 발자취이자 이곳을 거쳐간 제자들에게 아름다운 추억이기도 하며 교육에 헌신한 교수진에게는 후손에게 물려주고 싶은 장엄한 이력서이기도 합니다.

〈아름다운서당〉 커리큘럼 소개

① 인문학 과정

□ 고전 명작 리스트

동양철학	12	서양철학	24
한국문학	10	외국문학	24
역사/문화	5	세계체제/시대정신	11
과학기술	14	총 계	100

동양철학 (12권)		
번호	책 명	저 자
1	논어 / 행복한 논어 읽기	공자 / 양병무
2	다산문선	정약용
3	대학 / 대학중용강설	공자 / 이기동
4	맹자	맹자
5	사기열전	사마천
6	삼국유사	일연
7	아함경	샤카무니 붓다
8	열하일기	박지원
9	장자	장자
10	전국책	유향
11	중용	
12	퇴계문선	이황

서양철학 (24권)		
13	국가	플라톤
14	국부론	애덤 스미스
15	군주론	마키아벨리
16	꿈의 해석	지그문트 프로이트
17	노예의 길	프리드리히 하이에크
18	리바이어던	토머스 홉스
19	문명의 충돌	새뮤얼 헌팅턴
20	문학과 예술의 사회사	아르놀트 하우저
21	미국의 민주주의	A. 토크빌
22	미디어의 이해	마셜 매클루언
23	법의 정신	몽테스키외
24	사회계약론	장 자크 루소
25	수상록	미셸 몽테뉴
26	열린사회와 그 적들 1	칼 포퍼
27	인간적인, 너무나 인간적인	프리드리히 니체
28	자본론	카를 마르크스
29	자본주의 사회주의 민주주의	조지프 슘페터
30	자유로부터의 도피	에리히 프롬
31	자유론	존 스튜어트 밀
32	정부론	존 로크
33	정치학	아리스토텔레스
34	존재와 시간	마르틴 하이데거
35	창조적 진화	앙리 베르그송
36	프로테스탄티즘의 윤리와 자본주의 정신	막스 베버

한국문학 (10권)		
37	광장	최인훈
38	근대한국문학연구	김윤식
39	김수영 전집	김수영
40	난장이가 쏘아올린 작은 공	조세희

41	당신들의 천국	이청준
42	무정, 꿈	이광수
43	삼대	염상섭
44	에리직톤의 초상	이승우
45	정지용 전집	정지용
46	카인의 후예	황순원

외국문학 (24권)		
47	그리스 로마 신화	토머스 불핀치
48	루쉰 전집	루쉰
49	당시선	작자 미상
50	동물농장	조지 오웰
51	백년 동안의 고독	가브리엘 G. 마르케스
52	변신	프란츠 카프카
53	보바리 부인	귀스타브 플로베르
54	부활	레프 톨스토이
55	브레히트 희곡선집	베르톨트 브레히트
56	설국	가와바타 야스나리
57	셰익스피어 4대 비극	윌리엄 셰익스피어
58	스완네 집 쪽으로	마르셀 프루스트
59	오만과 편견	제인 오스틴
60	위대한 유산	찰스 디킨스
61	율리시즈	제임스 조이스
62	이반 데니소비치의 하루	알렉산드르 솔제니친
63	이방인	알베르 카뮈
64	인간의 조건	앙드레 말로
65	일리아드, 오디세이	호메로스
66	자유의 조건	아르만도 발라다레스
67	젊은 예술가의 초상	제임스 조이스
68	체호프 희곡선	안톤 체호프
69	카라마조프 형제들	도스토옙스키
70	파우스트	괴테

역사/문화 (5권)		
71	미국 민중사	하워드 진
72	역사란 무엇인가	E. H. 카
73	20세기 우리 역사	강만길
74	중국의 붉은 별	에드거 스노
75	홉스봄 4부작 : 혁명, 자본, 제국, 극단의 시대	에릭 홉스봄

세계체제/시대정신 (11권)		
76	경제학의 향연	폴 크루그먼
77	노동의 종말	제레미 리프킨
78	사실성과 타당성	위르겐 하버마스
79	사회민주주의 역사와 전망	박호성
80	월러스틴의 세계체제 분석	이매뉴얼 월러스틴
81	오래된 미래	헬레나 노르베리 호지
82	인간의 얼굴을 한 세계화	조지프 스티글리츠
83	전환기 국제정치경제와 한국	윤영관
84	제국의 몰락	가브리엘 콜코
85	지식인을 위한 변명	장 폴 사르트르
86	한국민주주의 조건과 전망	최장집

과학기술 (14권)		
87	같기도 하고 아니 같기도 하고	로얼드 호프만
88	객관성의 칼날	찰스 길리스피
89	과학고전 선집	홍성욱
90	과학혁명의 구조	토머스 새뮤얼 쿤
91	괴델, 에셔, 바흐	더글러스 호프스태터
92	부분과 전체	베르너 하이젠베르크
93	현대물리학과 동양사상	프리초프 카프라
94	이기적 유전자	리처드 도킨스
95	종의 기원	찰스 로버트 다윈
96	코스모스	칼 세이건

97	협력의 진화	로버트 액설로드
98	링크	A. 바라바시
99	생체모방	재닌 베니어스
100	기적을 부르는 뇌	노먼 도이지

② 경영학 과정

☐ 경영서 리뷰

도서명			저자
경영일반	개론	1. 경영이란 무엇인가	조안 마그레타
		2. 청년 경영학	김연신
	조직/인사	3. 구글의 아침은 자유가 시작된다	라즐로 복
	기업문화/조직행동	4. 좋은 기업을 넘어 위대한 기업으로	짐 콜린스
	오퍼레이션	5. 더 골	엘리 골드렛 · 제프 콕스
	재무/회계/성과관리	6. 재무제표 흐름 읽는 법: 기본편	구니사다 가쓰노리
	경영전략	7. 당신은 전략가입니까	신시아 몽고메리
		8. 히든 챔피언	헤르만 지몬
마케팅	마케팅/세일즈/소비	9. 마켓 3.0	필립 코틀러
		10. 포지셔닝	잭 트라우트

	리더십/동기부여	11. 존중하라	폴 마르시아노
리더십·자기계발	혁신/창의성/의사결정	12. 메디치 효과	프란스 요한슨
	자기분석/계발	13. 프로페셔널의 조건	피터 드러커
		14. 혼 · 창 · 통	이지훈
		15. 당신의 인생을 어떻게 평가할 것인가	클레이튼 크리스텐슨 외
	협상/설득/대인관계	16. 협상과 갈등 해결	워렌 슈미트 외
경제	자본주의 경제 (소개, 비판)	17. 장하준의 경제학 강의	장하준
		18. 웰페어노믹스	서상목
		19. 불평등의 대가	조지프 스티글리츠
		20. 승자독식사회	로버트 프랭크
		21. 대번영의 조건	에드먼드 펠프스
	미시경제	22. 괴짜 경제학	스티븐 레빗 외
트렌드	혁신 (사회/기술/환경)	23. 사물인터넷 실천과 상상력	편석준 외
		24. 에디톨로지	김정운
		25. 일의 미래	린다 그래튼
		26. 클라우스 슈밥의 제4차 산업혁명	클라우스 슈밥
	교양/인문/심리	27. 소유의 종말	제레미 리프킨
		28. 아웃라이어	말콤 글래드웰
		29. 부의 미래	엘빈 토플러
창업	창업/기업 · 창업가 정신	30. MIT 스타트업 바이블	빌 올렛

□ 한국경제 이력서

회차	과 제
1	**제1단계 : 1945~60년, 식민지 경제의 붕괴와 국민 경제 불균형의 극복기(미국원조기)** 1) 자유시장 경제체제 출범의 의미(사회주의 계획경제를 선택한 북한과의 비교 포함) 2) 농지개혁의 내용과 의미 3) 미국원조의 내용과 영향
2	**제2단계 : 1961~71년, 수출지향적 공업화 정책에 의한 공업화기(국민경제 형성기)** 4) 경제개발 5개년 계획(전체)의 의의와 효과 5) 경제개발 소요자금 조달 방안(독일 광부 및 간호사 송출, 대일청구권 자금 등) 6) 수출지향적 공업화 정책의 주요 내용과 평가 7) 경부고속도로 건설에 대한 논란과 평가화 · 금융긴축과 새로운 중앙은행 설립, 외환 관리 강화와 환율의 이원화
3	**제3단계 : 1972~96년, 중화학공업화를 중심으로 하는 경제발전기(자립경제 형성기)** 8) 8·3 조치 9) 1, 2차 오일쇼크와 극복 과정(중동 건설사업 진출 등) 10) 중화학공업화 정책의 주요 내용과 평가 11) 중화학공업 구조조정의 내용과 성과 12) 1977년 1월 사회의료보험제 실시의 의미와 과제 13) 부가가치세 도입의 의미와 영향 14) 금융실명제 도입
4	**제4단계 : 1997~현재, 자율적 시장경제발전기** 15) OECD 가입과 단기 외화 차입의 자유화 16) 외환위기와 IMF 관리체제 17) 대우 그룹 해체와 그 평가 18) 남북경제협력사업의 성과와 평가 19) 노무현 정권의 부동산 투기 억제 정책의 효과와 그 영향(노태우 정권의 주택 200만 호 건설 정책 이후의 부동산 정책의 역사 포함) 20) 2008년 세계 금융위기의 발생과 한국의 대처(그 이후의 경제구조에 대한 영향 포함) 21) 노동조합활동의 역사와 과제 22) 연금 개혁의 과제 23) 정년연장과 임금피크제

케이스 스터디

가. 관리과제

[관리과제 1] 휴먼네트워크 (개인)

휴먼 네트워크 1백 인을 만들어라.

- 의도 : 자신의 인적 네트워크에 대해 점검하고 그 중요성 인식.

- 주의사항 : 교육 초기에 자신의 인맥(이름, 직업, 나이, 거주지, 전화번호, 이메일, 친밀
  도 등) 정리, 이를 확대 강화하는 방안을 수립.

[관리과제 2] 기업가 정신, 비즈니스 모델 분석 (조별)

1) 사례 〈매니큐어 필름 제조 인코코 박화영 대표〉(별첨 자료)를 읽고, 성공적인 창
업을 가능케 한 박화영 대표의 기업가 정신은 무엇인지 빠짐없이 뽑아내고, 그것들이
성공과 어떤 상관관계가 있는지 설명해보라.

2) 사례 〈골리앗 쓰러뜨린 역발상 넷플릭스〉를 읽고, 넷플릭스의 비즈니스 모델이
어떻게 진화해왔는지 정리하여 설명해보라.

- 의도 : 경영학원론에서 배운 이론이 실제로 어떻게 적용되는지 사례를 통해 이해.
- 주의사항 : 《경영이란 무엇인가》에서 '비즈니스 모델' 부분을 참고할 것.

[관리과제 3] 전략, 주주가치란 무엇인가? (조별)

1. 전략

1) 사례 〈커피전문점 이디야의 성공 스토리〉를 읽고, 이디야의 전략을 설명해보라.
2) 사례 〈공짜로 뿌렸더니… 최고 SW되더라〉를 읽고, 워드프레스 전략의 탁월한

점은 무엇인지 의견을 나누어보라.

2. 주주 가치

1) 사례 〈스포츠 마케팅의 제왕 NFL〉을 읽고, ① NFL이 지향하는 목표는 무엇이며, ② 그것이 NFL의 성공과 어떠한 연관이 있는지 의견을 나누어보라.

　－ 의도 : 경영학원론에서 배운 이론이 실제 어떻게 적용되는지 사례를 통해 이해.

　－ 주의사항 :《경영이란 무엇인가》에서 '전략' '주주가치' 부분을 참고.

[관리과제 4] 사업계획 수립의 이해 (조별)

여러분이 생각하는 새로운 틈새시장은 무엇인가? 그 시장을 목표로 하여 새롭게 회사를 창업하여 운영한다고 할 때, 필요한 종합적인 사업계획을 수립하라. 적어도 3년간은 그 사업을 유지할 수 있는 방안과 그 3년간의 재무계획을 수립하라.

　－ 의도 : 사업계획 수립 훈련.

　－ 주의사항 : 합리적이고 실행 가능한 계획을 수립할 것.

[관리과제 5] 이력서 (개인)

1) 이력서/자기소개서를 작성하라.

－ 의도 : 국내외 기업에 자신을 어필할 수 있는 창의적인 지원서류 작성 훈련.

－ 주의사항 : 10월~11월 중 실제 모집 기업 3개사를 대상으로 자신의 기본성품과 업무능력, 사명감이 나타나도록 작성하고 원서를 제출해야 함. 다만 응시조건이 충족되지 않을 시에는 교수님께 제출하고 수업시간에 발표.

2) 면접용 자기소개 동영상을 제작하라.

－ 의도 : 자기표현 · 창의력 · 동영상 제작 능력 배양.

－ 주의사항 : 희망하는 기업을 정하고 면접 제출용으로 제작, 5분 이내.

[관리과제 6] 중견 기업조직 분석 (조별)

1) 여러분이 관심을 두고 있는 국내 중견기업의 조직도를 파악하고 각 조직/부서별 기본 업무와 구체적인 업무 내용을 조사하라.

– 의도 : 조직 구성의 원리 이해 및 부서별 기능 파악.

– 주의사항

① 직제와 직급을 구체적으로 조사하고 부서별 역할과 업무를 파악할 것.

② 과제를 맡은 팀끼리 상의하여 업종이 서로 다른 기업을 선택할 것(제조업, 유통업, 금융업, 공기업 등).

[관리과제 7] 나의 결혼식은 이렇게 하고 싶다 (조별)

1) 요즘 한국 결혼식의 문제점을 파악하고 개선방향을 제시하라.

– 의도 : 결혼식 문화에 대한 검토를 통하여 바람직한 결혼식 모습 제시.

– 주의사항 : 실제 결혼식에 가서 견학을 하고, 또 이미 결혼한 선배나 친지의 경험을 청취할 것. 내가 결혼식을 한다는 입장에서 어떤 구성과 내용을 통해 요즘 결혼식의 풍속을 개선할 수 있는지 두세 가지 형태별로 만들어보고 옵션별 구성의 내용과 비용을 산출할 것.

나. 기획과제

[기획과제 1] 재무제표 특강 (전체)

1) 졸업한 학생들이 만든 가이드북에 의한 특강 1회차.

– 의도 : 졸업생들의 수업 체험을 후배들과 공유하여 더욱 효과적인 수업 도모.

– 주의사항 : 향후 케이스 스터디에 활용할 수 있도록 철저히 익힐 것.

[기획과제 2] 배낭여행 기획 (조별)

1) 서재경 이사장은 YLA 학생들이 각 조별로 배낭여행을 떠날 경우 그 목적과 계획이 타당하다면 각각 5백만 원을 지원하기로 하였다. 기간은 10~14일, 대상 지역은 자유롭게 선택하되 선택 이유를 서술하고, 이 배낭여행 계획에 대한 종합적인 계획을 수립한다. 여행시 각자 역할 분담, 의견충돌에 대비하는 방법 등 일어날 수 있는 모든 일에 대해 세부적인 사항을 서술하고, 예산이 부족하면 그 비용 조달 방법까지 수립한다.

  – 의도 : 기획 능력 함양.

  – 주의사항 : 비용산출 근거를 정확히 해야 하며, 여행 목적에 맞는 계획을 수립할 것.

[기획과제 3] 프랜차이즈 사업성 분석 (조별)

1) franchise.com 사이트를 통해 한국에 도입할 만한 프랜차이즈 사업에는 어떤 것이 있는지 조사하고 사업성을 분석하라.

  – 의도 : 사업성 분석에 대한 훈련.

  – 주의사항 : 한국 도입 시 유망할 것으로 예상되는 프랜차이즈 사업을 다섯 개 이상 선정.

업종 제약은 없으며, 그중 사업성이 가장 있어 보이는 한 개를 선택해 분석. 계약 체결 절차 및 사업지에 대한 분석 필요.

[기획과제 4] 환율분석 및 파급 영향 (전체)

1) 주변국과 우리나라의 환율을 분석하고, 한국 기업과 가계에 미칠 영향 검토.

  – 의도 : 금리, 환율, 물가 이해, 수출기업과 수입기업, 가계에 미치는 영향 학습.

  – 주의 사항 : 기본 개념에 관한 사전 학습.

[기획과제 5] 둘레길 스토리텔링 마케팅 방안 수립 (조별)

1) 제주 올레길 성공 이후 전국에 수많은 둘레길이 생겨났다. 불광역에도 북한산 둘레길을 찾는 등산객으로 매우 복잡하다. 청년허브의 생도인 김똘똘은 이 모습을 보고 전국에 산재한 둘레길을 이용해서 사업으로 연결시킬 수 있는 방법은 없을까, 하는 생각을 해보기 시작했다. 관심을 가지고 들여다보니 전국에 산재한 둘레길의 소개 이용 방법 등 정보제공 웹이나 유사한 정보 제공은 쉽게 될 것 같았고 나아가 백두대간 종주를 제공하는 동호회나 산악회도 제법 많다는 것을 알게 되었다. 더 생각을 해보니, 지방의 어느 둘레길을 선택하여 스토리텔링 마케팅 방안을 만들어 성공시킨다면 해당 지자체에서 장학금 지원도 받을 수 있을 것 같았고, 몇 개를 더 만들어 연결시킨다면 국내 관광사업으로 발전시킬 수 있는 가능성도 있어 보였다. YLA 각 조는 김똘똘 군의 이러한 생각을 구체화할 수 있는 방안을 수립해볼 수 있을까?

– 의도 : 기획 능력 배양.

– 주의사항 : 방안과 함께 수치적인 전망도 제시할 것.

[기획과제 6] 전통산업의 분석 (조별)

1) 강화 화문석, 담양 죽세공품, 전주 한지와 같이, 어느 특정지역에서 과거부터 전해오는 방식으로 제작되어온 특산품들이 사양길을 걷고 있는 경우가 많다. 이런 상황 속에서도 천연염색, 곶감, 한과, 목기와 같이 명맥을 유지하고 있는 제품도 있다. 우리나라 여러 지역에 어떤 전통산업이 있는지 현황을 분석하고 한 가지 품목을 선정한 뒤 발전 전략을 수립하라.

– 의도 : 전통산업 현황의 이해와 활성화 방안.

– 주의사항 : 전통산업 부문의 성공사례를 벤치마킹하되 창조적으로 적용할 것.

[기획과제 7] YLA 차기 학생 모집방안 기획 (조별)

1) YLA 프로그램의 효과적 소개와 학생 모집방안을 기획하라.

– 의도 : 고객의 소구점을 파악하고 커뮤니케이션 스킬을 배양.

– 주의사항 : 동영상, 파워포인트, 포스터, 전단지를 모두 준비할 것.

[기획과제 8] 송년회 기획 (조별)

아름다운서당의 금년 연말 송년회를 기획하라.

– 의도 : 기획능력 배양, 선배기수와의 연대.

– 주의사항 : 실행 가능한 기획서 제출(예산 및 프로그램 세부항목 등). 학생들이 실제로 준비.

[기획과제 9] FTA 체결 이후 산업별 변화와 대책의 효과 검토 (조별)

1) 우리나라가 그동안 세계 각국과 체결한 FTA가 각 산업에 미친 영향과 산업별 대책의 효과를 파악한 후 향후 FTA를 체결할 나라들에 대해 어떤 전략으로 임하는 것이 좋을지 구체적인 추진전략을 제시하라. 한 가지 예를 들면, 지금까지 FTA 문제만 나오면 늘 보호대상에 머물렀던 농업 부문을 FTA를 통하여 오히려 수출 산업화하는 방법도 있을 수 있지 않을까?

– 의도 : FTA 체결 경험을 바탕으로 선제적인 전략 수립.

– 주의사항 : 모든 수치는 공신력 있는 통계에 기초해야 하며, 실행 가능한 대책을 제시.

[기획과제 10] 현대캐피탈 신규사업 인수 방안 (조별)

1) 현대캐피탈은 기존의 소액 대출에서 전세자금, 차량 리스 등 다양한 금융 상품을 출시하고 있다. 현대캐피탈이 새로운 사업을 개척한다고 할 때 어느 사업을 하면 좋을지 기획하고 이 사업을 잘 하기 위해 인수할 대상 업체를 선정하라.

– 의도 : 기업분석(가치사슬, 사업 포트폴리오), 사업 기획 및 기업가치 평가.

– 주의사항 : 가치사슬 분석 등을 통해 현대캐피탈의 사업구조, 사업분야를 이해

하고 인수 대상 업체와의 시너지 및 기업 가치를 평가할 것.

[기획과제 11] 외식 프랜차이즈 체인점 확대 방안 (조별)

1) 외식업 프랜차이즈 중 치킨 사업 최하위 브랜드를 선정해서 체인점을 늘리는 방안을 강구하라.

- 의도 : 경쟁이 치열한 치킨 산업의 시장성 분석, 틈새시장 공략, 체인점 모집 방안 강구.

- 주의사항 : 프랜차이즈를 모집하는 새로운 방안 모색, 새로운 지역, 새로운 브랜드, 판매전략, 가격전략 등 고려.

[기획과제 12] 모닝글로리(주) 광고 및 홍보전략 (조별)

1) 모닝글로리(주)에서는 신학기를 맞이하여 자사 제품에 대한 대대적인 판매 촉진 활동을 전개하기로 하였다. 광고 및 홍보 전략을 짜고 각 언론사에 배포할 보도자료도 작성하라.

- 의도 : 상품의 이미지 전달을 위한 광고 및 홍보전략 기획 수립, 언론사 배포용 보도자료 작성 훈련.

- 주의사항 : 대상 제품은 한 팀이 신제품, 나머지 한 팀은 이미 출시된 제품 중에서 하나씩 선택할 것. 이미 출시된 제품인 경우에도 이미지를 변화시켜 다른 타깃을 설정하여 공략하는 것도 가능함.

다. 영업과제

[영업과제 1] 외국 대학생 교류 프로그램 기획 (조별)

1) 아름다운서당과 자매결연을 맺은 미국 · 중국 · 일본 · 러시아 등 4개국의 대학생(각 나라별로 30명 한 개 팀)이 4박 5일 일정으로 각각 한국을 방문하여 한국문화를 체험하고 대학문화를 이해하며 YLA와 교류하고자 한다.

각 조에서는 4개국 중에서 자기들이 함께 담당하고 싶은 한 나라를 선택하여 이들의 체류기간 중 각 팀별로 모든 일정을 짜고 그 이유와 배경을 설명하라. 각 팀에 배정된 예산은 1천만 원이며, 숙박비와 조식비는 방문 학생 부담이므로 이 예산에서는 제외되어 있다. 방문 학생 30명과 YLA의 담당 조원이 모두 함께 움직인다.

  – 의도 : 기획 능력 함양.

  – 주의사항 : 예산이 모자라면 추가로 편성하는 것은 좋으나, 그 비용은 조달계획까지 수립하여 집행하라. 정확한 비용 산출 근거를 제시하고, 목적에 맞는 프로그램 구성.

[영업과제 2] (조별)

1) 아름다운서당에서는 학생들의 도전정신을 함양하기 위해 각 조별로 1억 원의 사업자금을 빌려주기로 하였다. 각 조에서는 이 돈으로 어떤 사업을 하여도 좋으나 1년 뒤에는 사업을 매각하여 원금을 상환하거나, 또는 사업을 계속하되 3년 이내에 원금을 상환하여야 한다. 이익이 날 경우에는 각조가 자유롭게 사용할 수 있으나 어떻게 사용하겠다는 계획과 사용 이유를 설명하여야 한다. 어떤 사업을 벌려 원금은 물론 이익까지 올릴 수 있는 계획을 구체적으로 수립하라.

  – 의도 : 한정된 자원으로 일정 기간 내에 이익을 낼 수 있는 전략 수립.

  – 주의사항 : 수입과 비용 지출에 대한 산정 근거가 합리적이어야 함.

[영업과제 3] 싱글족 분석 및 해당 시장 공략 (조별)

1) 싱글족이 빠른 속도로 증가하고 있다. 이를 겨냥한 아이템과 마케팅 전략은 무엇인가.

  – 의도 : 인구의 통계적 변화를 영업 전략에 적용하는 훈련.

  – 주의사항 : 싱글족에 대한 분석, 열 가지 아이템을 조사, 그중 한 가지씩 선정하여 마케팅 전략 수립.

[영업과제 4] 한류 콘텐츠 분석 (조별)

1) YLA 케이스 스터디의 일환으로 배낭여행을 다녀온 뒤 YLA 일원들은 모여서 뒤풀이를 하다가 생각보다 한류문화가 더 넓게 퍼져 있다는 데 자부심을 느끼면서 서로 경험을 나누었다. 그런 대화를 나누다 보니 일본, 중국, 베트남, 대만, 태국 등 나라마다 선호하는 한류스타나 콘텐츠가 서로 다른 것을 알게 되었다. 대화 중 여기에 크게 관심을 가진 YLA 일원들은 이를 뒤풀이에서 흘러가는 이야기로 버릴 게 아니라 조사와 분석을 해서 새로운 케이스 스터디로 발표해본다면 보람 있는 일이 될 것이라는 데 의견을 같이했다.

각 조는 각 나라에서 인기를 얻는 콘텐츠는 무엇이며, 그 이유와 배경은 무엇인지 생각해보자. 만일 나라와 상관없이 인기를 얻고 있는 콘텐츠가 있다면 그 성공 배경은 무엇일까 알아보자.

- 의도 : 한류를 통하여 각국의 문화적 특성 파악, 한류 확대 방안 강구.
- 주의사항 : 나라별, 한류 스타별, 콘텐츠별로 구체적으로 분석할 것.

[영업과제 5] 모바일 앱의 수익모델 (조별)

1) 기존 모바일 앱의 수익 모델을 분석하고 새로운 앱에 대한 비즈니스 모델을 제시하라.

- 의도 : 모바일 앱의 수익구조 이해.
- 주의사항 : 기존업체의 수익 모델에서 힌트를 얻어 모바일 앱의 비즈니스 모델 제시.

[영업과제 6] 사회적으로 좋은 일을 하면서 사업도 번창하는 사업 모델 구상 (조별)

1) 탐스 슈즈, 네슬레 같은 기업은 사회적으로 좋은 일을 하면서 사업도 번창하

는 비즈니스 모델을 운용하고 있다. 이들의 사업을 벤치마킹하여 코즈 마케팅Cause Marketing을 하는 사업 또는 CSV(Creating Shared Value, 공유가치 창조) 사업을 구상해보라.

- 의도 : 사회적 과제를 기업 방식으로 해결하고자 하는 트렌드에 맞는 사업 구상.
- 주의사항 : 코즈마케팅, CSV에 대한 개념을 우선 명확히 할 것.

[영업과제 7] 팬택 회생 계획 수립 (조별)

1) 팬택은 법정관리 중인 2015년 7월 옵티스 컨소시엄에 인수되어, 회생 과정 중에 있다. 과거 팬택의 실패 원인을 분석하고 향후 회생하기 위해서는 어떤 전략이 필요할지에 대한 구체적인 계획을 수립하라.

- 의도 : 대기업과 동종 제품을 가진 중견기업의 차별화 방안과 생존 전략 수립.
- 주의사항 : 구체적이고 실행 가능할 것(보유기술, 자금조달 능력 등을 감안).

[영업과제 8] 홈쇼핑 진출 전략 (조별)

1) 종합상사인 대우인터내셔널은 자사의 해외 조직망을 통해 여러 가지 아이템을 소싱sourcing할 수는 있으나, 국내 유통 채널은 취약하여 홈쇼핑을 통해 매출을 증대하기로 하였다. 홈쇼핑 판매에 적합한 아이템을 선정하고 이를 론칭할 계획을 세워라.

- 의도 : 종합상사 및 홈쇼핑 업체 이해. 소비자에게 인기 있는 상품을 파악하고 이를 홈쇼핑 업체와 연계할 판매전략 수립, 홈쇼핑 유통체계 이해.
- 주의사항 : 상품 및 홈쇼핑 업체 선정은 학생 자율.

[영업과제 9] 폐교를 활용한 사업전략 (조별)

1) 우리나라 폐교 현황을 파악하고, 미활용 폐교를 선택하여 가장 적합한 사업전략을 구상하라.

- 의도 : 기존 폐교 재활용 사례의 성공 사례, 실패 사례를 파악하여 그 원인을 분

석하고, 그 지역에 적합한 새로운 사업전략을 제시.

– 주의사항 : 조별로 잘 아는 지역 폐교 선정.

[영업 과제 10] 사물인터넷IoT 시장조사 및 기회요인 발견 (조별)

1) 최근 3년간의 세계 사물인터넷 시장에 대해 조사하고, 그 안에서 어떤 기회 요인이 있는지 파악하여 기회 요인을 어떻게 활용하면 좋을 것인지 방안을 제시하라.

– 의도 : 사물인터넷 시장에 대한 이해, 시장 트렌드에 대한 분석력.

– 주의사항 : 기회 요인을 활용하여 어떤 비즈니스를 해야 하는지, 혹은 할 수 있는지 파악.

[영업과제 11] 실제 벤처회사의 사례에서 배우는 창업 전략 (조별)

1) 추후 업체를 선정하여 별도로 제시할 것임.

아름다운서당

□ 이사회 명단

성명	직위	경력
서재경	이사장	(전) 대우그룹 부사장, (전) 전국경제인연합회 회장 보좌역, (전) 서울신용보증재단 이사장
김흥숙	이사	시인, 칼럼니스트, tbs '즐거운 산책' 진행자
전부옥	이사	(전) 서울신용보증재단, 대한불교조계종유지재단
안희준	이사	나브마리타임 고문, (전) SK네트웍스 사장
권홍우	이사	〈서울경제신문〉 논설위원
함상준	감사	특허법인 시엔에스파트너 변리사

□ 역대 교수진

성명	
고영채	(전) 베어링포인트 대표, 회계사
김덕수	(전) 윤리연구원
김명제	(전) 〈조선일보〉 편집부국장
김영평	고려대학교 명예교수, 한국행정학회장, 한국행정연구원장
김영환	(전) 〈한국일보〉 파리특파원, 월간 〈정경문화〉 편집장
김용정	(전) 〈동아일보〉 편집국장, 다산연구소 대표
김윤석	(전) 상업은행 도쿄지점장
김자현	경기대학교 교수
김재국	(전) 주 카타르 한국대사 주 시애틀 총영사, 대우건설 해외담당 고문
김재일	(전) 〈코리아타임스〉 기자, 〈시사저널〉 워싱턴특파원
김찬수	(전) 네오프런트 주식회사 대표, 경기과학기술대학교 겸임교수
류재훈	(전) 대우자판건설 상무, 서예가
박재찬	(전) 대우그룹 이사, 한성자동차 사장, 더클래스 효성CEO
방석순	(전) 스포츠서울 편집국장
송인성	전남대학교 명예교수
오세훈	(전) 기아자동차 임원
이강현	(전) 외환은행 지점장

이경희	서울시50+재단 이사장, (전) 서울장학재단 이사장, 중앙대학교 교수
이계성	〈한국일보〉 국제부장, 〈한국일보〉 논설위원
이유식	(전) 〈한국일보〉 논설위원, LA특파원
이정관	(전) 강서구 부구청장
조선희	서울문화재단 대표
최유재	(전) 인테크연구소 대표
하영미	분자생물학박사, 연세대학교 교수

□ 활동 중인 교수진

교수명	담당	경력
서재경	이사장	(전) 대우그룹 부사장, 전경련 회장 보좌역, 서울신용보증재단 이사장
김흥숙	이사	시인, 칼럼니스트, tbs '즐거운 산책' 진행자
전부옥	이사	(전) 서울신용보증재단, 대한불교조계종유지재단
안희준	이사, 담임	나브마리타임 고문, (전) SK네트웍스 사장
권홍우	이사, 인문	〈서울경제신문〉 논설위원
함상준	감사	특허법인 시엔에스파트너 변리사
이종찬	담임	(전) Lubrizol Korea 한국사장
배정화	담임	하루헌 대표, 방송작가
김명곤	인문	(전) SK에너지 사장
김인모	인문	(전) 서울경제신문 논설위원
김종건	인문	(전) 금융감독원국장, 한국씨티은행 감사, 세계로선박금융 대표이사
노재호	인문	KOTRA자문위원, SK양평충전소 대표, (전) SK네트웍스 임원
목계선	인문	아동문학가, 상담심리학박사, (전) 국어교사
문창재	인문	(전) 〈한국일보〉 논설실장, 〈내일신문〉 객원논설위원
박일규	인문	(전) 유공훅스 임원, 지코스 대표이사
송윤강	인문	(전) 조흥은행 점포운영실장, 신한은행 지점장, 푸른저축은행 이사
이태봉	인문	국제금융센터해외정보실장, (전) 전국투자금융협회경제연구소장
이헌섭	인문	SK양평동충전소 대표, (전) SK이노베이션 임원
장석찬	인문	(전) SK임원
장종현	인문	(전) SK네트웍스 임원

차현진	인문	한국은행 인재개발원장
한덕선	인문	그로발마린 대표, (전) SK해운
황윤상	인문	우림해운 부사장, (전) SK이노베이션 임원
김종민	인문	영화감독, 영화진흥위원회 책임교수
노유섭	인문	시인, 비전경영연구소 대표
김수종	인문	(전) 〈한국일보〉 주필, 정보통신윤리위원회위원
이명희	인문	이학박사, 연세대학교 교수
진성희	스피치	(전) KBS 아나운서, 한림대 겸임교수
공 헌	경영	(전) 대우증권, 메리츠증권 임원
김건우	경영	KOTRA 수출전문위원, (전) 대우자동차, GM대우 임원
김양우	경영	수원대학교 교수, 사회적 금융개발연구원장, (전) SK경영경제연구소부소장
박명선	경영	(전) KT임원, 한국스마트시티 대표이사
방무창	경영	(전) 동화은행 국제금융팀장, 산은캐피탈 리테일금융실장
유영일	경영	(전) SC제일은행 상무
이찬웅	경영	수필가, (전) 외환은행 본부장
최윤철	경영	호서대학교 교수, (전) 캐나다외환은행장
허만길	경영	(현) 드림앤드드림 대표, (전) 산업리스
차영석	경영	(전) 대우인터내셔널 오사카 지사장, 남양렉서스 대표
최동남	경영	(전) 아시아나항공 정보시스템 임원
이 준	경영	(전) 대우자동차 유럽본부장, (주) K.S.I. 대표이사
김경회	경영	(전) 한덕개발 대표이사
강대현	경영	대우전자 본부장, 하이마트 전무
이갑수	경영	우리은행 공보관, 우리은행 도쿄 지점장
조기대	경영	대우전자 중국법인 대표
김경희	인문	〈중앙일보〉 기자, 유니세프한국위원회 교육문화국장

□ 역대 졸업생 명단

YLA1기	임봉빈	이영옥	윤계원	송민화	성인애	구정준	김지혜	동기훈	전남1기
곽미희	정명은	이정규	이남헌	신 정	손한진	김성훈	김하영	문성현	강다현
김보현	채태종	이하나1	이수경	신재영	송예림	김양래	김현기	손하경	김소희
김철중	YLA5기	이하나2	이진욱	심찬인	양수복	남보라	박기완	송해용	김솔이
박정인	강은혜	임선영	임지수	안미정	양재원	박소영	신유하	송해원	김연경
범상진	김다영	정광주	임진혁	윤종찬	윤가원	배슬기	신은정	신규호	김희진
신승현	김예진	정은형	임해리	이성환	이동원	서성록	이미나	어일경	박재현
양소영	김익환	정호민	정재원	이은표	장수연	신은정	이승희	이가은	박종철
유정현	노현주	조평화	정희주	이재은	조용호	오은주	이원윤	이지연	박지형
이민아	손하양	최수현	최연선	이지원	탐라3기	우주희	이호현	이지은	신은화
이진희	우영민	YLA8기	최종원	이태윤	강다혜	이련경	장나래	이혜현	안해인
장광익	유이나	강재봉	한송이	임정훈	강민주	이미진	장덕진	임유진	오슬기
홍상호	이보리	김다슬	홍성용	장민규	고유리	이성수	정예진	장대혁	윤수연
홍제선	이주희	김병기	홍은재	전미영	김민경	이은주	정희정	전소정	이화원
YLA2기	이혜인	김서형	홍진영	정다솜	김보경	이지언	조종훈	정소라	정지영
김미희	정수지	김영희	YLA10기	정여진	김용재	이지현	조형구	정혜지	조용연
문수환	정지민	박길순	김기형	차성재	문정혜	임사랑	최지은	조서경	송석1기
박순용	최영선	박선후	김연웅	채주병	부성호	장종환	현진호	최민희	김솔아
박혜미	YLA6기	박수영	김우민	최영아	부찬종	장형주	허브2기A	최아영	김연희
서지희	공지희	박우연	김정기	최정우	서주연	전지현	권내경	최한송	김용호
양태종	김경록	박원희	박성진	홍선재	서효정	정귀련	김광현	한민수	김자은
이상훈	김용휘	박현식	박준규	탐라1기	신서후	정상민	김도영	함형준	김재우
이승희	박두현	변지연	신예린	강수현	양혜은	조정화	김설	허송주	김지원
임지영	박신현	서민정	신진주	강지연	오진의	조현호	김연희	허브3기	김지윤
조순남	박혜원	유희원	양영훈	김수연	이서연	홍세화	김준호	권민혁	김효진
황아영	양슬기	윤장미	양지용	김현지	이소정	수원2기	박한성	김가영	남태우
황호영	양승현	이민아	오제연	김효연	이송희	구윤회	서세욱	김가현	민경은
YLA3기	이미선	이정빈	유다연	부지원	이예슬	김석희	서인우	김민정	박성환
김대희	이병우	장재호	유희조	양기훈	이지윤	김종혁	신승민	김수용	박지언

김민수	전현택	장혁준	이세희	원현준	이효진	박도희	심윤주	김해인	서세욱
김안나	전혜순	정희수	이준선	이승수	임아라	박수진	안익상	박광덕	송해용
김종영	정다영	주현정	이현승	이승재	장수영	박정민	양다훤	박주희	신승민
박대철	정연주	최승완	이훈도	이영훈	현대혁	박재성	오혜민	박태진	우진선
양승민	조진주	하경덕	임준규	이창언	한연지	백경수	우효림	서효원	이민지
유인숙	최현석	YLA9기	전규한	진형수	현대혁	백수연	이재명	안슬기	이찬주
이준희	한지석	권민지	전상환	최인해	경기1기	손은지	이찬주	오혜련	이학연
장나영	YLA7기	권용업	정재학	허은지	가미현	신영훈	이학연	윤지희	이호준
정승원	강주원	김병철	홍승표	현리정	김성주	신우주	이한슬	이가은	장대혁
정재상	강혜림	김수미	황유리	탐라2기	김지수	윤지혜	이현승	이기욱	전소정
홍남길	김 후	김은석	황유정	강수비	노영래	이기택	이호준	이도현	정다영
YLA4기	김민정	김재철	YLA11기	강수연	박근효	이다혜	전효신	이성현	정민수
김보미	김민주	김진영M	강영수	강태종	심태하	이대중	정다영	이승민	정윤지
김유선	김성곤	김진영F	고안나	고명진	안혜정	이동훈	정새미나	이현정	진희진
김지혜	김수연	김혁중	김도영	고보영	오현아	이빛나	진상현	이효원	최영권
김창훈	김용소	김현범	김민승	고은호	우소현	이혜리	진희진	조영태	최이슬
김행민	김지은	문광민	김민지	고한준	윤혜영	조정훈	최민주	조용준	허다인
박준현	박영성	박지환	김수연	김대성	이수진	전영민	최연주	조은지	허송주
손송민	박준철	박치훈	김예지	김란영	이효진	한태호	최유리	최고운	허영주
안영주	박찬영	배준열	남보라	김만선	임설화	허브1기	홍단비	최소람	홍단비
안지혜	배우성	양유림	박가희	김민정	조범수	강지은	허브2기B	한덕경	
양은영	신재연	오영석	박민정	김아남	한정욱	유동현	강경덕	허필은	
오상교	안중영	우혜영	박윤희	김유리	수원1기	김솔아	김상화	홍상희	
오수현	유민지	유내현	박정현	김지혜	강수지	김수연	김자연	황상훈	
유춘걸	유주연	유창수	손민형	박민우	강연지	김윤수	김태훈	황이은	

□ 역대 졸업생 명단

HRA1기	김요한	안윤정	양정원	김황수	김범준	허지현	이미숙	송은철	노태영
고동규	김윤범	오영준	오현명	박경호	김보람	**HRA7기**	이민지	송종헌	문경애
고현주	김정훈	오종민	우혜림	박제연	김은별	강민경	이영석	양다연	박경덕
고형욱	김혜린	이경린	이민석	박하정	김정연	강선아	이지혜	양성우	박경혜
김리나	나명문	임상일	이정민	부지연	김현주	강유나	홍광표	오상영	변애경
김양훈	문경나	임원철	이주연	신익종	문재웅	강은아	홍현주	유영수	변의현
김영혜	변가연	장승진	임주나	양홍석	박다빈	강지은	**HRA8기**	이주영	부민지
김용석	신성희	장지원	장소영	오미란	박재균	고경이	강경룡	임윤숙	양상준
김은정	이소정	천창익	차상엽	오솔	박지애	고두현	강민호	장효창	양연재
김형철	이슬비	최미소	채상원	오영래	박제형	고선주	강시원	정진아	양지선
박민영	조유리	최은진	최혜림	우헌균	박혜진	고수민	고다정	조연희	오동건
박정훈	차경민	현민영	하지현	이동윤	송원준	고수연	고민석	허봄들	오승환
손송민	허미주	**HRA4기**	허지훈	이수현	양여은	기승환	고영건	현기동	오유진
심대성	현민수	강나경	현민정	이용전	양유미	김다정	김경남	현명철	이대천
양영미	**HRA3기**	강승리	현애정	이종환	양하늘	김민지	김광수	현민재	이동민
오수경	강은혜	고주연	현우경	조성호	양희철	김상도	김봉년	**HRA9기**	이원혁
원혜림	강진주	고초영	**HRA5기**	허수진	오신향	김수연	김서연	강성운	임유영
이소연	고경환	김보람	강보배	현지현	이기철	김용주	김석훈	고다현	조승주
임요한	고민호	김은희	강혜원	홍승민	이나현	김지환	김연지	고안나	현기남
최연규	고은영	김태영	고아라	**HRA6기**	이다현	김지희	김종환	고정현	홍진혁
한상수	고정현	박규환	김경화	강병진	이윤정	김춘지	김지은	김나영	
HRA2기	김민지	박소연	김동철	고광림	이현진	민난희	김효정	김단비	
강윤정	김아연	박제영	김승혜	고동환	임영신	변유경	문승현	김민진	
김도형	김용훈	박효석	김지용	고익준	정희정	송유진	박미현	김서연	
김석훈	박병규	백순필	김현숙	고혜인	조혜진	오연정	부영식	김정훈	
김성현	박재철	성행철	김현영	김고은	한나영	우효승	부완혁	김지혜	
김승현	박준혁	신의주	김호진	김민아	한지애	윤신혜	송오주	김해정	

□ 재학생 명단

12기불광	송현근	전희민	변현화	정일용	박병규	최강현	김민찬	노진우	이혜선
강현우	오동엽	한유정	성효인	조명근	박윤상	최민중	김민창	박은희	장혁진
김기건	유태관	한진희	송지혁	최승민	박하성	황주연	김서현	박준형	전경주
김병관	손민지	홍기선	양성은	허주찬	송원영	HRA10기	김성현	박홍식	정채린
김서현	송제경	12기장충	연제학	12기전주	송 해	강동욱	김세은	선정래	좌유정
김성수	송해영	강승우	오동준	강경구	윤고은	강서경	김연수	안소영	주연지
김수원	이정현	공민기	윤상웅	권용수	이상훈	강영선	김우정	양민주	지윤경
김우진	이주리	김경원	윤주숙	김민규	이은수	강주희	김유림	오승미	최종선
김해든	이주현	김민정	윤준현	김성훈	이현정	고란영	김재근	오승한	탄쟈민
노민송	이지혜	김 솔	이상은	김양훈	이형훈	고상근	김주현	윤지연	한상민
노승광	이형우	김지현	이유림	김지언	이혜빈	고유찬	김진형	이소현	김나영
박상균	이호빈	류혜린	임혜영	김진숙	이후나	고형림	김찬영	이은지	신민지
손민지	임주희	박다정	장동섭	김한결	장동일	김미연	김하정	이정현	김의현
송제경	임채린	박정훈	전소영	김홍렬	정인호	김민건	김현주	이창진	김명지
송해영	전혜주	박진수	정민영	류인창	천승우	김민석	김현준	이태근	